Lara Möller wurde 1978 in Hamburg geboren. In ihrer Schulzeit war sie aktive Rollenspielerin. Ihre Faszination für das Rollenspiel ShadowRun und die begleitenden Romane führte schließlich zu dem Entschluss, es selbst mit dem Schreiben zu versuchen. Während ihrer Ausbildung zur Schifffahrtskauffrau und in den folgenden Jahren hat sie drei Fantasy-Romane und zwei Kurzgeschichten veröffentlicht. Die Erfahrungen ihrer zehnmonatigen Rucksacktour durch Australien und Neuseeland hat sie auch für eine schriftstellerische Neuorientierung genutzt. Wenn Lara in ihrer Freizeit nicht gerade an einem neuen Buch arbeitet, plant sie den nächsten Wanderurlaub.

DIE SPUR DES TODES

Ein Christopher Diecks-Krimi

LARA MÖLLER

Überarbeitete Neuausgabe Juni 2022

Made in Stuttgart with ♥

DIE SPUR DES TODES

ISBN 978-3-98637-858-5
E-Book-ISBN 978-3-98637-473-0
Hörbuch-ISBN 978-3-98637-480-8

Covergestaltung: Buchgewand
Umschlaggestaltung: ARTC.ore Design
Unter Verwendung von Abbildungen von
shutterstock.com: © Nick Fedirko, © carol.anne, © sumroeng chinnapan
depositphotos.com: © feedough
Korrektorat: Birgit Förster
Satz: dp DIGITAL PUBLISHERS GmbH
Druck und Bindung: Books on Demand GmbH, Norderstedt

Der schönsten Stadt der Welt gewidmet.

PROLOG

15. August 2014

Im Waggon herrschte Partystimmung und ein babylonisches Sprachgewirr. Es roch nach verschüttetem Bier. Eine Gruppe Jugendlicher grölte Fragmente eines nicht identifizierbaren Liedes. Die Mädchen in kurzen Röcken und knappen Oberteilen, die Jungen in Jeans und Marken-Shirts.

Christopher stand im Gedränge und blickte in den dunklen Tunnel hinaus. Er sehnte sich nach einer Dusche und seinem Bett.

Wenige Minuten später spuckte die S-Bahn an der Station Reeperbahn fast ihren gesamten menschlichen Inhalt aus.

Er folgte dem Menschenstrom, ging die Treppe hinauf und stellte fest, dass er auf der falschen Straßenseite gelandet war. Er hätte den linken Ausgang nehmen müssen. Seit Jahren ging er nach links. Warum ...?

Jemand stieß ihn von hinten an. Durfte man nicht mal zwei Sekunden in Ruhe stehen bleiben, um sich zu orientieren?

Plötzlich wurde er schmerzhaft im Genick gepackt.

„Ein Mucks, und ich knall dich ab!", zischte ihm eine Stimme ins Ohr. Ein harter Gegenstand bohrte sich in seine rechte Seite.

KAPITEL 1

Zwei Jahre zuvor

Seine Nachbarin schlug die Wohnungstür so kräftig zu, dass Christopher es bis in die Küche hörte. Verwundert stellte er die Kaffeekanne ab und lauschte. Ihre Schritte entfernten sich schnell. Klangen gehetzt.

Jenny Schumann war eine unscheinbare junge Frau, die lediglich ein hervorstechendes Merkmal besaß: Sie passte nicht nach St. Pauli. Es gab Menschen, die den Stadtteil überstreiften wie einen Handschuh; andere wurden mit dem bunten, lauten, manchmal streng riechenden Treiben nie warm. Jenny bewegte sich wie ein Fremdkörper durch die Straßen. Mit hochgezogenen Schultern und gesenktem Blick huschte sie an Touristen, Obdachlosen und St. Paulianern vorbei wie eine scheue Katze auf der Suche nach einem Versteck. Sie wohnte seit drei Monaten auf derselben Etage wie er, und Christopher fragte sich mittlerweile, was sie den ganzen Tag trieb. Er ging zwei Jobs mit unterschiedlichen Arbeitszeiten nach. Wenn er nicht im Restaurant seines Stiefvaters kellnerte, schleppte er Möbel für ein Umzugsunternehmen. Trotzdem bemerkte er Jennys ungewöhnliches Kommen und Gehen. Sie verließ die Wohnung meist nur für wenige Stunden. Sehr früh oder spätabends wagte sie sich aus dem Haus. Offensichtlich besaß sie wenige Kleidungsstücke, die sie jedoch geschickt kombinierte. Nicht, dass er ihr hinterherspioniert hätte. Er besaß lediglich ein Auge für Details und ein gutes Gedächtnis. Außerdem faszinierten ihn Geheimnisse, und die blonde, blasse, höfliche Jenny mit dem stets angestrengt wirkenden Lächeln gab ihm Rätsel auf.

Er nahm seinen Kaffeebecher mit ins Wohnzimmer und trat ans Fenster. Sein Blick wanderte über die Umgebung und fiel auf einen dunkelhaarigen Mann in einer braunen Jacke, der den Hamburger Berg entlangschlenderte. Er kam auf die Reeperbahn zu und filmte dabei seinen Weg mit einem Camcorder. Kein ungewöhnlicher Anblick. Viele Touristen hielten ihre Ausflüge auf den Kiez filmisch fest. Beim Hotel *Hamburg-New York*, das gegenüberlag, blieb der Mann stehen. Kurz studierte er einen Aushang neben der Eingangstür, wandte sich um und richtete den Camcorder auf Christophers Haus. Der vierstöckige, dunkelrote Bau mit dem weißen Stuck und den winzigen Balkonen gehörte zwar zu den schöneren Gebäuden in der Straße, gefilmt wurde er allerdings selten.

Er verfolgte, wie der Mann die Straße überquerte. Für einige Sekunden verschwand er im Hauseingang, tauchte wieder auf und entfernte sich nach rechts, weg von der Reeperbahn. Während er ging, verstaute er den Camcorder in der Jackentasche. Merkwürdiges Verhalten für einen Touristen.

Christopher trank den Kaffee aus und machte sich für die Arbeit fertig. Seinem Stiefvater Henry gehörte ein Restaurant in Altona. Bei diesem herrlichen Wetter verdiente er mit dem Kellnern deutlich mehr als mit der Arbeit für das Umzugsunternehmen. Die sommerlichen Temperaturen versetzten die Gäste in

Spendierlaune, das wirkte sich positiv auf die Trinkgelder aus.

Als er nach einer hektischen Schicht gegen Mitternacht aus der S-Bahn stieg und im Menschengewimmel heimwärts ging, war sein Portemonnaie prall gefüllt. Auf dem Hamburger Berg tobte das Leben. Hier feierten all jene, denen die Reeperbahn zu kommerziell geworden war. Musik dröhnte aus offenen Kneipentüren und Fenstern. Auf den Bürgersteigen standen unzählige Tische, Bänke und Stühle.

Er wechselte auf die Fahrbahn, die wie üblich inoffiziell zur Fußgängerzone erklärt worden war. Ein Taxi bahnte sich im Schritttempo einen Weg an den Menschen vorbei. Christopher ließ den Wagen passieren, während er seinen Hausschlüssel aus der Hosentasche hervorkramte.

In der Wohnung schlug ihm die stickige Wärme des Tages entgegen. Trotz des Geräuschpegels öffnete er alle Fenster. Begleitet vom Musikmix, dem Lachen und Stimmengewirr, zog er sich um und aß eine Kleinigkeit. Beim Zähneputzen stellte er sich ans offene Wohnzimmerfenster und blickte hinunter auf das nächtliche Treiben. Wer brauchte einen Fernseher, wenn das Unterhaltungsprogramm direkt vor der eigenen Haustür ablief? Kurz vor eins schloss er die Fenster und ging schlafen. Zum Glück lag das Schlafzimmer im hinteren Teil der Wohnung. Zwei geschlossene Türen und ein Flur verwandelten den Klangteppich von der Straße in ein einschläferndes Murmeln.

Am folgenden Nachmittag, auf dem Rückweg vom Einkaufen, entdeckte Christopher wieder den Mann mit dem Camcorder. Zumindest war er sich sicher, denselben Kerl vor sich zu haben. Die Haare und die Jacke passten. Diesmal lehnte er neben dem Eingang eines Tattoostudios und blickte konzentriert auf sein Handy. Während Christopher mit seinen Einkaufstüten die Straße überquerte, bemerkte er, wie der Mann das Handy hob und auf das Haus richtete. Oder auf ihn? Er sah prüfend über die Schulter. Der Beobachter hielt das Handy ans Ohr. Er schien zu telefonieren.

Als Christopher eine halbe Stunde später aus dem Haus kam, um zur Arbeit zu fahren, war der Mann verschwunden.

Eine weitere stressige Schicht im Restaurant lenkte seine Gedanken von dem Vorfall ab. Müde, doch zufrieden mit seiner Trinkgeldausbeute, schloss er gegen Mitternacht die Haustür auf. Der Monat war erst zur Hälfte vorbei, und auf seinem Konto lag bereits die Miete für den nächsten Monat. Es blieb sogar ein Wohlfühlpolster für unvorhergesehene Ausgaben. Sein Stiefvater plante ihn für die kommenden Wochenenden fest ein. Wenn sich das schöne Wetter hielt und die Trinkgelder weiter flossen, würde er demnächst ein paar Tage freinehmen können.

Die Haustür fiel hinter ihm ins Schloss und sperrte den Lärm der Feiernden aus. Er hob die Hand an den Lichtschalter, als die Treppenhausbeleuchtung scheinbar von selbst anging. Von oben hörte er schnelle Schritte. In der ersten Etage kam ihm Jenny entgegen, eine Reisetasche über der Schulter. Sie rannte ihn fast um.

„Vorsicht." Christopher lachte. „Sonst endet der Urlaub, bevor er begonnen hat."

„Wie bitte?" Sie sah ihn erschrocken an, als hätte er sie bei etwas Unanständigem ertappt.

„Na, die Reisetasche."

„Ach so." Jennys Körpersprache drückte Nervosität und Anspannung aus. „Ja, ich muss los." Sie schob sich an ihm vorbei.

„Wo soll es denn hingehen?" Um diese Zeit?

„Zu Freunden", rief sie ihm über die Schulter zu.

Kurz darauf fiel eine Tür zu. Allerdings war es nicht die schwere Eingangstür, sondern die Tür zum Innenhof. Verwundert blickte er Jenny nach.

Am Sonntag hatte Christopher tagsüber frei. Er nahm sein Frühstück mit auf die breite Fensterbank im Wohnzimmer, streckte die Beine aus und lehnte sich gegen ein weiches Kissen. Unten auf der Straße ging es geruhsam zu. Tische, Stühle und Bänke waren verschwunden. Vor dem Hotel spritzte eine Frau den Bürgersteig mit einem Gartenschlauch ab. Beim Sexkino weiter die Straße hinunter lungerte dieselbe Vierergruppe herum, die dort jeden Sonntag abhing: zwei Männer und zwei Frauen in ungepflegter Kleidung, die sich mit fahrigen Bewegungen und osteuropäischem Akzent in einer aggressiv wirkenden, doch durchaus liebevoll gemeinten Weise anpöbelten. Sie besaßen keinen Lautstärkeregler und unterhielten die gesamte Nachbarschaft mit ihren sinnlosen Geschichten. Dabei konnte die Stimmung jederzeit kippen. Harmlose Gespräche endeten schlagartig in körperlichen Auseinandersetzungen, die in tränenreiche Freundschaftsbekundungen übergingen. Oder andersherum.

Nach einem Blick auf die Uhr beendete er das Frühstück und schnappte sich seine Sporttasche. Er war zum Fußballtraining verabredet.

Heute saß der Mann, den er mittlerweile „Beobachter" getauft hatte, auf dem Fahrersitz eines silbernen Viertürers und las Zeitung.

Er beschloss, den Typen genauer in Augenschein zu nehmen. Als er scheinbar zufällig auf der Fahrbahn an dem Wagen vorbeiging, hob der Mann den Blick und sah ihn an. Anfang vierzig, rundes, harmlos wirkendes Gesicht, dunkle Schatten unter den braunen Augen. Gleich darauf widmete sich der Beobachter wieder seiner Zeitung.

Christopher ging weiter. Bis zur S-Bahn-Station kämpfte er gegen den Drang an, umzudrehen und den Fremden zu fragen, warum er vor den Häusern anderer Menschen herumlungerte.

Beim Fußballtraining erzählte er seinem besten Freund Jacobi von der Geschichte. Der konnte sich ebenfalls keinen Reim darauf machen. Ihre Mutmaßungen reichten vom Stalker bis zum Geheimagenten. Jacobi riet ihm, sich von dem Typ fernzuhalten.

Zwei Stunden später kam Christopher verschwitzt und erschöpft um die Ecke in den Hamburger Berg. Der silberne Viertürer stand an derselben Stelle. Keine Spur von dem Beobachter. Die Zeitung lag zusammengefaltet auf dem Armaturenbrett. Sie bedeckte teilweise einen runden schwarzen Gegenstand. Eine Webcam, deren Kameraauge auf den Eingang von Christophers Wohnhaus gerichtet war. Es reichte! Er zog sein Handy aus der Hosentasche und wählte 110.

„Hey, was machst du da?" Aufgeregt kam der Beobachter aus dem Eingang des Hotels *Hamburg-New York* gelaufen.

Eine freundliche Frauenstimme teilte Christopher mit, dass alle Leitungen belegt seien und man sich so schnell wie möglich um sein Anliegen kümmern werde.

„Ich rufe die Polizei." Er kannte jeden Kneipenbesitzer auf dem Hamburger Berg. Mit dem Besitzer des Hotels *Hamburg-New York* war er per Du. Falls der Beobachter ihn angriff, käme ihm bestimmt jemand zu Hilfe.

„Das ist nicht nötig." Der Mann blieb stehen und hob beschwichtigend die Hand. „Ich kann alles erklären."

Die freundliche Frauenstimme bat ihn um Geduld. „Ich höre", antwortete er, ohne aufzulegen.

„Ich bin Privatdetektiv. Ich ermittle in einem Fall."

„Sicher." Der schlechteste Privatdetektiv der Welt oder was? Er musterte den dicklichen Mann in der brandneuen Jeans und der glänzenden Lederjacke. Die Kleidung wirkte unpassend. Nicht authentisch.

„Hier." Sein Gegenüber zog einen Ausweis und eine Visitenkarte aus der Jackentasche und reichte ihm beides.

„Privatdetektei Martin Kleemeyer." Christopher hob die Augenbrauen. Visitenkarten ließen sich in jedem

Copyshop oder am Automaten drucken. Ausweise konnte man fälschen.

Die Warteschleife wurde unterbrochen. Eine männliche Stimme meldete sich. „Sie haben den Notruf der Polizei gewählt, wie können wir Ihnen helfen?"

In kurzen Sätzen erklärte Christopher, worum es ging. Martin Kleemeyer, wenn er denn so hieß, musterte ihn mit finsterem Gesichtsausdruck.

Als er schließlich auflegte, schüttelte sein Gegenüber den Kopf. „Das wäre nicht nötig gewesen."

Christopher reichte Ausweis und Visitenkarte zurück. „Ein Polizeibeamter ist auf dem Weg." Die Davidwache lag in der Nähe. Es würde hoffentlich nicht lange dauern.

Die Minuten verstrichen in angespannter Stille. Der Beobachter trat von einem Bein auf das andere, sah mehrmals auf die Uhr. „Das ist albern. Wir sollten ..." Er hielt inne. Gab einen missmutigen Laut von sich.

Ein Polizist näherte sich ihnen gemächlichen Schrittes. Er mochte Anfang fünfzig sein und strahlte Ruhe und Gelassenheit aus. „Guten Tag zusammen. Haben Sie die Polizei gerufen?"

„Ja, das war ich."

„Sie sind Herr Diecks?"

„Richtig. Dieser Mann beobachtet mein Haus und behauptet, Privatdetektiv zu sein. Ich finde das äußerst verdächtig."

„Ich bin Privatdetektiv." Der Beobachter reichte dem Beamten Ausweis und die Visitenkarte.

„Das lässt sich leicht überprüfen." Der Polizist gab den Namen und die Ausweisnummer des Beobachters an seine Dienststelle durch. Die Antwort folgte schnell.

„Tja, Herr Diecks, das hat tatsächlich seine Richtigkeit. Herr Martin Kleemeyer ist eingetragener Geschäftsführer der Privatdetektei Kleemeyer."

„Sag ich doch die ganze Zeit. Darf ich endlich zurück an die Arbeit oder gibt es weitere Bedenken hinsichtlich meiner Qualifikationen?" Ein strafender Seitenblick traf Christopher.

Der Polizist lächelte. „Auf dem Kiez geht es manchmal ungewöhnlich zu. Nehmen Sie Herrn Diecks seine Vorsicht nicht übel. Ich nehme an, es ist alles geklärt?"

Christopher nickte.

Nachdem sich der Polizeibeamte verabschiedet hatte, fixierte ihn Martin Kleemeyer mit einem bohrenden Blick. „Wann hast du mich bemerkt? Gestern?"

„Freitag." Er überging die Tatsache, dass der Mann ungebeten zum Du übergegangen war. „Sie haben mit einem Camcorder gefilmt."

Der Privatdetektiv fluchte. Wie er sich darüber ärgerte, entdeckt worden zu sein, war amüsant. „Können wir uns irgendwo in Ruhe unterhalten?"

„Warum?"

„Ich möchte ein paar Dinge erklären."

„Meinetwegen." Er deutete die Straße hinunter. „Der *Goldene Handschuh* hat geöffnet."

Der *Goldene Handschuh* hatte immer geöffnet. Vierundzwanzig Stunden am Tag, sieben Tage die Woche.

Kurz darauf saßen sie an einem Ecktisch im hinteren Teil der Kneipe. Christopher hatte sich eine Apfelschorle bestellt, von der er einen großen Schluck nahm. Fußball machte durstig. In der gemütlich-rustikalen Atmosphäre der Kneipe konnte man sich schwer vorstellen, dass in den Siebzigerjahren ein dreifacher Frauenmörder im *Goldenen Handschuh* seine Opfer angesprochen hatte. „Also?“ Er sah sein Gegenüber auffordernd an.

Martin Kleemeyer räusperte sich. „Ein Klient hat mich damit beauftragt, jemanden zu finden.”

„Diese Person wohnt in meinem Haus?”

„Richtig.”

„Weiß die Person, dass sie gesucht wird? Ich meine, wird sie nach Beobachtern Ausschau halten?”

„Davon gehe ich aus.”

„Sollten Sie in dem Fall nicht subtiler vorgehen? Oder jemanden schicken, der weniger wie ein kostümierter Anzugträger aussieht?”

„Du hast ein ganz schön freches Mundwerk, Freundchen! Wie alt bist du überhaupt?”

„Neunundzwanzig.”

„Sicher?”

„Ziemlich.”

Martin Kleemeyer musterte ihn skeptisch und hob den Zeigefinger. „Ich bin subtil.”

„Wir können gern rausgehen und die Kassiererin vom Sexkino fragen, wie lange Sie auf Beobachtungsposten sind. Oder den Besitzer vom türkischen Kiosk.” Dessen Laden befand sich im Erdgeschoss von Christophers Haus. „Auf dem Hamburger Berg interessieren sich die Leute für die Geschehnisse in ihrer Straße. Wäre ich es nicht gewesen, hätte Sie bald jemand anders angesprochen. Der vielleicht nicht die Polizei, sondern seine muskelbepackten Kumpels gerufen hätte.”

Martin Kleemeyer nickte nachdenklich. Er zog ein Foto aus der Innentasche seiner Jacke und legte es auf den Tisch.

Die junge Frau auf dem Foto war Jenny Schumann, mit adretter Kurzhaarfrisur und strahlendem Lächeln. Sie trug ein schulterfreies rotes Cocktailkleid. Von ihrem Begleiter war lediglich ein Arm zu sehen, der um ihre Taille lag. Den Rest des Fotos hatte jemand abgeschnitten.

„Valerie Steiner", erklärte der Privatdetektiv. „Mein Klient hat sie vor einem Jahr kennengelernt, sich Hals über Kopf in sie verliebt und den Fehler begangen, ihr seine Kreditkarte anzuvertrauen. Valerie hat ihn wie eine Weihnachtsgans ausgenommen und sich aus dem Staub gemacht. Mein Klient möchte einen Skandal um jeden Preis vermeiden, deshalb hat er darauf verzichtet, die Polizei einzuschalten."

„Ach." Christopher betrachtete das Foto. Das würde Jennys Verhalten erklären, ihre Nervosität und Anspannung. „Kommt sie aus Hamburg?"

„Nein. Ein Kollege von außerhalb hat ihre Spur bis hierher verfolgt und den Fall an mich abgegeben."

Er studierte das Foto eingehender. Die Männerhand, die aus dem Anzugärmel lugte, wirkte faltig und fleckig. „Ihr Klient ist wesentlich älter als Jenny, stimmt's? Verheirateter Geschäftsmann auf der Suche nach einem Abenteuer?"

Martin Kleemeyer hob die Augenbrauen. Treffer ins Schwarze. Er reichte das Foto zurück.

„Sie ist gestern in den Urlaub gefahren."

„Was?"

Christopher erzählte von der nächtlichen Begegnung im Treppenhaus. „Jenny ist weg."

„Scheiße! Hat sie irgendetwas darüber gesagt, wohin sie fährt? Vielleicht Andeutungen gemacht? Gestern, in den Tagen davor?"

„Nein. Wir haben nie viel miteinander gesprochen. Sie war sehr auf ihre Privatsphäre bedacht."

„Verdammt!" Martin Kleemeyer stand abrupt auf. „Ich muss telefonieren!" Er zog sein Handy aus der Hosentasche und marschierte zum Ausgang.

Christopher blickte dem Mann amüsiert nach. Valerie Steiner, die Kreditkartenbetrügerin, die als Jenny Schumann nach Hamburg flieht, um auf St. Pauli unterzutauchen. Martin Kleemeyer, der Privatdetektiv, der sie aufspüren soll. Ein verheirateter älterer Mann, der um seinen guten Ruf fürchtet. Eine Geschichte wie aus einem Fernsehkrimi. Ob er das alles glauben sollte? Ganz sicher war er sich da nicht.

Er trank die restliche Apfelschorle und wollte gerade aufstehen, als Martin Kleemeyer zurückkam.

„Hier." Der Privatdetektiv zückte seine Visitenkarte. „Du hast ein gutes Auge für Details und ein kluges Köpfchen. Falls du an einem Job interessiert bist, ruf mich an. Jemanden wie dich kann ich brauchen."

Er betrachtete verblüfft das Pappkärtchen.

„Denk zumindest darüber nach. Darf ich dich anrufen, falls ich noch Fragen zu Valerie Steiner habe?"

„Sicher." Er nannte seine Handynummer, die sein Gegenüber auf einen Bierdeckel kritzelte.

„Danke." Der Privatdetektiv reichte ihm zum Abschied die Hand und ging.

Christopher betrachtete skeptisch die Visitenkarte. Er sollte wildfremde Menschen ausspionieren, Ehebrechern nachstellen und Kriminelle überführen?

Kein normaler Mensch tat so etwas!

KAPITEL 2

09. August 2014

Manchmal fragte sich Christopher, wie sein Leben verlaufen wäre, wenn Valerie Steiner ein anderes Haus in einer anderen Straße als Versteck gewählt hätte. Oder wenn Martin Kleemeyer nicht der schlechteste Privatdetektiv der Welt gewesen wäre. Was, im Nachhinein betrachtet, nicht stimmte. Es war einfach eine ungünstige Woche für ihn gewesen. Martin besaß einen scharfen Verstand und eine Kombinationsgabe, die genauso beeindruckend war wie seine scheinbar endlose Geduld. Nächtelang ein leer stehendes Gebäude beobachten, in der Hoffnung, die gesuchte Person würde sich dort zeigen? Kein Problem. Endlose Listen mit Telefonverbindungen nach einer einzigen Nummer durchforsten? Alles klar. Zum hundertsten Mal einen Stapel Fotos durchgehen auf der Suche nach der einen Unregelmäßigkeit? Mühelos. Tobenden Schuldnern gerichtliche Verfügungen überreichen? Äh ... nein.

Aufträge, die potenziell mit körperlichen Auseinandersetzungen enden konnten, überließ Martin großzügig Menschen mit solideren Konfliktlösungsstrategien. Sprich, Christopher oder einem der beiden anderen Detektive, die für ihn arbeiteten. Auf dem Gebiet der Deeskalation war Martin Kleemeyer eine Niete. Obwohl Vater einer heftig pubertierenden Tochter und eines fünfjährigen Sohnes, fehlte ihm ausgerechnet dafür die nötige

Gelassenheit. Also machte er von seiner Position als Chef Gebrauch und delegierte Konfliktgespräche nach unten.

Nach zwei Jahren als Möchtegern-Philip-Marlowe von Hamburg stand für Christopher eine Sache zweifelsfrei fest: Die Arbeit eines Privatdetektivs hatte mit dem, was man im Fernsehen sah, wenig gemein. Er verbrachte seine Zeit weder damit, illegal Wohnungen zu verwanzen, noch hinter flüchtenden Verbrechern herzurennen, vor ihnen zu fliehen oder am laufenden Band verprügelt oder beschossen zu werden. Die Situationen, in denen ihm jemand Gewalt angedroht hatte, ließen sich an einer Hand abzählen. Inzwischen verstand er auch die Herausforderungen einer unauffälligen Observierung. In jeder Straße gab es mindestens eine neugierige alte Schachtel, die den ganzen Tag am Fenster klebte und nichts Besseres zu tun hatte, als Menschen zu beobachten und die Kennzeichen von Falschparkern zu notieren. Im vergangenen Jahr hatte ihm eine misstrauische Rentnerin sogar die Polizei auf den Hals gehetzt. Martin wäre vor Lachen fast vom Stuhl gefallen.

Zu seiner Verteidigung konnte Christopher lediglich anbringen, dass es ein Detail gab, das ihm die Observierungen erschwerte. Es hing weder mit Unfähigkeit noch mit Tollpatschigkeit zusammen. Seinen Kopf zierte ein roter Haarschopf, ein weithin sichtbares Signalfeuer, das es ihm erschwerte, wie ein Chamäleon mit der Umgebung zu verschmelzen. Deshalb nahm er in Kauf, dass Martin ihn selten bei der Verfolgung beweglicher Ziele einsetzte und ihn lieber in Fahrzeugen positionierte. Oder hinter einem

Schreibtisch, um Telefon- und Internetrecherche zu betreiben. Bislang reichte die Zahl der Fälle nicht aus, um ihn in Vollzeit zu beschäftigen. Martin buchte ihn nach Bedarf, ein Arrangement, mit dem sie beide gut lebten.

Drei Jobs zu jonglieren, verlangte Christopher einiges an Organisations- und Improvisationstalent ab, doch die Vorteile überwogen. An einem Tag räumte er für ein Umzugsunternehmen eine Wohnung aus, am nächsten Tag kellnerte er im Restaurant seines Stiefvaters (mittlerweile Ex-Stiefvaters) und am dritten Tag ging er Martin in der Detektei zur Hand. Große Sprünge waren bei seinem Lebensstil nicht möglich, doch das störte ihn selten. Brauchte er einen Kurzurlaub, konnte er in wenigen Minuten am Hafen sein. Oder er fuhr mit der S-Bahn nach Klein Flottbek und ging hinunter an den Elbstrand. Sah den großen Pötten zu, die von der Nordsee her den Fluss hochgeschleppt wurden.

Dort war er auch gestern gewesen. Zusammen mit Jacobi und fünfzehn oder zwanzig anderen. Sie hatten eine feuchtfröhliche Grillparty veranstaltet und eine Minute nach Mitternacht mit Sekt und Bier auf Jacobis einunddreißigsten Geburtstag angestoßen. Anschließend waren sie auf den Kiez gefahren. Danach hatte er irgendwann den Faden verloren.

Christopher schob die Bettdecke zurück. Er öffnete vorsichtig ein Auge und kniff es sofort wieder zu. Die Jalousie war nicht heruntergelassen. Einige Minuten später unternahm er den nächsten Versuch. Diesmal gelang es ihm, beide Augen zu öffnen. Angespornt durch den Erfolg, setzte er sich langsam im Bett auf. Die

Welt drehte sich einige Male, ehe sie sich in ihrer üblichen Lage einpendelte. Hinter seinen Schläfen pochte der Schmerz. Der letzte Jägermeister war eindeutig schlecht gewesen. Christopher schmeckte den Likör noch immer auf seiner pelzigen Zunge. Sein T-Shirt roch nach Schweiß, Grillanzünder und Bier. Er verzog das Gesicht und fuhr sich durchs Haar. Feiner Sand blieb zwischen seinen Fingern hängen. Piksende Andenken an eine trunkene Runde Strandfußball. Irgendjemand war dabei im Wasser gelandet. Er erinnerte sich verschwommen an das Ereignis, aber nicht daran, wer es gewesen war.

Er sollte die Bettwäsche wechseln.

Später.

Sehr viel später.

Christopher wankte in den Flur. Aus dem Bad drangen eindeutige Geräusche. Jacobi ließ sich die vergangene Nacht durch den Kopf gehen. Er hielt inne und horchte auf seinen Magen. Dieser fühlte sich zwar flau an, machte aber keinerlei Anstalten, ebenfalls in die Retrospektive zu gehen.

Die Klospülung wurde betätigt. Sobald das Rauschen des Wassers aufhörte, klopfte er an die angelehnte Tür. „Jacobi?"

Die Antwort war ein unverständliches Grummeln.

Christopher öffnete. Jacobi kniete vor der Toilette, die Arme auf der Klobrille verschränkt, den blonden Haarschopf über der Kloschüssel. Er trug lediglich Jeans und eine einzelne Socke.

„Herzlichen Glückwunsch zum Geburtstag."

„Leck mich", erklang es dumpf aus den Tiefen der Toilette.

„Ich muss pinkeln."
„Viel Spaß."
Als sein Freund keinerlei Anstalten machte, sich zu bewegen, drehte Christopher die Dusche auf, stellte sich vor die Wanne und tat, was er tun musste. Danach überließ er Jacobi seinem Elend und tappte in die Küche. Er füllte ein Glas mit Wasser, fand zwei Alka-Seltzer und warf eines ins Glas. Während er der Tablette beim Sprudeln zuschaute, versuchte er, sich keine allzu komplizierten Gedanken zu machen. Um die würgenden Geräusche aus dem Badezimmer zu übertönen, schob er eine CD in den CD-Player. Begleitet von fröhlichen Irish-Folk-Klängen, setzte sich Christopher an den Tisch und leerte das Glas in einem Zug. Die salzige Flüssigkeit schmeckte widerlich. Er schluckte gegen die aufsteigende Übelkeit an. Ein dünner Schweißfilm bildete in seinem Nacken. Er schloss die Augen. In der Dunkelheit drehte sich die Welt.

Er erwachte mit dem Kopf auf der Tischplatte. Eine Violine fiedelte schrill im Stakkato. Die CD hatte sich festgefressen und hüpfte auf derselben Stelle. Christopher löste seine verschwitzte Wange vom Tisch und brachte den CD-Player zum Schweigen. Die Uhr über der Tür zeigte kurz vor Mittag. Er hatte keine Ahnung, wie lange sein Schläfchen gedauert hatte, doch er fühlte sich besser. Er stellte das Glas in die Spüle und wollte gerade nach Jacobi sehen, als es irgendwo klingelte. Er horchte und ordnete *irgendwo* als sein Schlafzimmer ein. Sein Smartphone bimmelte sich die winzigen Schaltkreise aus dem Leib.

Schließlich verstummte es. Gleich darauf klingelte sein Festnetztelefon. Er ahnte, dass er es bereuen würde, nahm es aber trotzdem aus der Ladestation.

„Diecks", krächzte er. Er räusperte sich und versuchte es noch einmal.

„Bist du nüchtern genug, um Kartons zu schleppen?", fragte Friedrich Scholz, sein Chef des gleichnamigen Umzugsunternehmens.

Christopher trat sich in Gedanken vors Schienbein. „Ich hab heute frei", jammerte er.

„Jochen hat sich in dem Chaos den Knöchel verstaucht. Wir müssen bis morgen fertig werden!"

An diesem Wochenende stand eine Entrümpelung in Bramfeld an. Ein demenzkranker Rentner und sein Sohn hatten in einem zugemüllten Haus gewohnt. Der Sohn war vor zwei Wochen nach einem Herzinfarkt gestorben. Im Wohnzimmer. Der alte Mann lebte mittlerweile in einem Pflegeheim. Die zweifelhafte Ehre, das Haus räumen zu lassen, wurde einer Nichte aus Stade zuteil.

„Mein Magen ist nicht in der Verfassung für verschimmelte Lebensmittel, Kakerlaken und Ratten." Allein bei dem Gedanken wurde ihm übel.

„Red keinen Unsinn. Vielleicht läuft dir der eine oder andere Käfer über den Weg. Ich brauche dich! Heute und morgen. Ich zahle dir den üblichen Wochenendzuschlag und einen großzügigen Bonus."

„Wie großzügig?"

„Hundert Euro."

Christopher unterdrückte ein Stöhnen. Sein Konto brauchte das Geld. Sein Kopf und der Rest seines

Körpers brauchten ein weiches Bett in einem abgedunkelten Raum.

„Bist du eingeschlafen?"

„Hundertfünfzig."

„Halsabschneider."

„Du zahlst das Taxi." Mit den öffentlichen Verkehrsmitteln würde er fast eine Stunde bis nach Bramfeld brauchen.

„In Ordnung."

„Schick mir die Adresse auf mein Handy." Er beendete das Gespräch und stellte das Telefon zurück in die Ladestation. Einen Moment lang stand er im Flur und massierte sich das Nasenbein. Warum ließ er sich immer wieder breitschlagen?

Im Badezimmer stank es nach Kotze. Jacobi lag zusammengerollt neben der Toilette, den Duschvorleger als improvisiertes Kissen unter dem Kopf. Er hielt die Augen fest geschlossen. Christopher öffnete das Fenster und stupste seinen Freund mit dem Fuß an. „Hey, Cobi."

Keine Reaktion.

Er wiederholte den Vorgang. Diesmal war die Antwort ein schwaches „Lass mich in Ruhe".

„Friedrich hat angerufen. Ich muss zur Arbeit."

„Toll."

„Du kannst hier nicht liegen bleiben."

„Ich möchte sterben."

„Nicht auf den kalten Fliesen." Christopher beugte sich vor, was seinem Kreislauf überhaupt nicht gut bekam, und packte seinen Freund unter den Achseln. Irgendwie gelang es ihm, Jacobi zurück ins Wohnzimmer zu schleppen und aufs Sofa zu bugsieren. Er zerrte die Wolldecke unter Jacobis Beinen hervor, was grummelnden Protest auslöste, und deckte ihn zu.

Die erfrischende Dusche musste er auf den Abend verschieben. Der altersschwache Boiler im Bad brauchte zu lange, um auf Touren zu kommen. Also beließ er es bei einer Katzenwäsche. Danach ging er ins Schlafzimmer und holte einen Stapel Arbeitskleidung aus dem Kleiderschrank. Eine fleckige graue Cargohose, ein verwaschenes, ehemals schwarzes T-Shirt, auf dessen Brust in graustichigem Weiß das Wort *Superheld* prangte, und dicke Socken.

In einer Nische neben dem Fenster bewahrte er seine Sicherheitsschuhe auf, in denen er eine Staubmaske, eine Schutzbrille und Arbeitshandschuhe verstaut hatte. Er zog die Schuhe an und packte die Arbeitsausrüstung in eine Umhängetasche. Anschließend sammelte er einige Dinge zusammen, die Jacobi brauchen würde: einen Eimer, einen feuchten Lappen, eine Packung Zwieback, Wasser, ein Glas, das zweite Alka-Seltzer und Jacobis Smartphone.

Sein Freund beobachtete mit einem dunkelbraunen, leicht glasigen Auge, wie Christopher die Sachen auf dem Couchtisch aufreihte. „Ruf mich an, falls irgendwas ist. Wenn du mir das Sofa vollkotzt, trete ich dir in den A..., verstanden?"

Jacobi grunzte.

Christopher nahm seine Sonnenbrille, die gestern irgendwie ihren Weg an einen der Garderobenhaken gefunden hatte, und verließ die Wohnung.

Um die Ecke gab es einen Taxistand. Er ging das kurze Stück der Reeperbahn entlang und entdeckte vor einem der Geschäfte einen grauhaarigen Mann in abgetragener Kleidung, der Plastikflaschen aus Tüten in einen Rucksack umlud. Zu seinen Füßen saß ein kleiner Schnauzer, der die Umgebung wachsam im Auge behielt.

„Moin, Rudi."

Rudi hob den Kopf und verzog sein wettergegerbtes Gesicht zu einem Lächeln, das etliche Zahnlücken sehen ließ. „Moin, mien Jung. Na, wie guckst du denn aus der Wäsche? Gestern ordentlich einen gehoben?"

„Kleine Feier mit Freunden." Christopher ging in die Hocke und kraulte Tessa, die ihn freudig begrüßte.

„Muss auch mal sein. Und nu? Katerfrühstück bei deiner Mieze?" Rudi lachte heiser über seinen Witz.

Christopher war auf diese Art von Humor noch nicht eingestellt. „Deine Sprüche werden auch immer platter!"

Die Reaktion darauf war erneutes Lachen.

„Ich muss arbeiten. Hab mich für zwei Tage zum Kartonsschleppen verpflichtet."

„Oh." Ein mitleidsvoller Blick aus trüben blauen Augen traf ihn. „Dat Wochenende is' wohl hin, was?"

„Sieht so aus."

„Na, denn man tau."

Christopher strich Tessa übers Köpfchen und gab Rudi einen freundschaftlichen Klaps. „Tschüss."

„Tschüss, mien Jung."

Er schleppte sich zum ersten Taxi in der Warteschlange, nahm auf der Rückbank Platz und las dem Taxifahrer die Zieladresse vor. Danach öffnete er das Fenster.

Einen Chauffeur zu haben, war ein seltener Luxus.

Christopher rutschte tiefer in den Ledersitz und dachte an Rudi. Er war einer von den Guten, denen das Leben übel mitgespielt hatte. Die falsche Frau geheiratet, Scheidung, Auszug aus dem gemeinsamen Haus, Kontakt zu den Kindern verloren, Arbeit futsch, Depressionen, Mietrückstände, Straße. Kein Alkohol, darauf legte Rudi großen Wert. Mit Anfang sechzig sah er aus wie Mitte siebzig. Verbraucht von einem Jahrzehnt auf Platte. Trotzdem schaffte er es, Optimismus und Fröhlichkeit zu verbreiten.

Anfangs hatte Christopher versucht, zu helfen. Ihm eine feste Bleibe zu besorgen, eine Arbeit. Bis Rudi klarstellte, dass er keine Hilfe wollte. Die Vorstellung, in ein geordnetes Leben zurückzukehren, Regeln zu befolgen, Erwartungen zu erfüllen, überforderte ihn. Für Christopher war es schwierig gewesen, das zu akzeptieren. Wie konnte jemand freiwillig ein Leben auf der Straße führen, während es Möglichkeiten gab, das zu ändern? Warum beharrte Rudi stur darauf, sein eigenes Ding durchzuziehen?

An dieser Stelle schmunzelte Christopher gewöhnlich.

Wie oft hatte er selbst ähnliche Sätze zu hören bekommen? Wie lange hatte er seinen eigenen Weg gegenüber Menschen verteidigt, die ihm vorwarfen, er würde sich unter Wert verkaufen?

Christopher hatte Abitur gemacht, weil es von ihm erwartet worden war. Niemand in seiner Familie besaß einen niedrigeren Schulabschluss. Es wäre undenkbar gewesen, mit dieser Tradition zu brechen. Also hatte er einen hervorragenden Realschulabschluss und drei Jahre seines Lebens zugunsten eines mittelmäßigen

Abiturs geopfert. Seine Durchschnittsnote von 2,9 hatte keine Begeisterungsstürme ausgelöst. Jacobi war für seine 3,1 gefeiert worden wie ein König. Der Erste aus dem Filipowicz-Clan mit Abitur.

Christopher hingegen hatte die geballte Enttäuschung seiner Eltern zu spüren bekommen. Seit der Scheidung waren sie sich selten bei einer Sache so einig gewesen.

Damit aus dem Jungen trotzdem etwas wurde, hatte sein Vater seinen guten Draht zur Personalabteilung seiner Firma genutzt und ihm einen Ausbildungsplatz verschafft. Unter dem wachsamen Blick seines Erzeugers hatte Christopher die Ausbildung zum Speditionskaufmann absolviert. Seine Leistungen waren gut gewesen, aber nie gut genug für seine Eltern. An dem Tag, an dem er sein Prüfungszeugnis in der Hand gehalten hatte, war er endgültig fertig damit gewesen, die Dinge zu tun, die man von ihm erwartete. Er hatte den Übernahmevertrag seiner Ausbildungsfirma abgelehnt, sich einen Job im Restaurant seines Stiefvaters besorgt und die Rettung der Familienehre seinem jüngeren Bruder überlassen. Seine Eltern trugen ihm diese Entscheidung bis heute nach. Wenn Rudi also beschloss, sein Leben fernab gesellschaftlicher Gepflogenheiten zu führen, würde er das respektieren.

Das Taxi bog in eine ruhige Straße mit Ein- und Zweifamilienhäusern ein. Alles war wohlgeordnet, die Hecken geschnitten, die Gärten liebevoll gepflegt.

Ein harter Kontrast zur Reeperbahn. Christopher versuchte vergeblich, sich vorzustellen, in einem dieser Häuser zu wohnen wie sein jüngerer Bruder Elias mit seiner Familie.

In einiger Entfernung stand ein leuchtend roter Lkw des Umzugsunternehmens Scholz. Bald darauf sah Christopher den großen, an der Oberseite offenen Container, der im Garten eines Einfamilienhauses stand und den Rasen ruinierte. Nach den Maßen zu urteilen, sechsunddreißig Kubikmeter. Ausreichend Raum für den Inhalt einer Zweizimmerwohnung. Friedrich hatte die ganz große Mülltonne ausgepackt. Aus einem Fenster im ersten Stock des Gebäudes flogen wie am Fließband leere Kartons, Kleidung und unidentifizierbares Zeug in die Stahlbox. Ein untersetzter Mann mit dunklem, grau meliertem Haar, Bauchansatz und Brille stand vor dem Haus und überwachte das Geschehen.

Friedrich Scholz.

Als der Taxifahrer hielt, kamen gerade zwei von Christophers Kollegen aus dem Haus, jeder mit einem Karton beladen. Friedrich nahm den Inhalt in Augenschein und schickte die Männer zum Container. Im Lkw wurden ausschließlich brauchbare Dinge gesammelt, die sich an Antiquitätenhändler oder Secondhandläden verkaufen ließen.

Christopher bat den Taxifahrer, zu hupen. Auf das Signal hin wandte Friedrich den Kopf.

„Der Herr zahlt", erklärte Christopher und stieg aus.

Friedrich musterte ihn durch seine mehrere Millimeter dicken Brillengläser und schüttelte den Kopf.

„Die Jugend von heute."

„Ich kann auch wieder fahren. Ein wenig körperliche Arbeit täte deinem Waschbärbauch bestimmt gut."

„Ich geb dir gleich Waschbärbauch!", drohte Friedrich. „Mach dich nützlich, du wirst hier nicht fürs Rumstehen bezahlt!"

„Jawohl, Chef."

„Du kannst Timo und Jonas im ersten Stock zur Hand gehen. Zeitschriften, Bücher, Kleidung, Elektroschrott, Teppiche, alles raus. Persönliche Gegenstände wie Fotoalben, Briefe oder Dokumente sammeln wir in der Küche. Wenn ihr bis zu den Möbeln vorgedrungen seid, gebt mir Bescheid. Der alte Mann hat früher Antiquitäten gesammelt. Unter dem ganzen Kram könnten wahre Schätze schlummern."

Christopher nickte, während sein überfordertes Gehirn versuchte, die Informationen zu verarbeiten. Er verstaute seine Umhängetasche im Lkw und ging zum Haus.

In Erwartung des Schlimmsten trat er über die Türschwelle. Der Eingangsbereich und der lange Flur waren bereits geräumt. Olivgrüne Tapete wellte sich an den Wänden. An zahllosen Haken und Nägeln hatte offenbar eine Bildergalerie ihren Platz gehabt. Links lag die Küche. Schmutzränder an den Wänden zeichneten die ehemaligen Positionen der Möbel und Spüle nach. Der Fußbodenbelag war herausgerissen worden. Darunter lagen dunkle Dielen. In einer Ecke standen zwei Kartons. Einer war leer, der andere gefüllt mit gerahmten Bildern und einer Schachtel voller Briefe und Postkarten. Die Tür zur leeren Speisekammer stand offen. Jemand hatte das vor Staub und Dreck fast blinde Küchenfenster geöffnet, um frische Luft in den Raum zu lassen. Trotzdem roch es ekelhaft süßlich-vergoren.

Am Ende des Flurs befand sich das, was wohl einmal der Wohn- und Essbereich gewesen war. Bei einem Blick durch die offene Tür sah er lediglich Kartons, Müllsäcke, wahllos abgestelltes Mobiliar und etliche Fernseher. Dort war der Sohn des Hausbesitzers gestorben. Bei der Vorstellung überlief ihn ein Schauder.

Er trat näher und machte sich mit einem knappen „Moin!" bemerkbar.

„Hey, Topher. Gut, dass du da bist!" Jörg, der jüngste Sohn von Friedrich Scholz, hob zur Begrüßung einen Klappstuhl hoch, der vor einem hüfthohen Stapel Zeitschriften stand. Der Stapel kam ins Rutschen und ergoss sich einem Wasserfall gleich über den Boden. Jörg rollte genervt die Augen. „Ich hasse diesen Mist! Das geht die ganze Zeit so!"

„Man sollte eine Lenkrakete auf diese Dreckshütte abfeuern und sie dem Erdboden gleichmachen", drang von irgendwo hinter einem rustikalen Vitrinenschrank die Stimme von Jörgs älterem Bruder Michael. Christopher ließ die beiden weiterarbeiten und ging zur Treppe. Die Stufen knarrten unter seinem Gewicht. Auf der obersten Stufe blieb er fassungslos stehen. So etwas hatte er noch nicht gesehen.

Aus drei Räumen quoll das Ergebnis jahre- oder gar jahrzehntelanger Sammelwut. Kleidung, zusammengerollte Teppiche, Tüten über Tüten, Kartons, Bücher, unidentifizierbares Zeug. Als wäre eine Sperrmüllbombe explodiert. Der schmale Flur war durch zwei Vitrinen und ein Regal kaum passierbar. Überall standen Dekoartikel. Kitschige Glas- und Keramikfiguren, Stoffpüppchen und Schmuckkästchen. Keine Spur von den Zimmertüren. Wie sollten sie dieses Gerümpel in zwei Tagen aus dem Haus schaffen?

Ein unangenehmes Aroma stieg ihm in die Nase. Feuchte Wände, ungewaschene Kleidung, abgestandene Luft, Verwahrlosung. Kaum vorstellbar, dass zwei Menschen jahrelang in diesem Müll gehaust hatten. Er nahm eine Reihe von Fotos mit seinem Smartphone auf. Jacobi würde ihm diese Geschichte sonst nie glauben.

In einem der Räume wurde gearbeitet.

Christopher trat ein und fand sich in einem Schlafzimmer wieder. Jedenfalls deutete ein Ansatz von Bettrahmen darauf hin. Jonas und Timo standen auf einer freien Fläche und knabberten an dem Gerümpel wie effiziente Mäuse an einem Stück Käse. Jonas griff wahllos nach Gegenständen und reichte sie an Timo weiter, der sie aus dem Fenster und in den Container beförderte.

„Moin!"

Jonas hielt inne. Er musterte Christopher, betrachtete das T-Shirt mit dem Superhelden-Aufdruck und begann zu lachen.

Timo grinste breit. „Das letzte Bier war wohl schlecht, was?"

„Hör bloß auf!"

„Hübsches T-Shirt", bemerkte Jonas. „Abschiedsgeschenk von Caro?"

„Das ist von Tine." Seiner vorletzten Freundin. Wäre es von Caro gewesen, hätte er es längst verbrannt.

„Hier." Timo warf ihm eine Rolle robuster Müllsäcke zu. „Du kannst im Badezimmer anfangen."

„Welches Badezimmer?"

„Zweite Tür rechts. Viel Vergnügen."

Nach einem skeptischen Blick auf seine grinsenden Kollegen machte er sich auf den Weg.

Der Anblick des Badezimmers war ein weiteres Foto wert. Stapelweise Heckenscheren, Rechen, Schaufeln, Hacken, Spaten, Spaliere. Einige der Utensilien in ihrer Originalverpackung, andere völlig verrostet. Die Badewanne war bis zum Rand mit Elektrogeräten gefüllt. Radios, Rasierapparate, Föhne, Toaster, Teile von Lautsprechern und Stereoanlagen. Sogar einen Staubsauger entdeckte er. Alles schwamm in einer müffelnden braunen Brühe. Christopher seufzte und zog seine Putzhandschuhe an. Er füllte drei Müllsäcke, bevor er den Wasserspiegel erreichte. Die letzten Teile hob er mit einer Schaufel aus der Wanne.

Friedrich erschien in der Tür. Er begutachtete den tropfenden Wasserhahn und verstopften Abfluss und machte auf seinem Protokoll eine Notiz für den Klempner.

Während die Rolle mit den Müllsäcken stetig dünner wurde, erschien nach und nach der geflieste Fußboden. Christopher schleppte ein Dutzend Säcke zum Container. Danach brauchte er eine Pause. Sein Magen knurrte, und hinter seinen Schläfen pochte der Kopfschmerz.

Auf der Ladefläche des Lkw standen Kästen mit Wasser und eine Kühlbox, in der belegte Brote lagen.

Er trank eine halbe Flasche stilles Wasser und nahm sich je ein Brot mit Käse und mit Salami. Auf der gegenüberliegenden Straßenseite fand er unter einem Baum ein schattiges Plätzchen. Er setzte sich auf eine niedrige Grundstücksmauer und beobachtete kauend die Schaulustigen, die ihrerseits die Hausräumung verfolgten. Endlich eine Abwechslung im öden Alltag. Er machte ein Foto vom Haus samt Lkw und Container.

Das typische Klack-Klack-Klack eines Skateboards näherte sich. Ein Junge rollte auf ihn zu. Vielleicht dreizehn oder vierzehn, blond, schlabberiges T-Shirt, neongelbe Turnschuhe, bunt karierter Rucksack. Die beutelige Hose wurde allein durch Hoffnung und ein Aussetzen der Schwerkraft über dem dürren Hintern gehalten. Der Junge bremste und zog einen Fotoapparat aus der Hosentasche. Er machte einige Bilder vom Messie-Haus, steckte den Fotoapparat ein und rollte mit kräftigen Fußstößen den Weg zurück, den er gekommen war. An der nächsten Straßenecke stoppte er neben einem silbergrauen Wagen. Das Fenster auf der Fahrerseite wurde abgesenkt. Der Junge reichte den Fotoapparat in den Wagen, nahm etwas entgegen und verschwand in der Seitenstraße. Mit gerunzelter Stirn beobachtete Christopher, wie der silberne Wagen abbog und davonfuhr. Kein Hamburger Kennzeichen. Das HH hätte er selbst aus dieser Entfernung erkannt. Er blickte dem Fahrzeug nach und versuchte vergeblich, sich einen Reim auf die Sache zu machen.

Bis zum Ende dieses Arbeitstages half er seinen Kollegen im Schlafzimmer. Das Sortieren und Umschichten nahm die meiste Zeit in Anspruch. Hinter einem Vorhang verbarg sich eine Nische, aus der ein penetranter Schimmelgeruch drang. Koffer in unterschiedlichen Stadien der Auflösung stapelten sich bis unter die Decke. Vorsichtshalber setzten sie spezielle Atemmasken und Schutzbrillen auf. Sie öffneten jeden Koffer, falls darin wichtige Unterlagen oder persönliche Gegenstände lagen. Die gesamte Außenwand war schwarz. Das Mauerwerk musste seit geraumer Zeit undicht sein. Allmählich tauchten Möbel auf aus diesem Ozean des Chaos. Kommoden und Nachtschränkchen, die Schubladen zum Bersten gefüllt. Sie zerlegten das Doppelbett und die großen Staukästen und wuchteten die Überreste aus dem Fenster. Es war schon etwas unverfroren, an einem Samstagabend schwere Holzkästen aus dem ersten Stock zu werfen.

Wie auf Kommando stand Friedrich in der Tür.

„Seid ihr bescheuert?", polterte er los. „Um diese Uhrzeit solchen Lärm zu machen? Wenn sich die Nachbarn bei der Polizei beschweren, können wir einpacken. Schaltet eure Köpfe ein, Jungs!"

Betretenes Schweigen folgte.

„Entschuldige", antwortete Christopher. „Kommt nicht wieder vor."

„Das will ich meinen!" Friedrichs Blick glitt durch den Raum. „Schafft den restlichen Krempel runter und macht Feierabend. Über die Treppe. Sonst gibt's ein paar hinter die Löffel!"

Während die Treppenstufen hörbar unter den schweren Schritten ihres Chefs knarrten, tauschten seine Kollegen und Christopher vielsagende Blicke. Wer für Friedrich Scholz arbeiten wollte, brauchte ein dickes Fell.

Christopher fuhr mit Friedrich und Jörg im Lkw zurück. Der anstrengende Tag steckte ihm in den Knochen. Eine heiße Dusche und ein ordentliches Abendessen war alles, was er wollte. Vorher half er Jörg und

Friedrich noch, die leichteren Möbel, antiken Lampen und Säcke mit brauchbaren Gegenständen ins Lager der Möbelspedition zu tragen. Den schweren Kleiderschrank und zwei massive Eichenholzkommoden ließen sie auf der Ladefläche stehen.

Jörg fuhr ihn freundlicherweise nach Hause.

Kurz nach halb neun erreichten sie den Hamburger Berg. Jörg hielt direkt vor Christophers Haus.

„Dass du hier wohnen kannst. Mich würde der Trubel wahnsinnig machen."

„Mir gefällt's. Auf Pauli wird's nie langweilig."

„Und die Wege sind kurz, was?" Jörg deutete feixend auf das Sexkino.

„Genau."

„Soll ich dich morgen früh abholen?"

„Ist das kein Umweg für dich?" Natürlich war es ein Umweg.

„Die paar Minuten kann ich verschmerzen. Zwanzig nach neun?"

„Klingt gut. Danke."

„Kein Problem."

Auf der Treppe fiel Christopher sein Hausgast ein. Hoffentlich hatte sich Jacobi mittlerweile berappelt. Um den Krankenpfleger zu spielen, fehlte ihm die Energie.

Im Wohnzimmer roch es nach Pizza. Die Wolldecke lag zusammengefaltet auf dem Sofa, der Couchtisch war abgeräumt. Im Badezimmer stand das Fenster auf Kipp.

Sein Smartphone vibrierte in der Hosentasche.

Ich schulde dir eine Pizza.

Er antwortete.

Salami. Und nicht den billigen Dreck!

Als ob du den Unterschied kennst.

Christopher grinste. Er schaltete das Smartphone aus und den Boiler ein.

KAPITEL 3

Christopher fand lange nicht in den Schlaf. Zu sehr beschäftigte ihn das Messie-Haus. Welche Umstände führten dazu, dass Menschen auf diese Weise die Kontrolle über ihr Leben verloren? Was ging in ihnen vor, wenn sie nutzlose Dinge horteten und sich hinter Bergen von Sperrmüll versteckten? Er starrte in der Dunkelheit an die Decke und spürte Beklemmung und eine diffuse Wut. Warum hatte keiner der Nachbarn etwas bemerkt? Wie konnte es sein, dass so etwas niemandem auffiel? Oder war es den Leuten gleichgültig gewesen? Lag es an der Großstadt? Interessierten sich die Menschen heutzutage tatsächlich so wenig für das Wohl der anderen?

Zwischen all diesen Gedanken tauchte der silbergraue Wagen auf, den er während der Mittagspause beobachtet hatte. Was hatte es mit dem auf sich? Für wen hatte der Junge die Fotos gemacht? Und warum?

Irgendwann schlief er erschöpft ein.

Mitten in der Nacht erwachte er aus einem Traum, in dem er versuchte, einen Koffer zu packen. Immer mehr Gegenstände tauchten auf, während der Koffer stetig schrumpfte.

Voller Panik tastete Christopher nach dem Schalter der Nachttischlampe. Er sammelte sich und tappte ins Wohnzimmer. Eine Weile stand er benommen in der Mitte des Raumes und spürte den weichen Teppich unter den Füßen. Er ließ den Blick über die Möbel schweifen. Kein Stück zu viel. Kein Ballast, der nutzlos in den Ecken verstaubte. Bei Gelegenheit würde er den Keller ausmisten. Unnötige Dinge loswerden. Platz schaffen. Mit diesem Vorhaben ging er wieder ins Bett und schlief beruhigt ein.

Nach der unruhigen Nacht fiel ihm der Start am nächsten Morgen entsprechend schwer. Vom Wecker getrieben, quälte er sich aus dem Bett. Wie in Trance setzte er Kaffee auf und zog sich an. Obwohl er keinen Hunger verspürte, frühstückte er und trank zwei Becher Kaffee mit reichlich Milch und Zucker. Er war gerade fertig, als Jörg klingelte.

***

Friedrich teilte sie ein wie am Tag zuvor. Jörg und Michael im Erdgeschoss, wo es noch ein Bad und das Schlafzimmer des alten Mannes auszumisten galt, Christopher, Jonas und Timo im ersten Stock, um das letzte Zimmer zu räumen. Anschließend stand die zugemüllte Garage auf dem Plan. Wenigstens gab es keinen Keller. Die Schlüsselübergabe sollte am Montagmorgen stattfinden. Bis dahin musste das gesamte Haus besenrein sein. Geschwindigkeit war das höchste Gebot.

Christopher ging als Erster nach oben. Er betrat das Zimmer und sah sich einem Fuhrpark von Fahrrädern gegenüber. Bei vierzehn hörte er auf zu zählen. Zwischen den Rädern standen Fahrradanhänger, auf denen sich Einzelteile weiterer Räder türmten. Rechts lehnten etliche Türen an der Wand. Mindestens die Hälfte stammte nicht aus dem Haus.

„Scheiße", brachte Timo es hinter ihm nüchtern auf den Punkt.

„Den Krempel muss der Sohn hier heraufgeschleppt haben", stellte Jonas fest. „Der demente alte Knacker wird's kaum gewesen sein."

Christopher blies die Wangen auf und stieß langsam die Luft aus. „Auf geht's."

Sie bildeten eine Kette. Er schaffte die Fahrräder aus dem Zimmer bis zur Treppe, Timo trug sie hinunter und Jonas brachte sie in den Container. Als er den letzten Rahmen holte, fiel ihm auf, dass die Schrankwand, an der die Fahrräder gelehnt hatten, nicht mit der Dachschräge abschloss. Links führte zwischen Stapeln von Wäschekörben ein schmaler Pfad vorbei. Geduckt, um sich nicht an der Schräge zu stoßen, folgte er dem Pfad. Er fand sich in einem aufgeräumten Arbeitszimmer wieder. Durch staubige Fenster fiel Tageslicht auf einen Schreibtisch, eine Kommode, eine Kleiderstange mit Anzügen und Hemden und ein zusammengefaltetes Feldbett. Unter der Dachschräge standen ein kleiner Kühlschrank und ein Fernseher.

„Was ist das denn?" Timo war ihm gefolgt und betrachtete verblüfft diese Insel der Ordnung.

„Keine Ahnung." Christopher nahm einen Aktenordner vom Schreibtisch. Rechnungen für Strom, Wasser, Telefon, alles sauber abgeheftet.

„Spielzeugautos!"

Er blickte auf.

Timo hielt grinsend einen Setzkasten hoch. „Stand neben dem Feldbett."

„Zeig mal her." Er nahm Timo den Setzkasten ab. Die Spielzeugautos sahen nagelneu aus. Über die würde sich der kleine Sohn seines Nachbarn Murat bestimmt freuen. „Ob ich die mitnehmen darf?"

„Ich bezweifle, dass die Nichte Interesse daran hat."

„Arbeitet hier noch jemand?", hörten sie Jonas' Stimme hinter der Schrankwand. Kurz darauf stand ihr Kollege im Arbeitszimmer. „Was ist das denn?", wiederholte er Timos Frage.

„Keine Ahnung", gab Christopher die gleiche Antwort wie zuvor.

„Sammelst du neuerdings Spielzeugautos?"

„Unser kleiner Topher möchte seine kindliche Seite neu entdecken."

„Die sind für den Sohn meines Nachbarn, du Vogel." Christopher stellte den Setzkasten auf die Fensterbank. „Wenn den einer wegwirft, gibt es Ärger!"

Bevor sie mit dem Arbeitszimmer anfingen, schleppten sie die Türen und die mit staubigem Geschirr gefüllten Wäschekörbe zum Container. Christopher sprach Friedrich auf das Refugium im ersten Stock an.

„In dem Zimmer hat der Sohn gewohnt. Der war vernünftig genug, um die wichtigsten Unterlagen zu sammeln. Sonst hätten wir den ganzen Saustall auf den Kopf stellen müssen. Die Nichte hat die meisten Ordner mitgenommen, um den Papierkram mit den Behörden zu regeln. Jetzt sieh zu!" Friedrich tippte auf seine Armbanduhr. „Bis sechzehn Uhr will ich fertig sein!"

Zu dritt war das Zimmer schnell geräumt. Die wuchtige Schrankwand musste zerlegt werden. Als Jonas eines der Seitenteile abzog, fiel ein flaches Einsteckalbum zu Boden.

„Wo kommt das denn her?" Er hob den Fund auf. Dabei rutschten ein Brief, eine Postkarte und ein Foto heraus.

Christopher nahm alles an sich. Der Poststempel des Briefes war längst verblasst. Er trug die Adresse eines Stuttgarter Postfachs, das einem oder einer F. Müller gehörte. Keinen Absender. Auch auf der Postkarte fand sich kein Absender. Sie war an dasselbe Postfach adressiert und enthielt einen einzigen Satz in einer Sprache, die Christopher, seinem Freund Jacobi sei Dank, als Polnisch identifizierte. Lesen konnte er ihn trotzdem nicht. Zwischen den unverständlichen Wörtern stand der Name Pawel Jankowski.

Das Foto zeigte eine brünette Frau mittleren Alters. Blass, dünn, durchschnittlich hübsch. Das Bild war offensichtlich in einem Atelier aufgenommen worden.

„Die Ehefrau des Toten." Jonas überflog die Aufnahmen. „Von den beiden hingen unten jede Menge Bilder."

„Waren sie geschieden?" Das würde ihre Abwesenheit erklären.

„Sie ist vor einigen Jahren gestorben. Hat Friedrich erzählt."

„Oh." Christopher betrachtete erneut das Foto. War das die Antwort auf eine der Fragen der vergangenen Nacht? Welche Umstände dazu führten, dass Menschen die Kontrolle über ihr Leben verloren?

Jonas blätterte weiter. Die meisten Bilder zeigten Züge mit Kesselwagen und Lkw, die Flüssigkeiten oder Container transportierten. Einige trugen polnische Firmennamen, andere keinerlei Aufschrift. Dazwischen Bilder von Rangierbahnhöfen und Raststätten.

„Merkwürdige Urlaubsfotos", bemerkte Jonas mit gerunzelter Stirn.

„Vielleicht hat sie für eine Spedition gearbeitet." Jacobi war Anfang des Jahres geschäftlich in Süddeutschland unterwegs gewesen. Seine Schnappschüsse sahen ähnlich spannend aus. „Wie alt war der Mann, als er gestorben ist?"

„Mitte fünfzig."

„Bisschen jung für einen Herzinfarkt."

„Achtung, Achtung, Kommissar Diecks wittert ein Verbrechen!"

„Saukomisch! Totaler Brüller!"

„Wir sind heute aber empfindlich." Jonas nahm ihm Foto, Brief und Postkarte aus der Hand und legte alles zurück ins Album. „Ich bring die Sachen runter. Ihr beiden Hübschen macht inzwischen weiter."

„Lass dich nicht ärgern." Timo gab ihm einen Klaps gegen den Oberarm. „Der Onkel meiner Freundin hatte mit achtundvierzig einen Herzkasper. Passiert halt. Und bei diesem Lebensstil ..."

„Mag sein." Christopher nahm den Setzkasten. „Ich bin gleich wieder da." Er suchte Friedrich und holte sich die Erlaubnis, die Spielzeugautos für Murats Sohn Samy mitzunehmen. Damit das Geschenk nicht versehentlich auf dem Müll landete, brachte er es zum Lkw. Auf den Rückweg erinnerte er sich an den silbergrauen Wagen vom Vortag. Er schaute sich auf der Straße um, entdeckte jedoch kein Fahrzeug dieser Farbe.

Sie schafften es tatsächlich, das Haus und die Garage bis sechzehn Uhr zu räumen. Jonas und Christopher sorgten dabei aus unterschiedlichen Gründen für Erheiterung. Jonas, weil er beim Öffnen des Garagentors unter einem Stapel von Plastikmöbeln begraben wurde. Christopher, weil er es beim Abräumen der geschätzt einhundert Lackdosen, die auf einem stümperhaft angeschraubten Regal standen, fertigbrachte, sich den Inhalt einer Dose übers Hosenbein zu kippen. Der Kontrast von schwarzem Stoff und knallrotem Lack animierte seine Kollegen zu allerlei blöden Sprüchen.

Sobald der letzte Handschlag getan war, unterzog Friedrich Haus und Garage einer strengen Kontrolle.

„Hervorragende Arbeit, Jungs!", verkündete er zufrieden. „Macht Feierabend, den habt ihr euch verdient."

Christopher fuhr wieder mit Friedrich und Jörg im Lkw. Diesmal brachten sie ihn direkt nach Hause.

„Kannst du morgen früh als Zeuge bei der Schlüsselübergabe dabei sein?", erkundigte sich Friedrich, als Christopher aussteigen wollte. „Jochen fällt aus, und die anderen Jungs sind für einen Umzug eingeteilt."

„Ich muss ab vierzehn Uhr im Restaurant sein, aber vorher habe ich Zeit."

„Die Nichte kommt um neun. Dauert höchstens eine Stunde. Dienstag läuft wie besprochen."

Am Dienstag sollte er zusammen mit Jörg die brauchbaren Möbel zu einem Antiquitätenhändler bringen. Was der Händler nicht kaufte, ging an einen Secondhandladen in der Innenstadt.

„Eventuell brauche ich dich Donnerstag oder Freitag."

„Mittwoch und Donnerstag ist Wochenende angesagt." Davon würde Christopher keinen Zentimeter abrücken. „Freitag kann ich höchstens bis mittags arbeiten." Abends stand die nächste Schicht im Restaurant an.

Friedrich notierte sich alles. „Gut. Bis morgen."

„Bis morgen." Er nahm seine Tasche und den Setzkasten und stieg aus.

Mittlerweile spürte er jede einzelne Treppenstufe und jeden zurückgelegten Meter in den Beinen. Sein Rücken und die Schultern erinnerten ihn daran, dass er diesen Job nicht ewig machen konnte. Oder treffender, machen sollte.

Er betrat Murats Kiosk im Erdgeschoss des Wohnhauses. Der war auch am Sonntag bis spätabends geöffnet.

Özdem, Murats ältester Neffe, stand hinter dem Tresen. Özdem war siebzehn und viel zu cool, um Zeitungen und Kaugummis zu verkaufen. Die familiären Verpflichtungen hielten ihn davon ab, mit seinen Kumpeln abzuhängen und große Reden zu schwingen. Also nutzte er das Handy.

Özdem nahm Christophers Anwesenheit mit einem knappen Nicken zur Kenntnis und telefonierte weiter. „Ey, Digger, ich schwör, das hat sie gesagt! Weiber halt, die checken nix!" Die Antwort brachte Özdem zum Lachen. „Ey, Alter, du bist so ein Assi!"

Christopher ging zum Kühlregal, bevor Özdem sein breites Grinsen sehen konnte. Während sich die Unterhaltung mit ähnlich blumigen Worten fortsetzte, lud er sich einen Liter Milch, Joghurt und eine Flasche Kakao auf. Bei dem Satz „Ey, Digger, die Alte mach ich locker klar!" biss er sich auf die Unterlippe, um nicht zu lachen. An der Kasse musste er sehr mit seiner Gesichtsmuskulatur kämpfen, um ernst zu bleiben.

„Wart ma', Digger, ich muss kassieren." Özdem legte das Handy beiseite und tippte hoch konzentriert die Preise ein. Er nahm das abgezählte Geld entgegen und packte die Einkäufe unbeholfen, aber um guten Service bemüht, in eine Plastiktüte.

„Weißt du, ob dein Onkel zu Hause ist?"

Özdem blinzelte erstaunt. „Äh, ja, ich glaub schon."

„Danke." Christopher griff nach der Einkaufstüte. „Einen schönen Abend."

„Äh, Ihnen auch."

Unter dem Macho-Gehabe steckte anscheinend ein ganz ordentlicher Junge.

Christopher stellte Einkäufe und Umhängetasche im Flur ab und ging mit dem Setzkasten hoch in den vierten Stock. Hinter Murats Wohnungstür war orientalische Popmusik zu hören. Er klingelte.

Schritte näherten sich. Eine Kette wurde vorgelegt und zwei Schlüssel gedreht. Ein kleines Fort Knox. Ohne Türspion. Sonst hätte Murat gewusst, dass die Vorsichtsmaßnahmen unnötig waren. Die Tür öffnete sich einen Spalt. Ein gedrungener Mann Anfang vierzig in Karohemd und Cordhose schaute misstrauisch hindurch.

„Christopher!" Murat Karamirs Miene hellte sich auf. Er hakte rasch die Kette aus. „Guten Nachmittag." Sie gaben sich die Hand. „Hast du gemalt?" Murat deutete auf das mit Lack verschmutzte Hosenbein.

„Ist vorhin bei der Arbeit passiert."

„An einem Sonntag?", fragte der Mann, der selbst an sechs Wochentagen in seinem Kiosk stand. „Komm, trink einen Tee mit uns. Du musst erschöpft sein." Murat trat mit einer einladenden Geste beiseite.

„Vielen Dank, aber ich möchte nicht lange stören."

Ein kleiner Junge kam aus dem Wohnzimmer. Nach einigen Schritten blieb er stehen und beäugte ihn unschlüssig aus dunklen Augen. Christopher zwinkerte Samy freundlich zu und erntete ein schüchternes Lächeln.

„Ich habe etwas für dich." Er hielt den Setzkasten hoch. „Wir haben ein Haus ausgeräumt und den dabei gefunden."

Murat nahm überrascht die Spielzeugautos in Augenschein. „Das können wir nicht annehmen. Das ist zu viel."

„Natürlich könnt ihr. Sonst landen die Autos auf dem Müll, und das wäre schade, oder?"

„Gut. Weil du es bist. Komm her, Samy. Christopher hat ein Geschenk für dich."

Auf dem Gesicht des kleinen Mannes kämpften Neugier und Schüchternheit miteinander. Schließlich siegte die Neugier. Er kam angelaufen und stellte sich dicht neben seinen Vater.

„Hier." Christopher ging in die Hocke und zeigte ihm den Setzkasten. „Die sind für dich."

Samys Augen weiteten sich. Er sah fragend zu seinem Vater. Als der nickte, nahm er den Setzkasten und drückte ihn an seine Brust.

„Was sagt man, wenn man ein Geschenk bekommt?"

Samy blickte auf seine Füße. Schließlich murmelte er: „Danke schön", und schoss wie der Blitz zurück ins Wohnzimmer.

„Entschuldigung." Murat lächelte. „Samy ist sehr schüchtern."

„In dem Alter war ich auch so." Christopher erhob sich unter spürbarem Protest seiner Knie. „Ich hoffe, er hat Spaß mit den Autos."

„Ganz bestimmt. Vielen Dank!"

Während Christopher in seine Wohnung ging, dachte er an einen anderen kleinen Menschen, den er viel zu lang nicht gesehen hatte. Er schaltete den Boiler im Badezimmer ein. Während das Wasser heiß wurde, nahm er im Wohnzimmer das Telefon aus der Ladestation.

Nach dem fünften Klingeln meldete sich eine junge Frau. „Diecks."

„Hier auch."

„Chris! Schön, dass du dich meldest. Wie geht es dir?"

Helena bestand als Einzige in seinem Freundes- und Verwandtenkreis darauf, ihn Chris zu nennen. Sie fand *Topher* für einen erwachsenen Mann unangemessen. „Etwas müde. Hab das ganze Wochenende gearbeitet. Wie geht es dir? Und Sophie?" *Und Elias?*

„Uns geht es hervorragend. Sophie und ich haben heute meine Eltern im Schrebergarten besucht. Papa hat für Sophie ein Planschbecken gekauft. Jetzt ist sie schrumpelig wie eine Rosine." Helena kicherte auf ihre sympathische, luftig-leichte Weise.

„Hatte Elias keine Lust?"

„Er ist bis Dienstag zur Fortbildung in Frankfurt. Kommst du uns bald besuchen? Sophie fragt oft nach dir. Sie vermisst dich."

Christopher verspürte einen Stich. „Ich vermisse die kleine Maus auch."

„Außerdem habe ich eine Überraschung für dich."

„Ach ja?" Helenas Tonfall ließ auf große Dinge schließen.

„Du wirst dich bestimmt freuen!"

Die Rädchen in seinem Kopf begannen sich rasend schnell zu drehen. „Gibst du mir einen Hinweis?"

„Oh nein. Das erzähle ich dir erst, wenn du hier bist."

„Das ist gemein. Andeutungen machen und mich hängen lassen!"

„Wenn du hier bist", wiederholte sie entschieden.

Die Rädchen rasteten schlagartig ein. Es konnte nur das Eine sein. Ein warmes Kribbeln breitete sich in seiner Magengegend aus. Er behielt seine Ahnung für sich, um ihr die Überraschung nicht zu verderben. Oder kopfüber ins Fettnäpfchen zu springen. „Passt es am Mittwoch?"

„Moment, ich sehe nach." Er hörte das Rascheln von Papier. „Mittwoch ist wunderbar. Um achtzehn Uhr? Wir könnten zusammen zu Abend essen, und anschließend bringst du Sophie ins Bett. Du weißt, wie sehr sie es liebt, wenn du ihr vorliest."

„Klingt nach einem Plan."

„Ich freue mich!"

„Ich auch. Grüß Elias", fügte er aus Pflichtgefühl hinzu.

„Mache ich. Tschüss, Chris."

Er stellte das Telefon zurück in die Ladestation. Hoffentlich lag er mit seiner Vermutung richtig. Er wünschte es Lena. In der Küche hing neben dem Kühlschrank ein Kalender, der mit Terminen gefüllt war. Dort trug er für den Mittwoch *Sophie – 18:00 Uhr* ein. Sein Blick wanderte zu den mit Magneten an der Kühlschranktür befestigten Fotos. Zwischen Schnappschüssen von seiner Halbschwester Jasmin, seinem Stiefvater Henry und den Jungs von der Fußballmannschaft hing die Aufnahme eines kleinen Mädchens in einem geblümten Kleid. Sophie besaß die braunen Haare ihres Vaters, die blauen Augen ihrer Mutter und ein Lächeln, das selbst das kälteste Herz zum Schmelzen brachte. Mittlerweile war sie fast dreieinhalb Jahre alt. Unfassbar, wie schnell sie wuchs. Er sah sie viel zu selten. Aber so, wie die Dinge zwischen seinem Bruder und ihm standen, würde sich daran in absehbarer Zeit kaum etwas ändern.

Elias und Helena waren ein einziges Mal mit Sophie zu Besuch gekommen. Anschließend hatte Elias verkündet, dass St. Pauli kein geeigneter Stadtteil für seine Tochter sei. Wie könne Christopher denken, ein kleines Kind sei zwischen Sexkinos, Tattoostudios und Kneipen gut aufgehoben? Wenn er seine Nichte sehen wolle, habe er gefälligst nach Othmarschen zu kommen. In eine ordentliche Wohngegend.

Um den Kontakt zu seiner Nichte nicht zu verlieren, schluckte Christopher seinen Stolz und seine Wut hinunter und fügte sich. Für Sophie. Sie konnte nichts für die Ansichten ihres Vaters. Die Kränkung blieb.

Christopher verstand, warum Elias seine Tochter von schlechten Einflüssen fernhalten wollte. Das wollte er auch. Aber Sophie von allem abzuschotten, war der falsche Weg. Wie sollte sie lernen, dass jeder auf seine Art lebte und Multikulti in Hamburg zum Alltag gehörte? Wie glücklich man sich schätzen konnte, eine Familie zu haben, ein Dach über dem Kopf und jeden Abend eine warme Mahlzeit auf dem Tisch. Außerdem gab es noch das andere St. Pauli. Die hübschen Nebenstraßen, in denen gewöhnliche Menschen wohnten, die einer gewöhnlichen Arbeit nachgingen.

In Elias' Vorstellung war St. Pauli der schmuddelige Rotlichtbezirk und Christopher der tätowierte Typ mit den Hilfsarbeiterjobs, der in einer Wohnung hauste, in der es keine zentrale Wasserversorgung gab und mit Kohle geheizt wurde.

Elias, der Überflieger ...

Egal, wie sehr er sich bemühte, sie fanden nicht zusammen. Er hob Zeige- und Mittelfinger der rechten Hand an die Lippen und presste sie danach auf das Foto von Sophie. „Wir sehen uns am Mittwoch, kleine Maus."

KAPITEL 4

Am Montagmorgen regnete es in Strömen. Christopher blickte missmutig aus dem Wohnzimmerfenster, nippte an seinem Kaffee und verspürte keine Lust, irgendetwas zu tun. Manche Menschen besaßen die bewundernswerte Fähigkeit, Melancholie in all ihrer gedankenzähen Langsamkeit anzunehmen. Sich mit ihr treiben zu lassen. Er empfand Trübsinn als furchtbar anstrengend.

Unten fuhr ein Wagen mit hohem Tempo durch eine Pfütze. Wasser spritzte auf die parkenden Fahrzeuge. Seufzend zog er sein Smartphone aus der Hosentasche. Er öffnete die App seiner bevorzugten Carsharing-Firma und ließ sich im Stadtplan die verfügbaren Fahrzeuge anzeigen. Ein Wirrwarr roter Punkte sprang ihm entgegen. Er fand zwei Fahrzeuge in unmittelbarer Nähe und reservierte das Auto mit der höheren Treibstoffanzeige.

Heute brauchte er zum ersten Mal seit einer Woche eine Jacke. Mit hochgeschlagenem Kragen und eingezogenem Kopf ging er zügig zu einem rot und weiß lackierten Zweitürer, der vor einem Café stand. Seinen Führerschein mit dem Chip hielt er vor das Lesegerät hinter der Windschutzscheibe des Wagens. Die Türen entriegelten sich klackend. Christopher stieg rasch ein. Eine freundliche Frauenstimme begrüßte ihn. Während sie ihm die Bedienung des Bordcomputers erklärte, nahm er den Zündschlüssel aus der Halterung am Armaturenbrett.

Wenn Christopher doch einmal selbst fuhr, fiel ihm auf, wie viele Idioten auf Hamburgs Straßen unterwegs waren. Der Regen machten es nicht besser. Es wurde gehupt, ausgebremst und geschnitten. Mit seinem wendigen kleinen Rasenmäher kam er zwar mühelos voran, aber angesichts der zahlreichen Lkw und Transporter wünschte er sich bald eine stärkere Knautschzone.

Obwohl er überpünktlich war, wartete sein Chef schon auf ihn. Friedrich hielt einen Regenschirm über sich und eine Frau in Sommermantel und Rock.

Christopher manövrierte das Auto in eine Parklücke und beendete die Miete. Im strömenden Regen lief er zum Haus.

„So was fährst du?", fragte Friedrich anstelle einer Begrüßung.

Christopher ignorierte ihn und reichte der Frau die Hand. „Christopher Diecks. Guten Morgen."

„Marie Ritter." Ihr Lächeln war ebenso schwach wie ihr Händedruck. Er schätzte sie auf Mitte fünfzig. Dunkle Augenringe und eine ungesunde Blässe verliehen ihr eine Aura der Erschöpfung.

Friedrich schloss die Haustür auf und bedeutete Frau Ritter, voranzugehen. Sie tat es zögernd und mit fest aufeinandergepressten Lippen.

Was erwartete sie, zu sehen? Herunterhängende Tapeten und Wände voll schwarzem Schimmel? Den Geist ihres Cousins?

Während Friedrich ein Klemmbrett mit Prüflisten und einen Kugelschreiber aus seiner Aktentasche holte, folgte Christopher Frau Ritter ins leere Wohnzimmer. Sie blickte sich sichtlich ergriffen um.

„Hier haben wir damals zusammen gespielt."

Christopher war nicht klar, ob sie ihren Cousin oder ihren Onkel meinte.

„Wie muss das hier ausgesehen haben ..."

Fast hätte er sein Smartphone hervorgeholt und ihr die Fotos gezeigt. Er musterte Frau Ritters trauriges Gesicht. Wo war sie in all den Jahren gewesen? Während dieses Haus und seine Bewohner allmählich im Elend versanken.

„Kannten Sie Ihren Onkel und Ihren Cousin gut?"

„Früher einmal. Mein Onkel hat den Tod seiner Frau nie verwunden. Er hat sich in diesem Haus eingeschlossen und wollte niemanden mehr sehen." Ihre Augen glänzten feucht. „Als Peter einzog, haben wir alle gehofft, die beiden würden sich gegenseitig stützen. Auch Peter hat seine Frau viel zu früh verloren. Eine schreckliche Geschichte."

Warum? Christopher sah seinen Chef im Türrahmen stehen und schwieg.

„Niemand hat geahnt, dass es so enden würde." Marie Ritter schüttelte den Kopf. „Ich wusste nichts von der Alzheimererkrankung meines Onkels. Peter hat nie etwas gesagt. Vielleicht hatte er Angst, dass sein Vater ins Pflegeheim müsste. Oder er wollte nicht um Hilfe bitten." Sie schniefte.

Christopher hätte sie gern in den Arm genommen.

Friedrich machte die Situation sichtlich verlegen. „Sie müssen sich nicht rechtfertigen, Frau Ritter."

„Wir hätten alle mehr tun sollen." Marie Ritter zog ein Taschentuch aus der Manteltasche und tupfte sich die Augenwinkel ab. „Lassen Sie uns anfangen, Herr

Scholz. Bevor ich in Tränen zerfließe." Ein Anflug von Humor, der ein wenig die Spannung im Raum löste.

Friedrich zog den Stift vom Klemmbrett und blätterte einige Seiten um. „Das Wohnzimmer", las er laut vor und fügte an Christopher gewandt hinzu: „Hol schon mal die Kartons mit den persönlichen Gegenständen aus der Speisekammer."

Christopher war dankbar für die Aufgabe. Er ging in die Küche, fand jedoch keine Kartons. Vielleicht hatte einer seiner Kollegen sie woanders hingestellt.

„Hier sind keine", rief er in den Flur hinaus.

„Was?" Friedrich erschien in der Wohnzimmertür. „Die habe ich selbst in die Kammer geräumt."

Christopher hob ratlos die Hände.

„Such in den anderen Zimmern. Die werden kaum weggelaufen sein."

Weder in einer Abseite im Flur noch im Badezimmer wurde er fündig. Also öffnete er die Tür zum ehemaligen Schlafzimmer des alten Mannes. In einer Ecke des Raumes lagen dunkle Holzteile auf dem Boden. Christopher trat verwundert näher. Die hätte keiner beim Fegen übersehen. Um das Holz verteilt lagen kleine Bröckchen eines hellen Materials.

„Was ist ...?" Er stockte. Vom Holz halb verdeckt klaffte ein quadratisches Loch von etwa dreißig mal dreißig Zentimetern im Boden. Das war gestern definitiv nicht da gewesen! In seinem Kopf begannen die Rädchen zu arbeiten. Die Ränder der Holzteile waren sauber zurechtgesägt. Das Holz war nicht herausgebrochen worden. Es hatte als Abdeckung für ein Versteck gedient. Für einen Safe vielleicht? Er musste klein genug gewesen sein, um ihn im Ganzen herauszuheben und wegzutragen.

Wer immer das Versteck geöffnet hatte, war wahrscheinlich in der vergangenen Nacht eingestiegen.

Warum nicht früher?

Weil das Zimmer bis zur Decke zugeräumt war, gab Christopher sich selbst die Antwort.

Jemand hatte genau gewusst, wo das Versteck lag, und geduldig gewartet, bis er es endlich erreichen konnte.

Aber wer?

Der silbergraue Wagen! Die Fotos vom Haus!

Christophers Handflächen begannen zu kribbeln. „Friedrich! Ruf die Polizei!"

Während sie auf die Beamten warteten, suchte Christopher nach Einbruchspuren. Die Hände in den Hosentaschen vergraben, damit er nicht in Versuchung kam, etwas anzufassen, schritt er die Räume im Erdgeschoss ab. Im Wohnzimmer fand er Kratzer an einem der Fensterrahmen. Das Fenster stand einen winzigen Spalt offen. Der oder die Einbrecher mussten durch den Garten gekommen sein. Falls es verräterische Fußspuren gegeben hatte, waren sie vom Regen wohl längst aufgeweicht worden. Er wollte es trotzdem überprüfen. Er ging in den Garten und schritt durch wild wucherndes Gras und Unkraut. Nach den ersten Schritten waren seine Schuhe und Hosenbeine durchnässt. In gebührendem Abstand zum Wohnzimmerfenster blieb er stehen. Von außen waren die Kratzspuren deutlich zu erkennen. Jemand hatte ein Stemmeisen oder etwas Ähnliches benutzt, um das alte Fenster aufzuhebeln. Viel Kraft würde dazu nicht nötig gewesen sein. Unter dem überhängenden Schrägdach war ein schmaler Streifen Erde entlang der Hauswand trocken geblieben. Er trat vorsichtig näher, um nicht aus Versehen auf Beweismittel zu treten. Im Boden befand sich tatsächlich eine Vertiefung. Vermutlich Teil eines Schuhabdrucks. Mit einem triumphierenden Grinsen holte er sein Smartphone hervor und machte ein Foto. Das war eine der ersten Lektionen, die er von Martin Kleemeyer gelernt hatte: Jeden möglichen Beweis oder Hinweis bildlich festhalten, falls er später aus irgendeinem Grund zerstört wurde oder verloren ging. Zufrieden mit dem Ergebnis seiner Nachforschung lief er zurück ins Haus, wo Friedrich und Marie Ritter im Flur warteten. Beiden hatte die Entdeckung des Einbruchs gründlich auf die Stimmung geschlagen. Christopher tat es vor allem leid für Marie Ritter, weil sich die Hausübergabe nun um unbestimmte Zeit verzögern würde und besonders, weil die beiden Kartons mit den persönlichen Dingen ihres Onkels und Cousins verschwunden waren. Wer stahl einen Haufen alter Bilder, Fotoalben und Briefe? Gegenstände, die keinerlei materiellen Wert besaßen?

Nach einer Weile traf ein Streifenwagen ein. Die beiden Polizeibeamten hörten sich Friedrichs Bericht an, machten Notizen und ließen sich anschließend von Christopher die Einbruchspuren im Wohnzimmer und hinter dem Haus zeigen. Wie so oft schwankten die Polizisten zwischen Dankbarkeit für seine Vorarbeit und dieser leichten Genervtheit über den besserwisserischen Hobby-Ermittler. Das änderte sich, als er von dem Jungen erzählte, der das Haus fotografiert hatte, und von dem silbergrauen Wagen.

Während Friedrich ihn erstaunt musterte, fragte einer der Beamten nach einer Beschreibung des Jungen. Falls er in der Nachbarschaft wohnte, konnte man ihn vielleicht finden und befragen. Christopher erinnerte sich deutlich an den Skateboarder. Die neongelben Turnschuhe und der karierte Rucksack waren schwer zu vergessen.

Nach der ersten Beweisaufnahme riegelten die Beamten das Haus ab und riefen die Spurensicherung. Sie machten Marie Ritter keine großen Hoffnungen, dass die gestohlenen Kartons oder der Inhalt des Verstecks jemals gefunden wurden. Wie sollte man nach unbekannten Gegenständen suchen? Die einzige Hoffnung war, Fingerabdrücke des oder der Einbrecher zu finden, falls sie so nachlässig gewesen waren, keine Handschuhe zu tragen.

Friedrich vereinbarte mit Marie Ritter, dass sie so bald wie möglich einen neuen Termin für die Übergabe ansetzen würden. Unverrichteter Dinge zogen sie ab.

Friedrich nahm Christopher mit zurück nach St. Pauli. Er lenkte seinen altersschwachen Mercedes durch den Verkehr, schimpfte über die anderen Autofahrer und stellte zwischendurch Mutmaßungen über die Einbrecher und ihre Beute an. In seiner Fantasie war der Safe bis oben hin mit Geld oder wertvollem Schmuck von einem Bankraub oder dem Überfall auf einen Juwelier gefüllt gewesen. Christopher bezweifelte es. Ein dementer Rentner und sein Sohn sollten einen Überfall begangen haben, um ihre Beute anschließend zu verstecken und weiter in einem zugemüllten Haus zu wohnen?

Was hätten die Einbrecher unternommen, wenn der Sohn nicht gestorben und der alte Mann nicht in ein Pflegeheim gekommen wäre? Ohne den Tod des Sohnes hätten sie vielleicht Jahre warten müssen. Oder wären sie trotzdem ins Haus eingestiegen und hätten dem Alten den Safe quasi unter dem Hintern weggezogen?

„Merkwürdiger Zufall."

Friedrich hörte auf, die Fahrerin eines Kleinwagens zu verwünschen. „Was meinst du?"

„Zuerst stirbt der Sohn an einem Herzinfarkt. Im Wohnzimmer. Danach kommt sein Vater ins Pflegeheim. Tage später räumen wir das Haus und legen, ohne es zu wissen, das Versteck im Schlafzimmer des Vaters frei. In der nächsten Nacht bricht jemand ins Haus ein, stiehlt den Safe oder was immer unter den Dielenbrettern lag, und zwei Kartons mit Bildern, Briefen und anderem alten Kram. Was hätten die gemacht, wenn der Sohn nicht gestorben wäre?" Christopher kam ein gruseliger Gedanke. „Oder haben die nachgeholfen?"

Friedrichs Augen wurden groß. „Du meinst, die haben den Sohn ermordet, um an den Safe zu kommen? Mein Junge, dir steigt die Detektivarbeit zu Kopf." Er klopfte Christopher auf den Oberschenkel, was wohl väterlich gemeint sein sollte, aber spöttisch wirkte. „Wahrscheinlich hat einer der Hausbewohner irgendwann den Safe erwähnt. Ein neidischer Nachbar könnte die günstige Gelegenheit genutzt haben."

„Und der silbergraue Wagen?"

Statt einer Antwort zuckte Friedrich die Achseln.

Christopher nahm sich vor, später bei Martin Kleemeyer für ein gemeinsames Brainstorming anzurufen.

Mittlerweile hatte es aufgehört zu regnen. Friedrich setzte ihn an der U-Bahn-Station St. Pauli ab, bevor er weiter zur Firma fuhr. Christopher stellte sich unter das gläserne Vordach und rief in Martins Detektei an. Es meldete sich Cindy, die Rezeptionistin/Sekretärin/Buchhalterin, deren Name süßlicher klang, als sie es war. Martin führte gerade ein Kundengespräch, also hinterließ er eine Nachricht. Um vierzehn Uhr erwarteten ihn sein Stiefvater Henry und seine Halbschwester Jasmin im Restaurant. Bis dahin blieb reichlich Zeit. Ihm fiel die Hose ein, die er sich gestern mit Lack ruiniert hatte. Dafür brauchte er einen Ersatz, und den konnte er in einem ganz bestimmten Geschäft finden. Der Gedanke löste ein Kribbeln der Vorfreude in seiner Magengegend aus.

KAPITEL 5

Romina Ghio war ein Mysterium.

Christopher faszinierten knifflige Rätsel, doch hier gab es eine Herausforderung, von der er nicht wusste, ob er sie meistern würde.

Romy war siebenundzwanzig Jahre alt, italienischer Herkunft und von Mutter Natur mit den schönsten dunkelbraunen Augen der Welt bedacht. Ihr magischer Blick schien alles zu durchdringen. Wenn Romy ihn ansah, fühlte er sich erkannt. Was ihm manchmal gefiel, ihn meistens nervös machte und stets zuverlässig aus dem Konzept brachte.

Romy war in Hamburg geboren und im Alter von vierzehn Jahren mit ihren Eltern und einem jüngeren Bruder nach Genua gezogen. Vor zwei Jahren war sie allein zurückgekehrt aus Gründen, denen Christopher bisher nicht auf die Spur gekommen war. Seitdem arbeitete sie in einem Bekleidungsgeschäft in der Clemens-Schultz-Straße, das den schlichten Namen *Zweite Hand* trug. Aufgefallen war Romy ihm allerdings erst im vergangenen Sommer. Offenbar bedurfte es einer katastrophalen Trennung, um ihn erkennen zu lassen, was sich direkt vor seiner Nase befand.

Er beobachtete durch das Schaufenster der *Zweiten Hand*, wie Romy einen Stapel Pullover auf einem niedrigen Tisch auslegte. Sie rückte jedes Kleidungsstück zurecht, bis alle in einem ordentlichen Halbkreis lagen. Zufrieden mit dem Ergebnis schob sie die Ärmel ihrer bunt bedruckten Bluse hoch und holte den nächsten Stapel. Ihr heller Rock schwang bei jedem Schritt um ihre Hüften.

Romy trug selbst im Hochsommer lange Kleidung. Keine schulterfreien Oberteile oder kurzen Röcke. Dabei war sie weder mollig noch eines dieser halb verhungerten Püppchen. Sie besaß wohlproportionierte Kurven und einen messerscharfen Verstand. Eine unschlagbare Kombination.

Was Christopher rätseln ließ, waren zwei Dinge: Zum einen hatte er Romy noch nie mit einem Mann gesehen. Begegneten sie sich zufällig auf der Straße, war sie entweder allein unterwegs oder in Begleitung einer Freundin. Gelegentlich liefen sie sich im *Thomas Read* über den Weg, einem Irish Pub in der Nähe der Großen Freiheit. Auch dort umgab sich Romy stets mit einem Kreis von Freundinnen, von denen keine *ihre* Freundin war. Diese Möglichkeit hatte er ausgeschlossen.

Der zweite Punkt war Romys zeitweilige Distanz. Hinter der Fröhlichkeit und Offenheit schlummerte etwas Dunkles. Wenn er sie wie jetzt sah, ernst, konzentriert, das schmale Gesicht eingerahmt von kurzen braunen Haaren, fragte er sich, was es war.

Und ob er es wirklich wissen wollte.

Als hätte Romy seine Anwesenheit gespürt, wandte sie den Kopf und entdeckte ihn. Ihr strahlendes Lächeln verwandelte seine Knie in Gelee.

Er winkte ihr zu, fand das im selben Augenblick albern und öffnete mit klopfendem Herzen die Ladentür.

Sein Eintreten wurde vom Klingeln einer altmodischen Glocke begleitet. Ein leichter Duft nach

Äpfeln lag in der Luft. Aus verborgenen Lautsprechern erklang gedämpft keltisch angehauchte Musik. Große Schaufenster ließen den Verkaufsraum hell und freundlich erscheinen. Irgendwo im Hintergrund ratterte eine Nähmaschine.

„Guten Morgen", begrüßte Romy ihn fröhlich. Der niedrige Tisch, hinter dem sie stand, wirkte allerdings wie ein Abstandhalter.

„Guten Morgen."

Verlegenes Schweigen folgte. Christopher war nicht auf den Mund gefallen, doch wenn er Romy gegenüberstand, versagte regelmäßig sein Sprachzentrum.

Romy strich sich linkisch eine Haarsträhne aus dem Gesicht, die sofort zurückfiel. „Musst du heute nicht arbeiten?" Sie sprach mit einem entzückenden italienischen Akzent, der bei ihm all die richtigen Knöpfe drückte.

„Nein, erst morgen wieder." Sein linker Ellenbogen juckte. Er kämpfte gegen den Drang an, sich zu kratzen. Tat es doch.

„Höre ich eine vertraute Stimme?" Aus einem Raum hinter dem Tresen trat eine schlanke Frau um die fünfzig. Sie trug ein grell geblümtes Kleid und eine auffällige Halskette aus roten Schmucksteinen. Rote Federohrringe verfingen sich in ihren schwarzen Haaren. An ihrem rechten Mittelfinger saß ein klobiger hellgrüner Ring.

„Hallo Irma."

„Lass dich drücken!" Die Inhaberin der *Zweiten Hand* rauschte heran und umarmte ihn innig. Dafür musste sie sich leicht auf die Zehenspitzen stellen. „Was können wir für dich tun, Liebchen?"

Für Irma war jeder Kunde entweder Schätzchen oder Liebchen, ungeachtet des Alters, Geschlechts oder der Herkunft.

„Ich habe mir gestern bei der Arbeit Lack über die Hose gekippt ..."

„Und brauchst eine Neue." Irma wandte sich zu Romy um. „Schätzchen, sei so lieb und sieh nach, was wir dahaben. Ich hole Christopher inzwischen einen Kaffee."

Ehe er protestieren konnte, machte Irma auf dem Absatz kehrt und wirbelte davon.

Romy rückte rasch einen der Pullover auf dem Tisch zurecht, bloß um ihn gleich wieder auf die alte Stelle zu legen. „Brauchst du die Hose für die Arbeit im Restaurant oder fürs Umzugsunternehmen?"

„Fürs Umzugsunternehmen."

Seinen dritten Job als Detektiv verschwieg er, weil er nicht einschätzen konnte, was Romy davon hielt.

„Wir haben Freitagnachmittag einige Hosen reinbekommen. Ich hatte noch keine Zeit, sie aufzuhängen." Sie hörte endlich auf, die Pullover hin und her zu schieben, und schwebte an ihm vorbei zum Tresen. In der Tür stieß sie fast mit Irma zusammen, die den Kaffee brachte.

„Hier, Schätzchen. Mit Liebe gemahlen und gefiltert."

„Danke." Christopher nippte vorsichtig an dem heißen Getränk. Irma hatte sogar an Milch und Zucker gedacht.

Während Romys Chefin zur Musik summend T-Shirts an einem Ständer sortierte, trank er leicht angespannt den Kaffee. Bald kam Romy zurück, zwei Hosen über dem Arm. Eine aus schwarzem Cord, die verdächtig der Arbeitskleidung von Zimmerleuten ähnelte. Die andere eine blaue Cargohose mit schwarz abgesetzten Taschen. Das Blau leuchtete ihm eindeutig zu blau. Um Cord machte er grundsätzlich einen Bogen. Alte Männer trugen Cordhosen.

„Bei der Cargohose fehlt am rechten Oberschenkel eine Tasche. Die nähe ich später an."

„Kein Problem." Christopher reichte Irma den Kaffeebecher, nahm die Kleidungsstücke entgegen und ging in die Umkleidekabine. Dort hielt er sich zuerst die schwarze Cordhose an. Skeptisch betrachtete er sein Spiegelbild. Zwei kupferfarbene Reißverschlüsse lenkten den Blick direkt in gewisse Regionen. Cord. Na, gut ...

Die Hose saß wie angegossen. Er ging probeweise in die Knie und fühlte den robusten Stoff leicht nachgeben. In den Taschen an den Oberschenkeln könnte er Werkzeug, Kleinteile oder Arbeitshandschuhe verstauen.

„Passt eine?"

Anstelle einer Antwort schob er den Vorhang beiseite und trat aus der Kabine.

Romys Augen weiteten sich. Entscheidung getroffen. Diese Hose musste er kaufen!

Doch Romy ließ sich Zeit mit einem offiziellen Urteil. Eine Hand am Kinn, ging sie um ihn herum. Während er der Überprüfung scheinbar ungerührt standhielt, wurden seine Handflächen feucht.

Schließlich nickte Romy. „Sitzt perfekt."

„Sicher?"

„Den Mädels wird es gefallen", fügte sie keck hinzu und errötete.

Aus den Augenwinkeln sah Christopher Irmas verschmitztes Lächeln. Seine Wangen wurden warm.

„Ich probiere auch die andere an." Rasch verschwand er in der Kabine und zog sich mit klopfendem Herzen um. So schlimm wie heute war es noch nie gewesen. Als hätte sich ein Schalter in seinem Gehirn umgelegt, der ihn dazu zwang, sich wie ein Trottel zu benehmen. Er zog den Reißverschluss der Cargohose zu und betrachtete sich in den drei bodentiefen Spiegeln. Die Hose passte. Das Blau gefiel ihm nicht, aber wenn Romy es mochte ...

Ihr zufriedener Blick besiegelte seine Entscheidung.

„Ich nehme beide", verkündete er nach einem letzten Ausflug in die Umkleidekabine.

Sie nahm ihm erfreut die Hosen ab. „Wenn du wartest, nähe ich die fehlende Tasche gleich an."

Er schaute auf die Uhr, markierte den viel beschäftigten Mann. Ihm blieb reichlich Zeit, bevor er Henry und Jasmin traf. „Kann ich die Hosen morgen abholen? Ich muss gleich zu einem Testessen ins Restaurant."

„Natürlich. Testessen klingt lecker."

„Abwarten. Mein Stiefvater experimentiert mit neuen Rezepten. Da kann alles dabei sein."

„Viel Glück."

Sie lachten gleichzeitig. Unbeholfen, verlegen.

„Was bekommst du?"

„Zwanzig Euro."

Ein guter Preis für zwei fast neuwertige Hosen und einige Minuten Romys ungeteilter Aufmerksamkeit.

Christopher gab ihr einen Fünfziger. Während er auf das Wechselgeld wartete, entdeckte er einen Stapel von

Flyern, die neben der Kasse zwischen Werbebroschüren lagen.

Kampfsportschule Brenner stand dort in Blau auf weißem Grund. Darunter zwei stilisierte Figuren in Kampfsportpose. Ausgerechnet hier mit seinem Erzfeind aus Schultagen konfrontiert zu werden, verdarb ihm fast die gute Laune. Er nahm einen der Flyer und überflog das Kursangebot auf der Rückseite. Selbstverteidigungskurse, Kickboxen, Karate, Krav Maga, Jiu-Jitsu und Judo.

Mark Brenner war der lebende Beweis, dass das Universum einen bösartigen Sinn für Humor besaß.

Christopher und Mark waren auf dieselbe Gesamtschule in Eimsbüttel gegangen. Mark war einer dieser unsympathischen Rüpel gewesen, die jüngere Mitschüler herumschubsten. Christopher hatte sich nach Kräften bemüht, Mark und dessen Gefolgschaft aus dem Weg zu gehen. Mit einer anderen Haarfarbe wäre ihm das möglicherweise gelungen. Leider war er der einzige Rothaarige der unteren Jahrgänge und somit ein beliebtes Ziel für Spötteleien und kreative Spitznamen gewesen. Orangenschädel, Pumuckl, Karottenkopf. Mark war bei den Hänseleien ganz vorn dabei gewesen. An einem lauen Frühlingstag war Christopher der Kragen geplatzt. Er hatte Mark angebrüllt, ihn endlich in Frieden zu lassen. Sein Peiniger hatte gelacht, bis Christopher ihn kräftig geschubst hatte. Nach einem Moment der Verblüffung war Marks Antwort eine schallende Ohrfeige gewesen. Der Rest der Begegnung lag im Nebel. Aus Erzählungen anderer Mitschüler wusste er, dass er Mark Brenner mit der Faust ins Gesicht geschlagen und ihm danach zielsicher zwischen die Beine getreten hatte. Während Mark wimmernd auf dem Boden gelegen und seine Kumpels Christopher bereits am Kragen gehabt hatten, um ihn zu Klump zu prügeln, war die Pausenaufsicht aufgetaucht. Rettung in letzter Sekunde. Zum Glück hatten zahlreiche Mitschüler bestätigen können, wer für den Streit verantwortlich war. Mark war beim gesamten Kollegium als Problemfall bekannt gewesen. Trotzdem rechtfertigte es natürlich keine Gewalt. Der Zwischenfall hatte Christopher ein Gespräch mit dem Vertrauenslehrer und einen Termin beim Schulleiter eingebracht. Zusammen mit seinen Eltern, die sich unangenehme Fragen zu den Verhältnissen im Hause Diecks hatten gefallen lassen müssen. Ein unauffälliger, braver Sechstklässler wurde nicht von heute auf morgen zum Schläger. Die Verhältnisse im Hause Diecks waren zu dem Zeitpunkt alles andere als geordnet gewesen. Die Scheidung seiner Eltern lag keine drei Monate zurück. Seine Mutter wohnte bereits mit Henry zusammen und war hochschwanger mit Jasmin. Christophers Vater überforderte die Verantwortung für zwei Kinder. Elias verstand die Welt nicht mehr und weinte ständig. Und Christopher versuchte, den Laden irgendwie am Laufen zu halten. Eine unlösbare Aufgabe für einen Zwölfjährigen.

Mark hatte sich einige Tage später für die erlittene Schmach revanchiert. Er hatte Christopher nach der Schule aufgelauert und ihm ein blaues Auge und eine aufgeplatzte Oberlippe verpasst. Es folgte ein weiteres Gespräch mit dem Vertrauenslehrer und ein fruchtloser Vermittlungsversuch zwischen Marks und Christophers Eltern, nach dem seine Mutter die

Brenners abfällig als asoziale, erziehungsunfähige Schwachköpfe bezeichnet hatte.

Christopher und Mark hatten ihre Fehde mit giftigen Blicken und verbalem Schlagabtausch fortgeführt. Zu weiteren körperlichen Zusammenstößen war es nicht gekommen. Schließlich hatte Mark seinen Realschulabschluss gemacht und war in die große, weite Welt entschwunden. Trotz seiner Bemühungen, nachhaltig einen bösartigen Eindruck zu hinterlassen, blieb er in der Erinnerung vieler Schüler der Typ, dem der kleine Christopher Diecks in die Eier getreten hatte.

Seit rund einem Jahr betrieb Mark eine Kampfsportschule auf St. Pauli, wenige Hausnummern von Jacobis deutsch-polnischem Stammlokal entfernt.

Vielen Dank, Universum, für diesen Scherz auf meine Kosten! Christopher widerstand der Versuchung, den Flyer zu zerknüllen. Eines musste man Mark lassen: Er hatte seine Leidenschaft zum Beruf gemacht. Das konnten nicht viele Menschen von sich behaupten.

„Kennst du die Kampfsportschule?"

Christopher sah Romy erstaunt an. „Ja, äh, nein. Ich kenne Mark Brenner. Wir sind in dieselbe Schule gegangen."

„Ach, wie lustig. Die Welt ist wirklich klein."

Christopher verkniff sich ein „Ja, leider".

Romy bemerkte seine Missbilligung. „Du hältst wohl nicht viel von Kampfsport?" Sie reichte ihm das Wechselgeld.

„Ich halte nicht viel von Mark Brenner. Der Typ ist ein Vollidiot. Ich hole die Hosen morgen Nachmittag ab, okay?"

„Wann immer es dir passt." In ihren Augen lag ein sonderbarer Ausdruck.

„Alles in Ordnung?"

„Was soll sein?"

Das war eine dieser typischen, verwirrenden Frauenantworten. Die Worte sagten das eine, der Tonfall etwas anderes. Bevor er nachhaken konnte, betrat eine Kundin den Laden.

„Ich muss weiter. Bis morgen." Romy kam hinter dem Tresen hervor und begrüßte die junge Frau, würdigte ihn keines Blickes mehr. Hatte er ihre Gefühle verletzt?

Auf dem Heimweg ging er das Gespräch in Gedanken durch. Klopfte jeden einzelnen Satz ab. Schließlich kam er zu seiner Bemerkung über Mark Brenner. Er runzelte die Stirn. Es blieb keine andere Möglichkeit. Irgendetwas hatte Romy daran nicht gefallen. Entweder seine Meinung über Mark oder die Äußerung einer negativen Meinung an sich.

Ging es um Mark?

Eifersucht flammte in ihm auf. Die unerwartete Wucht des Gefühls ließ ihn innehalten. Hinter ihm quietschten Fahrradbremsen. Ein Radfahrer umkurvte ihn fluchend. Christopher trat in einen Torbogen, der zu einem der zahlreichen Innenhöfe in der Clemens-Schultz-Straße führte. Er war nie über die Maße eifersüchtig gewesen. Vielleicht weil keine seiner Ex-Freundinnen diese Eigenschaft aus ihm herausgekitzelt hatte. Jetzt schäumte er innerlich vor Wut bei dem Gedanken, sein Erzfeind aus Schulzeiten könnte potenziell, eventuell, vielleicht eine

Verbindung zu Romy haben. Die nicht einmal seine Freundin war. Wie albern war das denn?

Plötzlich musste Christopher über sich selbst lachen.

Es gab keine Zweifel mehr: Er war in Romina Ghio verliebt.

KAPITEL 6

Nachdenklich schlenderte er zurück zu seiner Wohnung. Die Erkenntnis, in Romy verliebt zu sein, machte die Dinge kompliziert und einfach zugleich. Das Ziel lag ihm nun klar vor Augen, doch die Erinnerung an Carolin erfüllte ihn mit Zweifeln. Ihm fielen die Gründe für ihre Trennung ein. War er gut genug für Romy? Konnte er ihr bieten, was sie verdiente? Was sie brauchte?

Seine Überlegungen wurden durch das Klingeln seines Smartphones unterbrochen. Martin rief zurück. Dankbar für die Ablenkung nahm er das Gespräch entgegen. „Sherlock Holmes."

Ein belustigtes Schnaufen kam vom anderen Ende der Leitung. „Wohl eher Doktor Watson."

„Wie läuft der Laden?"

„Bei uns herrscht Flaute. Wir ziehen Strohhalme, um zu entscheiden, wer den nächsten Kunden betreuen darf. Falls du was zu tun brauchst, muss ich dich leider enttäuschen."

„Im Augenblick brauche ich dein Gehirn."

„Tut mir leid, das ist fest mit meinem Körper verbunden."

„Ich bin über eine interessante Sache gestolpert", gab er zurück und schilderte die Ereignisse vom Wochenende.

„Manchmal habe ich den Eindruck, du ziehst diese Dinge an. Was genau befand sich in den Kartons?"

„Gerahmte Familienfotos, Fotoalben, alte Briefe, Postkarten, persönliche Unterlagen."

„Die offenbar wichtig genug waren, um sie zu stehlen. Ist dir beim Ausräumen irgendetwas Merkwürdiges oder Ungewöhnliches aufgefallen?"

„Nein. Bei all dem Kram. Außerdem bin ich erst später dazugekommen." Christopher hielt inne. „Wir haben in einem der Schränke ein Fotoalbum gefunden, eines von diesen billigen Einsteckalben. Darin lagen ein Brief und eine Postkarte, beide ohne Absender. Den Brief habe ich nicht gelesen, aber die Postkarte war auf Polnisch geschrieben. Adressiert an ein Postfach in Stuttgart." Wie lautete der Name des Adressaten? Er lag ihm auf der Zunge. Einer dieser banalen Allerweltsnamen. Möller oder Müller.

„Und die Fotos?"

„Eine Aufnahme von Peter Konstantins verstorbener Ehefrau, Bilder von Rangierbahnhöfen, Kesselwagen und Lkw mit polnischer Aufschrift. Keine Urlaubsschnappschüsse. Die wirkten zu ... sachbezogen."

„Klingt mysteriös. Wir sollten uns nicht in laufende Polizeiermittlungen einmischen, aber gegen eine harmlose Hintergrundrecherche kann niemand etwas einwenden. Wäre das dein nächster Vorschlag gewesen, Watson?"

„Du kennst mich zu gut."

„Deshalb weiß ich auch, dass du den Bengel mit dem Skateboard finden möchtest, um von ihm eine Beschreibung des Fahrers zu bekommen."

Dieser Punkt stand tatsächlich ganz oben auf Christophers Liste. Außerdem war ein Telefonat mit Marie Ritter nötig, um mehr über Peter Konstantin zu erfahren. Vielleicht war ein Ereignis in der

Vergangenheit des Toten der Grund für den Einbruch. Konstantins Vater konnte er schlecht fragen ...

„Meinst du, der Vater des Toten kann uns weiterhelfen?"

Martin sog scharf die Luft ein. „Davon solltest du die Finger lassen. Die Polizei wird es nicht begrüßen, wenn du dich in ein Pflegeheim schleichst, um einen Alzheimerkranken auszufragen."

„Stimmt, könnte unangenehm werden."

„Ich kümmere mich um die Hintergrundrecherche, du suchst deinen Skateboarder. Anschließend treffen wir uns wieder."

„Abgemacht. Danke für deine Hilfe."

„Freu dich nicht zu früh. Die Zeit, die ich in deine Privatschnüffelei investiere, ziehe ich dir vom Gehalt ab."

„Wer dich zum Chef hat, braucht keine Feinde."

„Bitte tritt niemandem auf die Zehen. Ohne offiziellen Auftrag bewegen wir uns rechtlich auf ganz dünnem Eis!"

„Ist mir klar."

„Mir ist klar, dass dir das klar ist. Trotzdem erinnere ich dich lieber einmal zu oft daran. Wollen wir Mittwoch telefonieren?"

„Klingt gut."

„Viel Erfolg."

„Dir auch." Christopher legte auf. Vorfreude kribbelte wie ein Ameisenheer durch seinen Körper. Die Detektivarbeit machte sein Leben aufregender und bunter. Er war unendlich dankbar, dass sich Martin damals beim Fall Valerie Steiner so ungeschickt angestellt hatte. Sonst wären sie sich nie begegnet und ihm würde etwas Wichtiges fehlen. Damit war nicht nur die Arbeit für Martin gemeint, sondern auch ihre Freundschaft. Sie waren sehr unterschiedlich, doch sie funkten bei vielen Dingen auf derselben Wellenlänge.

Ob es mit Romy ähnlich sein würde?

Christopher rollte die Augen. O Mann!

Warum fiel es ihm diesmal so schwer, Mut zu fassen und den nächsten Schritt zu wagen? Bei Caro und den anderen Mädels war das nie ein Problem gewesen. Eine Einladung ins Kino, einen Ausflug auf den Dom oder zur Schlittschuhbahn in *Planten un Blomen*.

Weil die Signale eindeutig gewesen waren. Bei Romy fiel es ihm schwer, einzuschätzen, ob sie Ja sagen würde. Und er wusste nicht, was er tun sollte, falls sie Nein sagte.

***

Zu welcher Tageszeit man sich auch auf der Max-Brauer-Allee bewegte, nie riss der Verkehrsstrom ab. Pkw, Lieferwagen, Busse und Lkw donnerten über die Fahrbahn und bliesen stinkende Abgase in die Luft. Fußgänger waren kaum zu sehen. Christopher umkurvte auf seinen Inline-Skates eine Frau mit Kinderwagen und rollte nach rechts in eine Querstraße. Der Himmel war blau, die letzten Regenwolken verschwunden. Deshalb hatte er sich spontan gegen die S-Bahn und für dieses Fortbewegungsmittel entschieden. Die Straße verlief leicht abschüssig, und er rollte ohne große Anstrengung die letzten Meter bis zum *Cinque Terre.* Vor dem Restaurant bremste er ab und klopfte laut an die Eingangstür. Montags war Ruhetag. Abgesehen von Henry und Jasmin würde niemand da sein. Standen die beiden an den Töpfen, hörten sie ihn eventuell nicht. Christopher wollte eben die Klingel drücken, als eine mollige junge Frau in Jeans, T-Shirt und mit weißer Schürze aus der Küche kam. Ihre kurzen blonden Haare steckten unter einer weißen Kochhaube.

Obwohl sie dieselbe Mutter hatten, sahen Jasmin und er sich nicht ähnlich. Seine Halbschwester war klein, stämmig gebaut und besaß Henrys rundes, pausbackiges Gesicht. Christophers Gesicht und Arme waren mit Sommersprossen übersät, als hätte ein Künstler seinen Pinsel vor ihm ausgeschüttelt. Auf Jasmins nordisch-blasser Haut zeigte sich kein einziger der Flecken. Lediglich bei einem äußeren Merkmal hatten sich die mütterlichen Gene bei ihnen beiden durchgesetzt: Christopher und Jasmin besaßen die gleichen blaugrauen Augen mit dem schmalen dunkelgrauen Rand um die Iris. Legte man Fotos von ihnen nebeneinander und deckte alles bis auf die Augenpartien ab, war es fast unmöglich, sie auseinanderzuhalten. Ihm gefiel das.

Jasmin lief auf die Eingangstür zu, schlitterte die letzten Meter und kam vor der Tür zum Stehen. Sie winkte ihm freudig strahlend zu und machte eine Show daraus, den richtigen Schlüssel an ihrem Schlüsselbund zu finden. Als Christopher demonstrativ auf die Armbanduhr blickte, erbarmte sie sich seiner.

Kurz darauf zog sie mit einem kräftigen Ruck und einem „Tada!" die Tür auf. Mit einer übertriebenen Geste bat sie ihn hinein.

„Das üben wir noch", tadelte er seine Halbschwester und behielt dabei tatsächlich eine ernste Miene.

„Ach!" Jasmin schloss die Tür hinter ihm ab, ergriff den Bauchgurt seines Rucksacks und zog ihn wie ein Hündchen auf Rollen hinter sich her. Er legte ihr die Hände auf die Schultern, um das Gleichgewicht zu halten. Die Inline-Skates klackerten laut über den gefliesten Boden. Das würde Henry bestimmt begeistern.

„Ich hab gestern mit Tommy Schluss gemacht", verkündete Jasmin erstaunlich fröhlich. Wahrscheinlich sorgte die Routine der Trennungen und Versöhnungen für ihre entspannte Sicht der Dinge.

„Wegen der Zicke von der Eisdiele?"

„Das dumme Stück Brot! Ich hab Tommy gesagt, wenn er so gern mit ihr flirtet, wird er nun jede Menge Zeit dafür haben. Seitdem schickt er mir ständig SMS. Es täte ihm leid, er würde mich unendlich lieben, bla, bla, bla."

„Gibst du ihm noch eine Chance?" Aller guten Dinge waren bekanntlich vier ...

„Ich lasse ihn erst ein bisschen zappeln." Ihr vergnügtes Kichern weckte in Christopher Mitleid für den armen Tommy.

„Das Versuchskaninchen ist da!" Jasmin stieß eine der Schwingtüren auf und zog ihn in die Küche.

Die unterschiedlichsten Essensgerüche stiegen ihm in die Nase. Gebratenes Fleisch, Fisch, Gewürze, angeschwitzte Zwiebeln. Sofort lief ihm das Wasser im Mund zusammen.

„Hallo Henry."

Sein Stiefvater, mit einer Kochmütze ausgestattet, die seinen schütteren grauen Haarkranz bedeckte, hob zuerst den Blick von einem Topf und danach einen großen Kochlöffel. „Raus aus den Inlinern", sagte er streng und deutete mit dem Löffelstiel auf einen Tritt, der in einer Ecke stand.

Jasmin gab Christopher einen Schubs, der ausreichte, um dort zu landen. Er tauschte die Inline-Skates gegen ein Paar Turnschuhe aus seinem Rucksack aus. Nachdem er sich vom Helm und den diversen Schutzpolstern befreit hatte, bezog er einen Beobachtungsposten in der Nähe des Kühlschranks. Henry und Jasmin waren ein eingespieltes Team. In Windeseile füllten sie Schüsseln mit Fischsuppe, zahlreiche kalte und warme Essensproben wurden auf Teller gelegt und Desserts in Gläser gespritzt. Einige der neuen Rezepte, die Henry heute ausprobierte, waren für das Restaurant gedacht, andere für den Catering-Service, den er ab September anbieten wollte. Obwohl das *Cinque Terre* gut besucht war, schrammte es in manchen Monaten haarscharf an den roten Zahlen vorbei. Die Gäste liebten Henrys mediterrane Küche mit dem ligurischen Einschlag, doch frische Lebensmittel waren teuer und Henrys Anspruch an Qualität hoch. Selbst für eine kleine Auswahl von Speisen schlugen die Kosten für die Zutaten kräftig zu Buche, und in einem Stadtteil wie Altona konnte man keine Blankeneser Preise verlangen.

Nachdem alles vorbereitet war, trugen sie die Speisen zu einem der Tische im Schankraum. Jasmin öffnete zwei Weißweine aus der Region Cinque Terre im Norden Italiens, nach der das Restaurant benannt worden war. Sie füllte jeweils kleine Mengen zum Kosten in Weingläser. Anschließend ging es ans gemeinsame Essen. Alles schmeckte hervorragend. Henry und Jasmin erklärten, wie welche Speisen zubereitet waren und in welcher Kombination mit welchem Wein die Zutaten ihre Wirkung am besten entfalteten. Ihre Leidenschaft für ihren Beruf war deutlich spürbar. Er wünschte sich, nur einen Hauch ihres Talents zu besitzen.

Als alle satt und zufrieden waren, stießen sie mit dem restlichen Wein auf den gelungenen Testlauf an.

„Und, was macht die Kunst?" Henry verschränkte zufrieden die Hände auf dem runden Bauch. Diese Frage läutete traditionell die Besprechung des Dienstplans ein.

„Friedrich hält mich gut beschäftigt, Martin steckt im Sommerloch."

„An den kommenden vier Wochenenden brauche ich deine Hilfe auf jeden Fall. Nächste Woche finden im kleinen Saal vier Geburtstagsfeiern statt. Sobald der Catering-Service läuft, wird es auch dort reichlich zu tun geben. Wir finden schon Beschäftigung für dich. Von Zwieback und Wasser kann niemand leben", fügte sein Stiefvater mit einem Augenzwinkern hinzu.

„Höchstens von Luft und Liebe", warf Jasmin ein.

Christopher war sich absolut sicher, dass sie das ohne Hintergedanken gesagt hatte. Trotzdem wurde er knallrot. Jasmin bemerkte es sofort. Für diese Dinge besaß sie spezielle Antennen.

„Topher?", fragte sie mit unverhohlener Neugier.

Als er nicht reagierte, trat sie ihm unter dem Tisch gegen das Schienbein.

„Au!" Er rieb sich die schmerzende Stelle. Manchmal konnte man von Jasmins neunzehn Jahren mühelos vierzehn abziehen.

„Romy?"

Sein eisernes Schweigen zauberte ein triumphierendes Grinsen auf ihr rundes Gesicht. „Topher liebt Romy!" Triumphierend fuchtelte sie mit dem Zeigefinger vor seiner Nase herum.

Er packte ihre Hand und hielt sie fest. „Das geht dich gar nichts an, du Frechdachs."

Lachend befreite sich Jasmin aus seinem Griff. „Endlich hast du es geschnallt. Hat lange genug gedauert."

Henry beugte sich vor. „Sehe ich da eine Schwiegertochter in naher Zukunft? Und Enkelkinder?"

„Stiefenkelkinder", korrigierte Jasmin. „Oder Ex-Stiefenkelkinder?"

Mittlerweile glühten Christophers Wangen wie Feuer. „Es reicht, Leute! Ich weiß nicht einmal, ob ..."

„Nennt sie dich Christopher oder Topher?", fiel Jasmin ihm ins Wort.

Die Frage brachte ihn aus dem Konzept. „Keine Ahnung. Wir sagen ‚Hallo' und ‚Tschüss'."

„Krass. Du nennst sie nicht Romy?"

„Es hat sich nie ergeben."

„Seit wann bist du so schüchtern? Carolins Namen hast du nach dem ersten Date zu Caro verstümmelt. Hättest du den Rest bloß auch weggelassen."

„Nicht witzig! Außerdem war es bei Caro ..."

Henry räusperte sich. Sofort kehrte Stille ein. „Vielleicht ist es an der Zeit, dass du dich Romy ein zweites Mal vorstellst. Geh zu ihr in den Laden, reiche ihr die Hand, sag ihr deinen Namen, und der Rest wird sich von selbst ergeben."

Christopher starrte seinen Stiefvater mit offenem Mund an.

In Gedanken spielte er die Szene durch. Romy die Hand geben, sich vorstellen und sie fragen, ob sie etwas mit ihm unternehmen wollte. Natürlich nicht steif und formell, sondern locker. Humorvoll.

Hi, ich bin Christopher, der Typ, der ständig einen Grund sucht, um dich zu sehen. Darf ich dich zu einem Eis einladen?

„Das ist es." Er lachte seinen Stiefvater erleichtert an. „Du bist ein Genie, Henry!"

„Hast du das gehört, Tochter?"

„Ich hab nichts gehört." Jasmin trommelte vergnügt einen Rhythmus auf der Tischplatte. „Topher ist verliiiiebt!"

Nachdem sie Geschirr und Besteck in eine der Spülmaschinen in der Küche geräumt hatten, gingen Christopher und Henry ins Büro, um den endgültigen Dienstplan zu besprechen. Er notierte sich zahlreiche Termine und verglich sie auf seinem Smartphone mit Friedrichs Schichtplan. Unterm Strich kamen genug Arbeitseinsätze im Restaurant und in der Umzugsfirma heraus, um eine Weile ohne die Jobs für Martin klarzukommen. Finanziell würden die nächsten Wochen kein Freudenfest werden. Dafür blieb viel Freizeit, um das Sommerwetter zu genießen und, falls es sich ergab, spontane Verabredungen mit Romy zu treffen. Henry druckte ihm noch einen Merkzettel mit den neuen Gerichten aus. Zur

Vorbereitung, um den Gästen bei der Auswahl ihrer Menüs behilflich zu sein.

Er zog die Inliner wieder an und verabschiedete sich. Anstatt nach Hause zu fahren, rollte er zum S-Bahnhof Altona.

Eigentlich wollte er den blonden Skateboarder erst morgen suchen, aber es juckte ihm zu sehr in den Fingern.

Während die S-Bahn mit jeder neuen Haltestelle voller wurde, suchte er über sein Smartphone im Internet nach Jugendtreffs oder Skateboard-Anlagen in Bramfeld. Es schadete nicht, mögliche Anlaufpunkte für Skateboarder zu kennen. Falls der Junge überhaupt in dem Stadtteil lebte. Die Internet-Suchmaschine spuckte lediglich ein *Haus der Jugend* aus und eine Beratungsstelle für Jugendliche. S- und U-Bahnhöfe waren gewöhnlich ein guter Anlaufpunkt, Bramfeld stellte jedoch in der Beziehung einen weißen Fleck auf der Karte des öffentlichen Verkehrsnetzes dar. Es gab keine Anbindung. Also forschte er nach der nächstbesten Möglichkeit: Supermärkte. Vor denen konnte man nach der Schule gut rumhängen. Die interaktive Karte zeigte ihm zwei Geschäfte an. Die würde er unter die Lupe nehmen. Spielplätze und Schulhöfe waren ebenfalls interessant, aber da musste er vorsichtig sein. Er wollte ungern als potenzieller Pädophiler angezeigt werden.

Lautes Kinderlachen schallte durch die S-Bahn. Christopher hob den Blick und sah sich um. Für einen Montagnachmittag waren erstaunlich viele Familien unterwegs. *Es sind Sommerferien, du Trottel!* Wenn man keine schulpflichtigen Kinder im Verwandten- oder

Bekanntenkreis hatte, entging es einem leicht. Ob das die Suche nach dem Jungen erleichterte oder erschwerte, würde sich zeigen.

Nach einem Wechsel in die U-Bahn, einer anschließenden Busfahrt und einem kurzen Fußweg stand Christopher vor dem geräumten Haus. An der Eingangstür hing ein Absperrband der Polizei. Nichts deutete auf den Einbruch hin. Auf seinen Inlinern fuhr er zum Nachbarhaus und sah sich auf Höhe der Gartentür um. Von hier aus bot sich ein freier Blick auf die Stelle, an der der Skateboarder gestanden und die Fotos gemacht hatte. Es war kurz vor fünf. Zu früh, um Berufstätige anzutreffen. Blieben Rentner, Kranke, Heimurlauber, Arbeitslose und Mütter oder Väter in Elternzeit. Er öffnete die Gartentür und rollte zum Haus.

Das Läuten der Türklingel verhallte in der Stille. Auch ein zweites Klingeln blieb unbeantwortet. Also versuchte er es ein Haus weiter und traf erneut niemanden an. Beim nächsten Klingeln öffnete eine junge Frau die Tür. Leider konnte sie ihm keine Auskunft über den Skateboardfahrer geben. Zwei Häuser weiter öffnete ein älteres Ehepaar. Ja, die Kriminalpolizei sei bei ihnen gewesen, aber von einem Einbruch hatten sie nichts mitbekommen. Den Skateboarder kannten sie nicht. Ihr Haus lag der Seitenstraße, in der der silbergraue Wagen gewartet hatte, schräg gegenüber. Den hatten sie natürlich auch nicht gesehen.

Doch Christopher war wie zum Klinkenputzen geboren. Er klingelte an zwei weiteren Türen, traf eine leicht genervte Mutter an, die ein weinendes Kleinkind auf dem Arm trug und Wichtigeres zu tun hatte, als sich mit ihm zu unterhalten, und einen Mann in mittleren Jahren, der freundlich war, aber ebenfalls nicht weiterhelfen konnte. Allmählich rückte die Abendbrotzeit näher. Grundsätzlich keine günstige Uhrzeit, um Leute auszufragen. Er wechselte auf die andere Straßenseite und rollte in die Richtung zurück, aus der er gekommen war. Schließlich wurde sein Durchhaltevermögen belohnt. An einem leicht ungepflegt wirkenden Haus löste sein Klingeln hysterisches Bellen aus. Das Klackern von Hundepfoten auf Fliesen näherte sich rasch. Das hohe, aggressive Bellen riss nicht ab, auch nicht, als eine männliche Stimme mehrfach „Aus!" rief. Christopher bereitete sich darauf vor, gleich von einem Wadenbeißer angefallen zu werden.

Die Haustür wurde geöffnet. Bevor er den grauhaarigen Herrn in dem beigefarbenen Pullover begrüßen konnte, schoss ein übergewichtiger Rehpinscher ins Freie und schnappte knurrend nach seiner Ferse, die in dem Inline-Skate sicher verpackt und für die winzigen Zähnchen unerreichbar war. Christopher verschränkte die Arme vor der Brust, um seine Finger außer Reichweite des Pinschers zu bringen. Der sprang mittlerweile wie ein Gummiball an ihm hoch. „Netter Hund."

Der alte Mann beäugte ihn leicht feindselig und kümmerte sich nicht um das Theater, das sein Hund veranstaltete. „Ich kaufe nichts."

„Das trifft sich gut, denn ich habe nichts zu verkaufen." Im Gesicht seines Gegenübers rührte sich kein Muskel. „Ich habe eine Frage."

Während der Rehpinscher kläffend in einigem Abstand Position bezog, erklärte Christopher dem alten Mann sein Anliegen. Als er von dem Einbruch ins Messie-Haus erzählte, zeigte sein Gesprächspartner endlich Interesse.

„Die Polizei war vorhin da. Zwei Beamte. Sehr unhöflich. Früher war das hier eine ordentliche Wohngegend, aber seit ein paar Jahren geht es bergab. Einbrüche, Fahrraddiebstähle und immer mehr Ausländer. Die haben sogar Schrebergärten! Da hocken sie mit ihren Großfamilien bei jedem Wetter, grillen von morgens bis abends und spielen jaulende Musik. Und diese unerzogenen Kinder!"

Wie sympathisch. „Fahren die Kinder auch überall mit ihren Skateboards rum und stören die Fußgänger? Bei mir in der Gegend ..."

„Die Straße rauf und runter, den ganzen Tag. Sogar nach Einbruch der Dunkelheit. Seit die Sommerferien angefangen haben, ist es unerträglich. Die Gören haben keine sinnvolle Beschäftigung, und die Eltern kümmern sich nicht. Lärmbelästigung ist das! Ich habe mehrfach die Polizei gerufen. Und das sind nicht nur die Ausländer, die deutschen Rotzlöffel sind genauso schlimm. Eine rücksichtslose Bande!"

Innerlich triumphierte Christopher. In jeder Straße gab es mindestens einen verbitterten Griesgram, der seine Nase in fremder Leute Angelegenheiten steckte. „Ich glaube, ich habe gestern einen von denen gesehen. Blond, etwa vierzehn Jahre alt, karierter Rucksack, neongelbe Turnschuhe ..."

Der alte Mann kniff die Augen zusammen. „Nach dem haben mich die Polizeibeamten auch gefragt. Aus!", herrschte er unvermittelt seinen Hund an, der erschrocken das Kläffen einstellte. „Hat der Bengel etwas mit dem Einbruch zu tun? Die Polizisten wollten sich dazu nicht äußern. Ich habe denen gleich gesagt, was ich von dem Rüpel halte."

„Kennen Sie den Jungen?"

„Der treibt sich ständig mit seinen Freunden beim Supermarkt herum und belästigt die Kunden. Die fahren mit ihren Skateboards auf dem Parkplatz. Zwischen den Fahrzeugen. Was dabei alles kaputtgehen kann! Ich habe mich beim Leiter des Supermarkts beschwert, aber bevor die ein Hausverbot erteilen ..."

„Schockierend", pflichtete Christopher bei. Nach dem Blick seines Gegenübers zu urteilen, eine Spur zu spöttisch. „Beim Supermarkt also?"

„Ja, da hinten, die Straße runter."

„Erinnern Sie sich zufällig an die Namen der Polizeibeamten, die Sie vorhin befragt haben?"

Der alte Mann schlurfte zu einem Telefontisch und holte eine Visitenkarte aus einer Schublade. „Die gebe ich Ihnen aber nicht mit."

Natürlich nicht. Falls es wieder einen Grund zur Beschwerde gab, besaß der Griesgram nun den direkten Draht zur Kripo.

„Kein Problem." Christopher fotografierte die Visitenkarte mit seinem Smartphone. „Vielen Dank, Sie haben mir sehr geholfen."

Endlich war er einen Schritt weiter.

Beim Supermarkt herrschte Hochbetrieb. Keine Spur von Skateboardern. Nebenan befand sich ein weiterer

Supermarkt. Auch dort keine Jugendlichen. Bei dem Trubel würden die sich einen anderen Ort zum Rumhängen suchen. Oder sie saßen brav am Abendbrottisch. Morgen Nachmittag würde er einen zweiten Versuch starten.

KAPITEL 7

Der morgendliche Berufsverkehr quälte sich die Stresemannstraße entlang. Während Jörg am Steuer des Möbelwagens Gas gab und bremste, Gas gab und bremste, versuchte Christopher, sich die Zutaten für *Focaccia Tonnata* – ligurisches Fladenbrot mit Kalbfleisch und Thunfisch – und *Ligurisches Kaninchen* zu merken. Beim nächsten Bremsmanöver hörte er hinter sich das charakteristische Geräusch verrutschender Möbel. Er warf Jörg einen warnenden Seitenblick zu.

Sein Kollege rollte genervt die Augen. „Der Idiot da vorn kommt einfach nicht in die Puschen!" Er deutete auf einen dunklen Zweitürer, dessen Fahrer seinen Wagen Stück für Stück auf die linke Spur mogeln wollte. Dabei kam er einem anderen Fahrzeug bedrohlich nah, was wütendes Hupen auslöste.

Guten Morgen, Hamburg.

Christopher widmete sich Henrys Merkzettel. Focaccia Tonnata: geputzter Kalbsrücken, Thunfisch ...

Ihm lief das Wasser im Mund zusammen. Ein Käsebrot und ein Becher Kaffee reichten nicht aus, wenn man anschließend einen Kleinlaster mit Kommoden, Schränken und Vitrinen beladen musste. Für die Rückfahrt hatte er zwei Salamibrote mitgenommen. Die würde er essen, nachdem sie die Möbel aus dem geräumten Haus beim Antiquitätenhändler abgeliefert hatten.

Falls sie jemals dort ankamen.

An der nächsten Kreuzung bog Jörg rechts ab. Wieder standen sie im Stau. Im Radio kamen die Verkehrsmeldungen. Großbaustellen, Umleitungen, Unfälle, Verzögerungen.

Jörg folgte dem Verlauf der Straße, die schließlich in den Schulweg überging. Sie fuhren nun durch Eimsbüttel, den Stadtteil, in dem er aufgewachsen war. Die vertraute Umgebung weckte Erinnerungen. Die Gesamtschule, an der er sein Abitur gemacht hatte, lag wenige Straßen entfernt. Ebenso die Wohnung seines Vaters. Der saß vielleicht in der ersten Besprechung des Tages und lenkte die Geschicke der Hamburger Papierindustrie. Oder er befand sich hoch über den Wolken, um irgendwo auf der Welt Vertragsverhandlungen zu führen. Sie hatten seit Monaten nicht miteinander telefoniert. Er machte sich im Geiste eine Notiz, seinen Vater anzurufen. Sonst würde sich ihr Kontakt eines Tages auf Geburtstagstelefonate und Besuche an den Feiertagen reduzieren.

Endlich erreichten sie die Straße, an deren Ende das Antiquitätengeschäft lag. Jörg setzte den Blinker und hielt an der Ampel. Christopher faltete Henrys Merkzettel zusammen und steckte ihn zu seinem Portemonnaie in eine der zahlreichen Taschen der Cargohose.

„Was bist du denn für ein Penner?"

Er blickte auf. Ein schwarzer Viertürer hatte sich vor den Möbelwagen auf die Linksabbiegerspur gedrängelt. Das Fahrzeug stand mit der Motorhaube fast im Gegenverkehr. „Tickst du noch richtig?" Jörg hupte empört. In solchen Situationen ähnelte er seinem Vater Friedrich.

Sobald die Ampel umsprang, rauschte der Fahrer des schwarzen Wagens in die Seitenstraße. Jörg folgte ihm grummelnd. Im Gegensatz zu seinem Vordermann musste er langsam fahren. Der Möbelwagen kam den Außenspiegeln der parkenden Fahrzeuge bedrohlich nah. Der Fahrer des schwarzen Wagens ging nun ebenfalls vom Gas, was Jörg dazu veranlasste, viel zu dicht aufzuschließen.

„Hör auf mit dem Blödsinn! Wenn der bremst ..."

Wie auf Kommando leuchteten die Rücklichter ihres Vordermannes hell auf. Jörg trat so kräftig in die Eisen, dass Christopher nach vorn in den Sicherheitsgurt geworfen wurde. Auf der Ladefläche krachte etwas schwer gegen die Wand des Möbelwagens. Jörg hupte erneut.

„Dem Arschloch werde ich was erzählen!" Im nächsten Moment stieß er die Fahrertür auf.

„Jörg!" Christopher fluchte und öffnete eilig seinen Gurt.

Der Fahrer des schwarzen Wagens stieg aus. Er trug eine dunkle Skimaske. In der Hand hielt er einen Gegenstand, der aussah wie ...

Christopher erstarrte. Das war nicht möglich!

Plötzlich wurde die Beifahrertür des Möbelwagens aufgerissen. Bevor er reagieren konnte, packten ihn kräftige Hände und zerrten ihn ins Freie. Jemand stieß ihn gegen ein parkendes Auto. Eine dunkel gekleidete Person mit Skimaske. Etwas traf Christopher hart im Gesicht. Die Umgebung verschwamm. Sein Angreifer zerrte ihn weiter. Stieß ihn brutal zu Boden. Er blieb liegen, zu geschockt, um sich zu bewegen. Mehrere Motoren heulten auf. Reifen quietschten. Fahrzeuge entfernten sich rasch. Ein weiteres Fahrzeug näherte sich mit hohem Tempo und raste an ihm vorbei.

Danach Stille.

Undeutliche Stimmen.

Jemand rief etwas.

Seine linke Gesichtshälfte pochte heiß. Dumpfer Schmerz pulsierte in seinem Kopf. Eine Berührung an der Schulter ließ ihn zusammenzucken.

„Alles in Ordnung, sie sind weg." Die Stimme eines Mannes. „Sind Sie verletzt?"

Er suchte vergeblich nach einer Antwort. Was war geschehen?

„Ich habe die Polizei gerufen. Hilfe ist unterwegs."

Der Mann in der Jogginghose und dem verschwitzten T-Shirt musterte ihn besorgt. „Geht es Ihnen gut?"

„Was?"

„Bleiben Sie liegen, es ist alles in Ordnung."

Er richtete sich auf. Der Möbeltransporter war verschwunden, ebenso der schwarze Wagen.

Was war mit Jörg?

Angst flammte in ihm auf. Er stemmte sich vom Gehweg hoch und strauchelte fast, als ein scharfer Schmerz in sein rechtes Knie schoss.

Der Jogger stützte ihn. „Sie sollten sich setzen."

Auf der anderen Straßenseite stand eine betroffen dreinblickende Frau, die zwei Fahrräder hielt. Jörg saß zusammengesackt am Straßenrand, ein Tuch gegen die linke Schläfe gepresst. An seiner Seite kniete eine zweite Frau. Sie hatte ihm eine Hand auf die Schulter gelegt und sprach auf ihn ein.

Christopher atmete auf. Mithilfe des Joggers humpelte er über die Straße. Sein Knie schmerzte höllisch.

Jörg war leichenblass. Dadurch erschien das Blut, das ihm über Gesicht und Hals geronnen war, noch röter. Er bemerkte Christopher erst, als er neben ihn auf den Gehweg sank. Jörg sah ihn aus schreckgeweiteten Augen an.

Während die Zeugen des Überfalls aufgeregt ihre Beobachtungen austauschten, saßen sie stumm nebeneinander. Christopher betrachtete seine zitternden Hände, die aufgeschürften Handballen. Winzige Steinchen steckten in der Haut. Der helle Stoff seiner Hose war am rechten Knie von Blut durchtränkt.

Was war eben passiert? Er versuchte verzweifelt, in den Geschehnissen einen Sinn zu finden.

„Scheiße." Seinem Kollegen standen die Tränen in den Augen. „Scheiße."

Er legte Jörg einen Arm um die Schultern.

Bald nach der Polizei traf der Krankenwagen ein. Während sich die Sanitäter um Jörg kümmerten, befragte eine der Polizeibeamtinnen die Zeugen. Die andere nahm Christophers Aussage auf. Er schilderte, woran er sich erinnerte. Dabei fühlte er eine seltsame Distanz, als würde er die Geschichte eines anderen erzählen.

Warum stahl jemand einen Möbelwagen? Waren antike Möbel und Lampen wertvoll genug, um Menschen mit Gewalt ...?

Plötzlich spürte er erneut die Hände des Angreifers. Sah die Skimaske vor sich. Für einige Momente fror die Welt ein.

„Sind Sie sicher, dass es eine Pistole war? Herr Diecks?"

Er sah die junge Polizistin verwirrt an.

„Sind Sie sicher, dass es eine Pistole war?"

„Ja. Nein. Ich weiß nicht." Vor seinem inneren Auge wiederholte sich die Szene mehrmals. Einmal hob der Mann mit der Skimaske eine Waffe und richtete sie auf Jörg. Ein anderes Mal hielt er plötzlich keine Waffe in der Hand. Nun verstand er, warum die Opfer von Verbrechen widersprüchliche Aussagen machten, denn er war selbst Opfer eines Verbrechens geworden. Seine Magenwände zogen sich zusammen.

Die Polizeibeamtin musterte ihn besorgt. „Ich lasse Sie ins Krankenhaus fahren, Herr Diecks. Die Kollegen von der Kriminalpolizei nehmen Ihre Aussage später auf."

Die Sanitäter hatten Jörg mittlerweile auf eine Trage gelegt und in den Krankenwagen gebracht. Dahinter wartete ein zweiter Krankenwagen.

„Jemand muss Friedrich informieren!" Warum fiel es ihm erst jetzt ein?

„Keine Sorge. Wir kümmern uns um alles."

Ein Sanitäter half ihm in den zweiten Krankenwagen, schnallte ihn auf einem Sitz fest und reichte ihm ein Coolpack. „Für Ihr Gesicht."

Er nahm den kühlen, mit blauem Gel gefüllten Plastikbeutel entgegen und hielt ihn sich gegen die schmerzende Wange. Auf einmal war ihm zum Heulen zumute. Er schloss die Augen und kämpfte dagegen an.

Wenig später stand er in der Notaufnahme der Universitätsklinik Eppendorf. Jörg wurde auf der Trage durch eine große Flügeltür geschoben. Einer der

Sanitäter brachte ihn ins Wartezimmer. Bald darauf saß er in einem Behandlungszimmer und wurde von einem Arzt untersucht. Eine Gehirnerschütterung hatte er nicht. Abgesehen von der Verletzung im Gesicht, dem aufgeschlagenen Knie und den Schürfwunden an den Händen fanden sich zahlreiche kleinere Schrammen und blaue Flecken an seinem Körper. Er war glimpflich davongekommen. Nachdem eine Krankenschwester die Wunden gesäubert und versorgt hatte, schickte ihn der Arzt zum Röntgen. Um ein gebrochenes Jochbein auszuschließen. Der Schlag ins Gesicht war ziemlich heftig gewesen. Als die Röntgenaufnahmen endlich vorlagen und sich weder ein Bruch noch Haarrisse in den Knochen zeigten, wollte er nur zwei Dinge: Jörg sehen und nach Hause fahren. Der Arzt sah keinen Grund, ihn zur Beobachtung im Krankenhaus zu behalten. Er schrieb Christopher für zwei Tage krank, stellte ein Rezept über Schmerzmittel aus und empfahl ihm eine Salbe für seine Wange.

„Sie werden ein hübsches Veilchen bekommen. Aber das verschwindet bald. Bis dahin können Sie sich den einen oder anderen Kuss von Ihrer Freundin abholen. Sollten Sie sich schlechter fühlen – Kopfschmerzen, Übelkeit, Schwindelgefühl, unerklärliche Schweißausbrüche –, gehen Sie bitte sofort zu Ihrem Hausarzt." Sie reichten sich zum Abschied die Hand. „Kopf hoch. Das wird schon wieder." Danach verschwand der Arzt durch eine Seitentür.

Christopher steckte das Rezept und die Krankschreibung in die Hosentasche. Er wollte gerade gehen, als eine Krankenschwester eintrat. Zwei Beamte von der

Kriminalpolizei warteten auf ihn. Christopher folgte ihr in ein Besprechungszimmer. Die Männer standen am Fenster. Beide waren in den späten Dreißigern, der eine blond, der andere dunkelhaarig, und trugen Zivilkleidung. Der Dunkelhaarige war größer und sah sportlicher aus als sein Kollege. Sie stellten sich ihm als Kriminalkommissar Brinkert und Kriminaloberkommissar von Evert vor, gaben ihm ihre Visitenkarten und baten ihn, sich zu setzen. Kommissar von Evert führte das Gespräch, während sein blonder Kollege Notizen machte. Sie gingen in aller Ruhe seine erste Aussage durch. Der Kommissar stellte zahlreiche Fragen, von denen er die wenigsten beantworten konnte. Abgesehen von den Mitarbeitern des Umzugsunternehmens und dem Antiquitätenhändler hatte niemand den Termin für die Anlieferung gekannt. Ihm waren keine Beobachter oder Verfolger aufgefallen, und er hatte sich nichts dabei gedacht, als sich der schwarze Viertürer an der Ampel vor sie gedrängt hatte. Den Mann, der ihn aus dem Wagen gezerrt hatte, konnte er, abgesehen von der dunklen Kleidung, nicht beschreiben. Ebenso wenig den Mann, der Jörg bedroht hatte. Es war viel zu schnell gegangen.

„Trugen die Täter Handschuhe?"

Christopher zuckte die Achseln.

„Wo hat Sie der Angreifer berührt?"

Berührt war nett ausgedrückt. „Am Oberkörper."

„Wir werden Ihre Jacke ins Labor geben. Falls sich Spuren darauf befinden."

Kriminalkommissar Brinkert legte den Stift beiseite und holte mehrere eingeschweißte Plastiktüten aus einer Aktentasche. Er suchte die größte aus und verstaute die Jacke darin. Anschließend machte er zur Beweissicherung mit einem Fotoapparat Aufnahmen von Christophers Gesicht.

„Beide Täter trugen Skimasken", fuhr Kommissar von Evert fort. „Die Löcher für Mund und Augen sind bei einigen Modellen groß geschnitten. Konnten Sie erkennen, ob die Männer hell- oder dunkelhäutig waren?"

Auf eine solche Frage musste man kommen!

Er dachte angestrengt nach, konnte sich aber beim besten Willen nicht erinnern. „Vielleicht kann Jörg Ihnen weiterhelfen. Er wird seinem Angreifer direkt ins Gesicht geschaut haben." Wie es Jörg wohl ging? Hoffentlich war die Kopfwunde nicht zu schlimm. Wenn er ...

„Herr Diecks."

„Ja?"

„Die Zeugen haben ausgesagt, dass Ihnen ein dunkelblauer Wagen gefolgt ist. Ihr Angreifer ist auf der Beifahrerseite ausgestiegen. Es waren also mindestens drei Personen an dem Überfall beteiligt. Es könnte sich um eine professionelle Bande handeln. Wie wertvoll waren die Möbel?"

„Ein paar Tausend Euro, keine Ahnung. Bestimmt nicht wertvoll genug, um sie zu stehlen." Wozu dieser Aufwand? Für ein paar Antiquitäten? Seine Wange pochte schmerzhaft. Er berührte vorsichtig die empfindliche Schwellung und verzog das Gesicht.

„Wir sind gleich fertig, Herr Diecks."

Kommissar Brinkert blickte auf seinen Notizblock. „Einer der Zeugen hat einen silbergrauen Wagen beschrieben, der den anderen Fahrzeugen nach dem

Überfall in hohem Tempo gefolgt ist. Können Sie damit ...?“ Der Polizist stutzte, als Christopher ihn entgeistert anstarrte.

„Ein silberner Wagen?” Sein Herz begann wie wild zu klopfen. „Sind Sie sicher?”

Lag da die Verbindung? Die Erklärung für den Überfall?

Hatten die Einbrecher im Haus nicht alles gefunden und vermuteten die gesuchten Gegenstände oder Dokumente in den Möbeln?

Die Kommissare tauschten erstaunte Blicke. Also erzählte er von dem Haus, dem Einbruch und dem Jungen mit der Kamera, die dieser an den Fahrer eines silbergrauen Wagens übergeben hatte.

„Könnte ein Zufall sein.” Kommissar von Evert kratzte sich nachdenklich am Kinn. Er sah zu seinem Kollegen, der ihn mit hochgezogenen Augenbrauen musterte. „Allerdings spricht einiges dagegen.”

„Konnte sich jemand das Kennzeichen des Wagens merken?”, fragte Christopher hoffnungsvoll.

Kommissar Brinkert blätterte einige Seiten seines Blocks zurück. „Es soll kein Hamburger Kennzeichen gewesen sein. Abgesehen davon ...”

„Sie müssen den Jungen finden!” Fast hätte er *wir* gesagt. „Vielleicht kann er den Fahrer beschreiben.”

„Wir werden es versuchen. Dürfte allerdings schwierig werden.”

„Fangen Sie beim Supermarkt an.” Erneut erntete er Erstaunen. „Ich bin gestern nach Bramfeld gefahren und habe ein bisschen herumgefragt. Der Hinweis kam von einem älteren Herrn. Ihre Kollegen waren bereits bei ihm, allerdings weiß ich nicht, wie viel er ihnen erzählt hat. Seine Meinung von der Polizei ist nicht die beste."

Während sein Kollege die Adressen des Supermarkts und die des Griesgrams notierte, bedachte Kommissar von Evert Christopher mit einem forschenden Blick aus intensiven dunkelbraunen Augen. „Haben Sie von Ihrem Informanten vielleicht die Namen der ermittelnden Beamten erfahren?"

Er holte sein Smartphone aus der Hosentasche und rief das Foto der Visitenkarte auf.

Der Kommissar schmunzelte. „Vor uns sitzt ein zukünftiger Kriminalermittler", teilte er seinem Kollegen mit, und es klang weder spöttisch noch herablassend.

In diesem Moment beschloss Christopher, dass er Felix von Evert mochte.

„Von nun an übernehmen wir die Ermittlungen, Herr Diecks. Sollte Ihnen noch etwas einfallen, gleichgültig, wie unbedeutend es erscheint, können Sie uns jederzeit anrufen. Wir werden uns bei Ihnen melden, falls sich von unserer Seite Rückfragen ergeben." Der Kommissar erhob sich und reichte ihm die Hand. „Ich kann Ihnen leider keine großen Hoffnungen machen, dass wir die Täter fassen werden."

„Ist mir bewusst. Ich würde gern meinen Kollegen Jörg besuchen, aber ich habe keine Ahnung, wo er ist."

„Kein Problem, das finden wir heraus."

Sie gingen zurück zum Empfangsbereich der Notaufnahme.

Christopher dachte an Friedrich, der sich nicht nur um seinen Sohn sorgen musste, sondern auch um den Diebstahl eines Fahrzeugs und den Verlust der Möbel, die er für Marie Ritter verkaufen sollte. Friedrichs Versicherung würde hoffentlich keine Schwierigkeiten machen, wenn es um die Begleichung des Schadens ging.

„Sie sollten mit einem Freund sprechen." Die Stimme Kommissar von Everts riss ihn aus den Gedanken. „Ein solches Erlebnis schüttelt man nicht einfach ab. Es ist wichtig, darüber zu reden."

Er nickte. Sobald er seine Gedanken sortiert hatte, würde er Jacobi anrufen, auch um das Fußballtraining heute Abend abzusagen. Sein verletztes Knie würde das nicht mitmachen.

Vor ihnen kam ein Arzt aus einem der Behandlungszimmer. Kommissar von Evert hielt den Mediziner an, der ihn mit einem knappen „Leider keine Zeit“ abwiegeln wollte. Der Dienstausweis des Polizeibeamten änderte das. Wenig später erfuhren sie Jörgs Zimmernummer.

Auf dem Weg zum Fahrstuhl kamen ihnen Friedrich und Annelie Scholz entgegen. Annelie wirkte gefasst. Friedrich sah angespannt aus. Sobald er Christopher entdeckte, verfinsterte sich seine Miene.

„Was macht ihr für einen Blödsinn!“, polterte er vor allen Leuten los. „Kann man euch Dummköpfe keine fünf Minuten allein lassen?“

Die Kommissare wechselten verblüffte Blicke. Christopher kannte seinen Chef besser. Hinter der Lautstärke verbarg sich Besorgnis. Er wollte eben eine flapsige Antwort geben, als etwas geschah, das er in all den Jahren ihrer Bekanntschaft noch nie erlebt hatte: Friedrich umarmte ihn. Sein Chef drückte ihn so fest, dass ihm fast die Luft wegblieb. Es war verstörend.

Friedrich Scholz nahm Menschen nicht in den Arm. Er war kein Typ für offen gezeigte Zuneigung. Zum zweiten Mal an diesem Tag wusste Christopher nicht, wie ihm geschah. Er blickte zu Annelie, die sichtlich gerührt war.

„Mir geht es gut", versicherte er rasch.

Friedrich löste abrupt die Umarmung und trat zurück. „Siehst ja aus wie nach einer ordentlichen Prügelei. Mit der Visage kann ich dich nicht auf die Kunden loslassen."

„Wir wollen Jörg besuchen. Die Herren sind von der Kriminalpolizei."

Die Kommissare stellten sich vor.

Friedrich beäugte sie skeptisch. „Ich will nicht, dass Sie meinem Sohn dusselige Fragen stellen. Wenn Sie ihn aufregen, kriegen Sie es mit mir zu tun!"

„Wir machen es kurz", versicherte Kommissar von Evert.

Zu einer Befragung kam es allerdings nicht. Jörg hatte ein Beruhigungsmittel bekommen und schlief. Er lag am Fenster in einem stickigen Dreibettzimmer, den Kopf dick bandagiert, und sah blass und sehr jung aus. Annelie Scholz brach in Tränen aus.

„Wir kommen morgen wieder." Kommissar von Evert bedeutete seinem Kollegen mit einer Kopfbewegung, den Raum zu verlassen. Das Zufallen der Tür hallte von den kahlen Wänden wider.

„Fahr nach Hause", sagte Friedrich zu Christopher, ohne den Blick von seinem Sohn zu nehmen. „Ich bezahl dir die Stunden."

„Ich kann morgen in die Firma kommen, wenn du mich brauchst."

Mittlerweile fehlten seinem Chef drei Mitarbeiter.

„Fahr nach Hause! Ruh dich aus."

„Aber am Donnerstag komme ich." Er umarmte die schluchzende Annelie, legte Friedrich zum Abschied eine Hand auf die Schulter und ging.

Obwohl Taxis vor dem Krankenhaus warteten, nahm er den Bus und anschließend die U-Bahn. Unter Menschen fühlte er sich sicherer. Einige Fahrgäste musterten ihn verstohlen von der Seite. Sein Gesicht musste zum Fürchten aussehen. Anfangs empfand er die Aufmerksamkeit als unangenehm, doch während die U-Bahn über die Schienen ratterte, wanderten seine Gedanken zurück zu dem Überfall und er vergaß alles andere. Er versuchte, sich an Details zu erinnern. An Hinweise, die helfen konnten, die Männer zu finden. Ohne Ergebnis. Es war frustrierend und erleichternd zugleich, weil ihm klar wurde, dass er nichts hätte tun können, um das Geschehene zu verhindern. Diese Art von Gewalt hatte er nie zuvor erlebt. Sie erschütterte ihn zutiefst. Wenn der Mann mit der Waffe auf Jörg geschossen hätte ...

Er schüttelte den Kopf, als könnte er dadurch die schrecklichen Gedanken abschütteln.

Endlich fuhr die U-Bahn in die Station St. Pauli ein. Er folgte dem Strom der Menschen zur Rolltreppe und auf die Reeperbahn. Sein verletztes Knie protestierte bei jedem Schritt. Von Weitem entdeckte er Rudi, der vor einem Restaurant leere Plastikflaschen aus einer Mülltonne fischte. Der alte Mann verstaute den Fund in seinem Rucksack und schlurfte mit der treuen Tessa im Schlepptau weiter.

Christopher verlangsamte das Tempo, bis die beiden in eine Seitenstraße abbogen. Ihm war nicht nach Reden zumute.

Sobald er in seiner Wohnung angekommen war, zog er sich um. Bloß raus aus den dreckigen Klamotten. Danach stand er eine Weile unschlüssig im Wohnzimmer. Sein Magen sendete vage Hungersignale, doch beim Gedanken an Essen wurde ihm schlecht. Er nahm eine Tablette gegen die Kopfschmerzen. Im Gemüsefach des Kühlschranks lag eine angebrochene Tube mit Schmerzgel. Er nahm sie mit ins Badezimmer, wo er kritisch sein Bild im Spiegel betrachtete. Die linke Wange war stark gerötet. Sein Auge fast zugeschwollen. Darunter zeichnete sich ein dunkler Schatten ab.

Vorsichtig trug er von dem kühlenden Gel auf. Ob Sophie bei seinem Anblick erschrecken würde? Morgen würde die Verletzung wahrscheinlich schlimmer aussehen. Wahrscheinlich war es besser, die Verabredung abzusagen. Nicht nur wegen Sophie. Er verspürte keinerlei Verlangen, seinem Bruder die Zusammenhänge zu erklären, die zu der Verletzung geführt hatten. Elias würde einen Weg finden, um Kritik zu äußern. Dafür fand er immer einen Anlass. Natürlich könnte Christopher behaupten, es sei beim Fußballtraining passiert. Ein Zusammenstoß mit einem Mitspieler.

Aber warum eigentlich?

Ärger flammte in ihm auf.

Warum sollte er darauf verzichten, Sophie zu besuchen, nur um einer Diskussion mit seinem Bruder aus dem Weg zu gehen? Grimmig schraubte er die Tube zu und warf sie ins Waschbecken. Danach humpelte er ins Schlafzimmer, um sein Portemonnaie und sein Smartphone zu holen. Als er die Sachen in der Hand hielt, überkam ihn ein Gefühl der Beklemmung. Hätte er die Umhängetasche dabeigehabt und nicht beides am Körper getragen, wären die Diebe nun im Besitz seines Personalausweises und der Wohnungsschlüssel. Sie würden seine Adresse kennen, könnten unbemerkt in seine Wohnung eindringen ...

Plötzlich bekam er keine Luft mehr. Die Wände schienen näher zu rücken, zogen sich um ihn zusammen. Er musste hier raus! Unter Menschen. Ins Freie, wo er atmen konnte. Er stopfte Portemonnaie und Smartphone in die Hosentaschen und flüchtete aus der Wohnung. Seine Beine brachten ihn wie ferngesteuert an den einzigen Ort, an dem er sein wollte.

KAPITEL 8

Romy trug ein schlichtes dunkelblaues Kleid. Ihren Hals schmückte eine silberne Kette mit einem Anhänger in Blütenform, der hin und her rutschte, während sie eine Bluse von einem der Kleiderständer nahm und sie einer Kundin reichte. Die ältere Dame trat vor einen bodenlangen Spiegel und hielt sich das Kleidungsstück an. Sie begutachtete es kritisch und schüttelte den Kopf. Romy hängte die Bluse zurück und wählte in aller Ruhe die nächste aus. Dabei plauderte sie gut gelaunt mit der Kundin.

Er betrachtete Romy durch das Schaufenster der *Zweiten Hand* und konnte sich nicht entscheiden, was er tun wollte. Ihm kamen Henrys Worte in den Sinn. War das hier der nächste Schritt? Der Anfang? Das Ende? Nervosität flatterte wie eine Millionen Schmetterlinge in seinem Bauch. Er hatte sich das anders vorgestellt. Christopher Diecks in Bestform, locker, souverän, Herr der Lage. Im Augenblick war er kein Herr irgendeiner Lage.

Die Glocke über der Eingangstür kündigte sein Eintreten an. Romy und ihre Kundin wandten gleichzeitig die Köpfe und starrten ihn an.

„Wie siehst du denn aus?" Romy hängte achtlos eine Bluse an einen Hosenständer und trat näher. „Wie ist das passiert?" Ihre Stimme war ein erschrockenes Flüstern.

Plötzlich kam das Zittern zurück. Seine Knie wurden weich. Sein Herz schlug viel zu schnell. „Wir sind überfallen worden. Jörg liegt im Krankenhaus."

Es war eben erst passiert ...

„Komm." Romy nahm seine Hand. Berührte ihn zum allerersten Mal. Ein wunderschöner Moment, den er nicht angemessen würdigen konnte. „Ich bin sofort wieder da", sagte sie zu der alten Dame und zog ihn mit sich.

Er folgte ihr humpelnd in den Raum hinter dem Tresen. Dort stapelten sich Kartons und Kleidung in Regalen. Auf einem Tisch in einer Ecke stand eine alte Nähmaschine. Auf einem zweiten Tisch lagen Schnittmuster.

Romy zog einen Stuhl heran und drückte ihn sanft darauf. Er spürte noch ihre Hand auf seiner Schulter, als sie den Raum bereits verlassen hatte. Er lehnte sich zurück und starrte an die Decke. Allmählich beruhigte sich sein Puls, und das Zittern ließ nach. Er fühlte sich wie ein Weichei. Das war nicht der Eindruck, den Romy von ihm haben sollte. Um sich abzulenken, blickte er sich in dem fensterlosen Raum um. Neben dem Tisch mit der Nähmaschine stand ein hölzerner Wagen mit zahlreichen Fächern für Nähzubehör. In einer anderen Ecke brummte ein Kühlschrank, obenauf alles, was man zur Kaffee- und Teezubereitung benötigte. An einer Tür hing ein handgeschriebenes WC-Schild. Ein Gefühl von Geborgenheit breitete sich in ihm aus.

Irma rauschte in den Raum, außer Atem, die Hände voller Tüten. „Hallo, Liebchen. Was machst du denn hier? Und wie siehst du aus?" Sie setzte die mit Kleidung gefüllten Tüten ab. „Hast du dich geprügelt?"

„Mein Kollege und ich sind überfallen worden." Diesmal blieb er ruhig. Die emotionale Distanz, die ihm in Romys Nähe gefehlt hatte, kehrte in Irmas Gegenwart zurück. „Wir wollten heute früh Möbel bei einem Antiquitätenhändler abliefern. Offenbar fanden einige Leute die Sachen interessant genug, um sie zu stehlen."

„Meine Güte, wie furchtbar! Was heutzutage alles passiert! Habt ihr die Polizei gerufen?"

„Natürlich. Leider gibt es wenig Hoffnung, die Diebe zu fassen. Ich hatte Glück. Mein Kollege liegt im Krankenhaus."

„Wie furchtbar! Romy! Hast du gehört, was Christopher passiert ist?" Sie wirbelte aus dem Raum und kam kurz darauf mit Romy im Schlepptau zurück. „Kümmere dich um den armen Jungen. Ein Tee wird ihm guttun. Kein Kaffee! Koffein ist schlecht für die Nerven!" Nach dieser Anweisung ließ Irma sie allein.

Christopher und Romy tauschten ein verlegenes Lächeln.

„Möchtest du einen Tee?"

„Gern."

Sie goss aus einer Thermoskanne dampfende Flüssigkeit in zwei Becher. „Pfefferminze. Vorsicht, der ist heiß."

Während er an dem ungesüßten Getränk nippte, holte Romy eine Tüte aus einem der Regale. „Deine Hosen."

„Danke." Er stellte die Tüte neben dem Stuhl ab und nahm all seinen Mut zusammen. „Ich bin Christopher." Sie sah ihn verdutzt an. „Du kannst mich auch Topher nennen. Was immer dir besser gefällt." Endlich war es raus. Was für eine Erleichterung!

Romy brauchte einige Sekunden, um den abrupten Themenwechsel zu verarbeiten. „Warum Topher?"

Er grinste verlegen. Die Geschichte dazu erzählte er selten, weil sie ihm ein bisschen peinlich war. „Ich habe eine Halbschwester, Jasmin. Sie ist viel jünger als ich. Als Jasmin klein war, konnte sie Christopher nicht aussprechen. Sie hat immer Topher gesagt. Irgendwie ist der Name hängen geblieben."

„Das ist niedlich."

Na, super. Niedlich war eine der unmännlichsten Bezeichnungen der Welt. Auch wenn es bloß um seinen Spitznamen ging. Seine Miene amüsierte Romy.

„Mir gefällt Topher. Du darfst mich Romy nennen. Romina finde ich furchtbar." Ihr Blick wanderte zu seiner lädierten Wange. „Wie ist das passiert?"

Mit einem Mal kehrten das Zittern und das flaue Gefühl in seinem Magen zurück. Er nahm einen Schluck Tee, um sich zu sammeln. Danach erzählte er von dem Messie-Haus und dem Überfall. Seine Vermutungen über die Hintergründe verschwieg er.

„Der Mann hat dich einfach aus dem Wagen gezerrt?"

„Er hat mich gepackt, gegen ein Auto gestoßen und mir eine verpasst." Die Bilder vor seinem inneren Auge schnürten ihm die Kehle zu. Was alles hätte geschehen können ...

„Wie viele Tattoos hast du?"

Die Frage überraschte ihn so sehr, dass er kurz überlegen musste. „Vier." Auf seinem rechten Oberarm lugte ein Motiv mit roten und schwarzen Zacken unter dem Ärmel des T-Shirts hervor. „Die Kompassrose." Der die Buchstaben für die Himmelsrichtungen fehlten. „Die Uhr." Er hob die linke Hand. Auf der Innenseite des

Gelenks war eine alte Taschenuhr mit römischen Ziffern eintätowiert. Ohne Zeiger. „Unendlichkeit." Er deutete auf seinen Nacken, den eine schwarz schraffierte, liegende Acht zierte. Danach zog er den Ausschnitt des T-Shirts hinunter, damit Romy die stilisierte gelbe Sonne mit der schwarzen Umrandung sehen konnte, die auf die linke Brust tätowiert war. „Und die Sonne."

Romy betrachtete das Tattoo. Sehr intensiv. Er meinte, ein feines Knistern in der Luft zu spüren. Sie wandte den Blick ab und strich sich eine Ponysträhne aus dem Gesicht. „Haben sie eine bestimmte Bedeutung für dich?"

„Es ist eher ein Gesamtkonzept. Die Kompassrose hat keine Himmelsrichtungen, weil ich meiner eigenen Richtung folge. Der Uhr fehlen die Zeiger, weil ich nach meiner eigenen Zeit lebe. Ich habe die Sonne im Herzen und die Unendlichkeit im Nacken." Er grinste, kratzte sich verlegen. „In meinem Kopf klang es tiefgründiger."

Sie musterte ihn mit diesem magnetischen Blick, der bis in sein Innerstes vordrang. Was würde sie sagen? Mochte sie Tattoos? Fand sie die Bilder albern? Die Tattoos waren ein Teil seiner Identität. Die Vorstellung, alles könnte daran scheitern ...

Romy lächelte. „Gefällt mir."

Erleichterung schwappte über ihn. Er wollte sie berühren. Sie küssen. Sie in seinen Armen halten und nie wieder loslassen.

Romy schien seine Gedanken zu lesen. Sie trat einen Schritt zurück. Zog diesen vertrauten Schutzwall aus Unnahbarkeit hoch. „Ich muss einige Sachen umändern." Die Wärme in ihrer Stimme hatte neutraler Sachlichkeit Platz gemacht. Sie stellte den Teebecher beiseite und setzte sich an die Nähmaschine. Ein klares Zeichen für ihn, zu verschwinden.

So schnell gab er sich nicht geschlagen.

„Darf ich dir zusehen?"

Romy musterte ihn erstaunt. „Wenn es dir nicht zu langweilig ist ..."

„Nein." In ihrer Nähe würde ihm niemals langweilig sein. In kleinen Schlucken trank er seinen Pfefferminztee und sah zu, wie sie den Faden in der Nähmaschine wechselte. Danach nahm sie eine schwarze Hose, deren Nähte an den Beinen aufgetrennt und mit Nadeln abgesteckt waren. Das Rattern der Nähmaschine erfüllte den Raum.

Er betrachtete Romys Gesicht, die vor Konzentration leicht gerunzelte Stirn, die aufeinandergepressten Lippen, die winzigen Grübchen um ihre Mundwinkel. Wie konnte ihm ein einziger Tag eines der schrecklichsten und eines der schönsten Erlebnisse seines Lebens bescheren?

Es gab keine Verabredung für ein nächstes Treffen, ein gemeinsames Abendessen oder einen Kinobesuch. Sobald Romy mit dem letzten Kleidungsstück fertig war, nahm er die Tüte mit den Hosen. Er hob wortlos die Hand, erhielt ein Lächeln als Antwort und ging mit dem sicheren Gefühl, dass ein Anfang gemacht war. Irma winkte ihm zum Abschied mit einem zufriedenen Gesichtsausdruck zu. Wartete jeder Mensch auf diesem Planeten darauf, dass er endlich in die Gänge kam?

KAPITEL 9

Ist jemand gestorben?"

Christopher schmunzelte. Er hatte Jacobi auf dem Rückweg über SMS mitgeteilt, dass er nicht zum Fußballtraining kommen würde. Das war offensichtlich einen Anruf wert.

Vom Büro aus.

„Niemand, warum?"

„Weil du das Training nur verpassen würdest, wenn du tot bist. Oder jemand, den du sehr gut kennst. Und du klingst ziemlich lebendig."

„Ich hab mich am Knie verletzt."

„Im Dunkeln gegen die Schlafzimmertür gelaufen?"

„Jörg und ich sind heute Morgen überfallen worden."

In der Leitung wurde es still.

„Das ist ein Witz, oder?"

„Die Typen haben uns den Möbelwagen geklaut."

„Was?"

„Ich glaube, das hat mit dem Einbruch zu tun."

„Welcher Einbruch?"

Richtig, davon wusste Jacobi nichts. „Jemand ist nach der Räumung in das Messie-Haus eingestiegen und hat Kartons mit persönlichen Sachen der Bewohner gestohlen. Die Einbrecher haben im Schlafzimmer des alten Mannes den Dielenboden aufgehebelt, um an ein Versteck zu gelangen."

„Ich komme nach dem Training vorbei. Ich will die ganze Geschichte hören. Wie geht es Jörg?"

„Liegt mit einer Kopfverletzung im UKE. Ich rufe Friedrich nachher an, um mehr zu erfahren."

„Was machst du für einen Blödsinn?"

„Hat mich Friedrich auch gefragt. Grüß die Jungs von mir. Tut mir leid, aber heute müssen sie ohne den weltbesten Außenverteidiger auskommen."

„Wieso? Ich bin doch da."

„Träum weiter, Cobi."

„Ach, Mist. Ich hab das blöde Statusmeeting vergessen. Ich muss aufhören, bis später." Es klickte in der Leitung, bevor Christopher fragen konnte, was sein Freund zu Abend essen wollte. Er würde Spaghetti bolognese kochen. Damit lag er nie falsch.

Er rief Friedrich über den Festnetzanschluss an. Die Mailbox meldete sich, also hinterließ er eine Nachricht und wählte anschließend die Nummer von Martin Kleemeyers Detektei. Während das Freizeichen ertönte, brachte er Romys Tüte ins Schlafzimmer. Schließlich meldete sich Cindy, Martins Kraft für alles, und stellte ihn durch. Die Musik der Warteschleife erklang. Er klemmte das Telefon zwischen Schulter und Ohr ein und nahm die Hosen in Augenschein. Die Cordhose gefiel ihm mittlerweile. An die blauschwarze Arbeitshose würde er sich gewöhnen müssen. Er legte sie gerade in den Schrank, als Martin das Telefon abnahm.

„Entschuldigung, da kam ein Anruf dazwischen."

„Kein Problem. Ich liebe Warteschleifen."

„Wollten wir nicht morgen telefonieren?"

„Ja, aber ich dachte, du hast vielleicht schon was für mich rausgefunden." Er musste weiter nachforschen. Es ging nicht mehr allein um das geräumte Haus und den toten Peter Konstantin. Die Angelegenheit war persönlich geworden.

„Bisher nur Eckdaten. Moment." Eine Tastatur klapperte. „Peter Konstantin wurde in Hamburg geboren. Er hat einige Zeit in Stuttgart gelebt, dort geheiratet und ist nach dem Tod seiner Frau nach Hamburg zurückgekehrt. Er hat für eine Telefongesellschaft gearbeitet, sich jedoch vor zwei Jahren in die Frührente verabschiedet."

„Aus gesundheitlichen Gründen?"

„Versuche ich herauszufinden."

„Der Mann hat seine Frau verloren und mit seinem dementen Vater auf einer Müllhalde gehaust. Der muss mit psychischen Problemen gekämpft haben. An seiner Stelle wäre ich depressiv geworden."

„Das könnte eine Ursache für den Herzinfarkt sein."

„Stimmt. Aber irgendwie ..." Christopher schüttelte den Kopf. „Hast du etwas über die Ehefrau herausgefunden?

„Nicole Konstantin, geborene Schneider. War als Buchhalterin bei verschiedenen Logistikunternehmen tätig. Zuletzt hat sie für *Transloginet* gearbeitet, eine Spedition, die auf den Transport von Metallschrott aus Osteuropa nach Deutschland spezialisiert war. Mit Hauptsitz in Warschau. Das erklärt wohl die polnische Postkarte und die Fotos von den polnischen Fahrzeugen."

Aber nicht die Kesselwagen. Metallschrott wurde nicht in Tankzügen transportiert.

„Warum ‚war' die Spedition spezialisiert?"

„*Transloginet* ist vor einigen Jahren pleitegegangen. Ich habe im Internet einen alten Zeitungsartikel gefunden."

„Was ist mit Informationen über den Tod von Nicole Konstantin?"

„Sie ist vor sieben Jahren gestorben. Woran kann ich noch nicht sagen."

„Ich werde mit Marie Ritter sprechen, Peter Konstantins Cousine. Sie weiß vielleicht mehr."

„Zieh bitte Samthandschuhe an. Das ist eine sehr persönliche Frage."

„Ihr Cousin wurde möglicherweise ermordet. Wenn ich es ihr erkläre, wird sie mir sicherlich helfen."

„Oder dich zum Teufel jagen, weil du wilde Vermutungen anstellst, für die du keinerlei Beweise hast."

„*Noch* nicht."

„Trotzdem, Vorsicht. Hast du deinen Skateboarder gefunden?"

„Darum kümmere ich mich morgen."

„Halte mich auf dem Laufenden. Sobald ich mehr über die Konstantins herausgefunden habe, melde ich mich."

„Gut, bis später." Christopher fühlte sich schuldig, weil er den Überfall nicht erwähnt hatte, doch sein Chef hätte die Nachforschungen bestimmt eingestellt. Er wollte zumindest versuchen, Licht in die Angelegenheit zu bringen. Was konnte an ein paar Telefonaten gefährlich sein? Sobald er alle Informationen beisammenhatte, würde er sie an Kommissar von Evert weiterleiten und der Polizei den Rest überlassen.

Seine lädierte Wange begann zu pochen, und der Kopfschmerz kehrte zurück. Er trug mehr Schmerzgel auf, nahm eine Tablette und stellte seinen knurrenden

Magen mit zwei Scheiben Käsebrot und einem Schokopudding zufrieden. Danach legte er sich für ein Nickerchen aufs Sofa.

Eine fröhliche Melodie riss ihn aus dem Schlaf. Er tastete nach seinem Smartphone, das irgendwo auf dem Couchtisch lag, und sah mit halb geschlossenen Augen auf das Display. Friedrich rief an.

„Hallo, Chef." Er gab sich alle Mühe, nicht zu klingen, als hätte man ihn eben aus dem Koma geholt.

„Gut, du hast geschlafen. Wenigstens einer hört auf mich."

„Wieso?"

„Mein unvernünftiger Sohn besteht darauf, aus dem Krankenhaus entlassen zu werden. Von mir hat er diesen Dickkopf nicht geerbt!"

„Jörg ist wach?" Wie spät war es? Rasch nahm Christopher das Smartphone vom Ohr und schaute auf die Uhr im Display. Sein Nickerchen hatten einige Stunden gedauert. „Wie geht es ihm?"

„Hervorragend. Niemals besser. Die lächerliche Kopfwunde ist harmlos. Fünf Stiche haben die gebraucht, um ihn zu flicken, und der Spaßvogel nennt das harmlos!"

„Sag Jörg, er soll kein Idiot sein und über Nacht im Krankenhaus bleiben."

„Meine Meinung. Der Junge versucht bloß, den harten Hund zu spielen."

Im Hintergrund hörte Christopher undeutlich eine Lautsprecherdurchsage. Offenbar war sein Chef noch im Krankenhaus.

„Hat Jörg von dem Überfall erzählt?"

„Er weiß nichts, er hat nichts gesehen. Ein maskierter Mann hat ihn bedroht und niedergeschlagen. Mehr ist nicht passiert."

Bedroht ...

„Mit Worten?"

„Was meinst du?"

„Hat er mit Jörg gesprochen?"

„Ist das wichtig?"

„Die Stimme könnte einen Hinweis auf die Herkunft des Täters geben."

„Mag sein. Mein Sohn wird nicht vor Gericht gegen Verbrecher aussagen, die Menschen mit Waffen bedrohen! Das können sich deine Kommissare gepflegt abschminken!"

Christopher verstand Friedrichs Angst. Die Vorstellung, die Männer könnten sich an Jörg rächen, war bedrohlich. Allerdings galt dieselbe Bedrohung für ihn, und er würde keine Sekunde zögern, eine Aussage zu machen. Ob Jörg die Meinung seines Vaters teilte?

„Grüß Jörg von mir. Ich melde mich morgen bei ihm." In der Hoffnung, allein mit Jörg sprechen zu können, wenn Friedrich nicht mit Schwert und Schild bewaffnet vor seinem Sohn stand.

„Mache ich. Dich will ich vor Donnerstag nicht in der Firma sehen, sonst gibt's ein paar hinter die Löffel!"

„Ja, Chef. Hast du mit Marie Ritter telefoniert?"

„Die arme Frau ist aus allen Wolken gefallen. Sie hat mich gleich gefragt, ob der Einbruch im Haus und der Überfall zusammenhängen. Was soll ich ihr dazu sagen?"

Christopher lächelte. Friedrich hatte ihm soeben die perfekte Rechtfertigung für ein Gespräch mit Marie

Ritter geliefert. „Ich kann sie gern anrufen und versuchen, ihre Fragen zu beantworten, wenn das für dich in Ordnung ist."

„Meinetwegen. Die Frau hat sich mehr um Jörg und dich gesorgt als um die Möbel. Annelie ist im Büro, sie kann dir die Telefonnummer geben. Aber die reichst du an niemanden weiter."

„Selbstverständlich nicht."

„Und zügele deine wilde Fantasie! Tisch der Frau keine Mordgeschichten auf. Wir sind nicht im Fernsehen."

„Nur die harten Fakten." Von denen es reichlich wenig gab. Christopher beendete das Gespräch und grinste zufrieden. Das war großartig! Er bekam die Gelegenheit, mehr über Peter Konstantin und dessen Frau zu erfahren, und musste sich dafür nicht einmal Marie Ritters Telefonnummer erschleichen.

Annelie klang reichlich mitgenommen. Er versicherte ihr mehrfach, dass alles in Ordnung sei, und brachte sie mit einer flapsigen Bemerkung sogar zum Lachen.

Die Neugier drängte ihn, Frau Ritter sofort anzurufen. Die Vernunft riet ihm, sich auf das Gespräch vorzubereiten. Es war für einen Anruf ohnehin zu früh. Um diese Uhrzeit würde er Marie Ritter wahrscheinlich bei der Arbeit oder auf dem Heimweg erreichen. Seine Fragen ließen sich besser in privater Atmosphäre beantworten als an der Kasse im Supermarkt. Apropos Supermarkt: Er brauchte Hackfleisch für die Spaghetti bolognese!

Christopher stand auf, unterdrückte einen Fluch, als sein lädiertes Knie gegen die Belastung protestierte, und humpelte in den Flur.

Er brauchte eine gefühlte Ewigkeit, um den Weg zum Supermarkt und zurück zur Wohnung zu bewältigen.

Die Treppenstufen brachten ihn fast um. Endlich oben angekommen, legte er das Hackfleisch in den Kühlschrank und holte eine Tüte Tiefkühlerbsen aus der Einkaufstasche. Die eigneten sich hervorragend zum Kühlen schmerzender Knie. Er wickelte die Tüte in ein Geschirrtuch ein und humpelte ins Wohnzimmer. Dort holte er das Telefon und den Zettel mit seinen Notizen und setzte sich auf die Fensterbank. Einige Minuten lang genoss er die herrliche Kühle auf seinem Knie und das leichte Gefühl der Taubheit, das sie mit sich brachte. Schließlich überflog er seine Notizen und wählte die Nummer von Marie Ritters Festnetzanschluss. Nach dem dritten Klingeln meldete sich eine Frauenstimme.

„Ritter."

„Marie Ritter?", hakte er nach.

„Ja, mit wem spreche ich?"

„Mein Name ist Christopher Diecks. Ich arbeite für das Umzugsunternehmen Scholz. Wir sind uns gestern bei der Übergabe begegnet."

„Ach Gott, ja! Sie sind der rothaarige junge Mann. Entsetzlich, was Ihnen und Ihrem Kollegen zugestoßen ist. Diese ganze Geschichte wird immer unheimlicher. Ich kann mir das alles nicht erklären! Geht es Ihnen gut?"

„Ich bin mit dem Schrecken davongekommen. Mein Kollege liegt im Krankenhaus, wird aber morgen entlassen."

Wenn der Trottel sich nicht vorher selbst entließ.

„Das ist alles furchtbar!"

„Hat sich die Polizei bei Ihnen gemeldet?"

„Ein Kommissar von Evert hat angerufen und viele Fragen gestellt. Über Peter, seinen Vater, das Haus. Ich befürchte, ich war ihm keine große Hilfe. Peter und ich haben in den vergangenen Jahren kaum miteinander gesprochen. Falls er in irgendwelche ...", Marie Ritter suchte nach dem passenden Wort, „Sachen verwickelt war, hat er es mir verschwiegen."

„Könnte er einen Freund ins Vertrauen gezogen haben?"

„Peter lebte sehr zurückgezogen. Ich glaube nicht, dass er Freunde hatte."

Christopher blickte auf den Notizzettel, auf dem dick umkreist *Vater???* stand.

„Könnte sein Vater mehr wissen?"

„Das bezweifle ich. Dieters Krankheit ist weit fortgeschritten. Er nimmt die Umwelt kaum noch wahr."

Der alte Mann konnte trotzdem lichte Momente haben.

F. Müller.

Wie aus dem Nichts tauchte der Name in seinem Kopf auf. Der Adressat von der Postkarte.

„Sagt Ihnen der Name F. Müller irgendetwas?"

„Nein, wer soll das sein?"

„Wir haben im Nachlass Ihres Cousins eine polnische Postkarte gefunden, die an eine oder einen F. Müller adressiert war. Sie wurde an eine Postfachadresse in Stuttgart geschickt."

„Polnisch? Nicole hat früher für ein polnisches Unternehmen gearbeitet, aber ob sie dort jemanden namens Müller kannte? Woher soll ich das wissen?"

„Frau Ritter, ich möchte versuchen, Licht in diese Angelegenheit zu bringen. Das klingt sehr dramatisch, doch ich glaube, beim Tod Ihres Cousins ist es nicht mit rechten Dingen zugegangen." Er hörte Marie Ritter erschrocken einatmen. „Vielleicht wird es sich nie beweisen lassen, aber man sollte die Sache nicht einfach vergessen. Es könnte einen Zusammenhang geben zwischen dem Einbruch und dem Diebstahl der Möbel. Jemand ist anscheinend auf der Suche nach Informationen oder einem bestimmten Gegenstand. Die Polizei wird ihr Bestes tun, um den Fall zu lösen, und ich würde gern dabei helfen."

Marie Ritter lachte dünn. „Wie wollen Sie das anstellen? Nehmen Sie das bitte nicht persönlich, Herr Diecks, aber Sie arbeiten für ein *Umzugsunternehmen*."

„Ich arbeite auch für eine Privatdetektei und habe bereits in zahlreichen Fällen Nachforschungen angestellt."

In der Leitung herrschte Schweigen.

„Ich will Sie zu nichts drängen. Ich möchte Ihnen lediglich versichern, dass ich weiß, was ich tue. Sie können gern bei der Detektei Martin Kleemeyer anrufen und sich nach mir erkundigen."

„Was erwarten Sie von mir, Herr Diecks? Ich hatte jahrelang keinen Kontakt zu meinem Cousin. Wie kann ich Ihnen behilflich sein?"

„Sie wissen einiges aus Peters Vergangenheit. Ich denke, darum geht es hier, um die Vergangenheit. Sonst hätten die Einbrecher keine Kartons mit alten

Bildern und Briefen mitgenommen. Man hat Ihnen vor der Räumung Unterlagen aus dem Haus zukommen lassen. Möglicherweise liegt die Antwort dort."

„Ich soll Stapel alter Ordner und chaotischer Zettelsammlungen durchsehen? Ohne zu wissen, wonach ich suche? Dazu fehlt mir wirklich die Zeit!"

„Das könnte ich für Sie machen."

„Das ist mir alles zu merkwürdig. Die Polizei soll sich der Sache annehmen, dafür ist sie da."

Hörte er ein leichtes Zaudern? „Überlegen Sie es sich. Sie sind vielleicht die Einzige, die einen Zusammenhang erkennen kann. Wenn Ihr Cousin tatsächlich einem Verbrechen zum Opfer gefallen ist, verdient er Gerechtigkeit." Es war eine fiese Masche, die Frau moralisch in die Pflicht zu nehmen. Aber es stimmte, und er sah keine andere Möglichkeit, sie zu überzeugen.

Erneutes Schweigen. „Ich denke darüber nach."

„Danke, Frau Ritter. Darf ich Ihnen eine letzte Frage stellen? Sie ist sehr persönlich, aber es könnte wichtig sein."

Ihr „Ja?" klang äußerst skeptisch.

Christopher bereitete sich darauf vor, gleich ein Klicken in der Leitung zu hören. „Wie ist die Frau Ihres Cousins gestorben?"

Marie Ritter legte nicht auf, doch ihr Tonfall wurde kühl. „Warum sollte das von Bedeutung sein?"

„Ich weiß es nicht. Es könnte der Schlüssel zur Lösung sein oder absolut irrelevant. Ich versichere Ihnen, dass ich nicht versuche, irgendeine perverse Neugier zu befriedigen."

Frau Ritter ließ sich Zeit mit ihrer Antwort. „Nicole hat sich in der Garage mit Kohlenmonoxid vergiftet. Sie ist nachts aufgestanden, hat Schlaftabletten genommen, sich in ihren Wagen gesetzt und den Motor angestellt. Peter fand sie am nächsten Morgen. Es brach ihm das Herz."

„Tut mir leid. Das ist furchtbar."

„Für Nicole war das Leben schwer. Sie hat tapfer gekämpft, aber am Ende ..." Marie Ritter stockte. „Peter wollte es nicht wahrhaben. Er war davon überzeugt, dass sie ihn niemals freiwillig verlassen hätte."

„Sie meinen, er hat an Mord geglaubt?" Sein Herz schlug plötzlich schneller.

„Peter hat nach jedem Strohhalm gegriffen. Die Polizei konnte damals keinerlei Hinweise auf ein Verbrechen finden. Manchmal tun geliebte Menschen Dinge, die wir nicht verstehen. Ich möchte nicht mehr darüber sprechen. Ich melde mich bei Ihnen, wenn ich mich entschieden habe."

„Vielen Dank, dass Sie sich die Zeit genommen haben, mit mir zu sprechen."

Christopher legte das Telefon beiseite. Eine Weile starrte er gedankenverloren aus dem Fenster. Nicole Konstantin begeht Selbstmord. Ihr Mann ist davon überzeugt, dass sie ermordet wurde, obwohl es keine Beweise gibt. Die verzweifelte Hoffnung eines Trauernden, der nicht damit fertigwird, zurückgelassen worden zu sein? Oder gab es berechtigte Gründe für Peter Konstantins Verdacht? Falls ja, hatte er sie der Polizei mitgeteilt?

Jahre später stirbt Peter Konstantin an einem Herzinfarkt. Was sich durch seine Lebensumstände und die psychische Belastung nach dem Tod seiner Frau plausibel erklären ließe. Wenn der Einbruch und der Überfall nicht wären. Zwei Todesfälle, die eventuell, vielleicht, wahrscheinlich in keinerlei Verbindung zueinander standen.

Spann er sich eine wilde Räuberpistole zusammen, die seiner überaktiven Fantasie entsprang?

Seine Gedanken rotierten. Sie kamen auch nicht zum Stillstand, als er um kurz nach acht in die Küche humpelte, um das Hackfleisch für die Spaghetti bolognese anzubraten.

Eine halbe Stunde später klingelte es Sturm an der Haustür. Dreimal lang, dreimal kurz, dreimal lang. Christopher legte den Kochlöffel beiseite, mit dem er eben die – Henry wäre stolz auf ihn – aus geschälten Tomaten, Tomatenmark und anderen Zutaten selbst zubereitete Soße abgeschmeckt hatte, und drückte im Flur auf den Summer.

Ein Babyelefant schien die Treppe hochzutrampeln. Mit einer Sporttasche über der Schulter und einer Papiertüte in der Hand. Jacobis blonde Haare waren noch feucht von der Dusche nach dem Training.

„Uuh ..." Sein bester Freund blieb einige Schritte entfernt stehen und musterte ihn mit hochgezogenen Augenbrauen und gespitzten Lippen. „Der Typ hieß nicht zufällig Klitschko?"

„Totaler Brüller."

„Für dich." Jacobi drückte ihm im Vorbeigehen die Tüte in die Hand. Darin befanden sich zwei Tiefkühlpizzen. „Ich bezahle meine Schulden. Mit Zinsen." Er ließ die Sporttasche fallen und schnupperte.

„Spaghetti bolognese!" Seine Augen leuchteten. „Ich könnte ein halbes Schwein auf Toast verspeisen!"

„Die arme Sau."

Begleitet von Jacobis Lachen humpelte Christopher zurück in die Küche. Er legte die Pizzen ins Gefrierfach und rührte rasch die Soße um. Noch schnell die Spaghetti ins kochende Wasser, und in einigen Minuten war alles fertig.

„Ich will endlich die ganze Geschichte hören." Jacobi setzte sich schwungvoll auf den Kohleherd, der die Wand rechts vom Fenster dominierte. Der diente vornehmlich zum Heizen. Gekocht wurde auf einem Elektroherd, den ihm der Wirt vom *Blauen Peter* vor einigen Jahren geschenkt hatte. Als Dankeschön für Christophers Hilfe bei der Renovierung der Kneipe.

Während er das Hackfleisch in die Soße gab und abschmeckte, erzählte Christopher detailliert, was sich in den vergangenen Tagen ereignet hatte. Jacobi brauchte er nichts zu verschweigen.

Sein Freund stieß einen leisen Pfiff aus. „Wow! Nach der Story brauche ich ein Bier!"

Christopher deutete auf den Kohleherd. „Bedien dich. Ist aber nicht kalt."

„Macht nichts." Jacobi beugte sich vor und öffnete die gusseiserne Herdtür. Dahinter kamen zahlreiche Bier-, Saft- und Wasserflaschen zum Vorschein. In den wärmeren Monaten, wenn er nicht heizen musste, diente der Herd als zusätzliche Vorratskammer.

Sein Freund holte zwei Bierflaschen heraus und öffnete sie mit dem Flaschenöffner an seinem Schlüsselbund. Sie stießen an und tranken. Während er das Nudelwasser abgoss, deckte Jacobi den

Küchentisch. Schließlich setzten sie sich und taten sich reichlich auf.

„Mein Leben ist stinklangweilig!" Jacobi schob sich eine Gabel voll aufgerollter Spaghetti in den Mund. „Ich kündige meinen Job und steige bei dir ein."

„Bist du sicher?" Christopher deutete mit der Gabel auf seine geschwollene Wange.

„Ach, ich belege vorher einen Selbstverteidigungskurs. Solltest du auch machen, damit dir nicht mehr jeder dahergelaufene Schläger eins auf die Fresse hauen kann. Ich weiß auch schon, bei wem." Jacobi schaffte es, gleichzeitig zu kauen und verschlagen zu grinsen.

„Na, danke."

Jacobi war erst in der neunten Klasse auf Christophers Schule gekommen und hatte Mark Brenner nicht mehr in seiner Blütezeit erlebt. Er kannte lediglich die alten Geschichten. Da Mark seine Sportschule quasi direkt neben Jacobis Stammlokal eröffnet hatte, durfte er sich regelmäßig an Christophers spitzen Kommentaren erfreuen.

„Stell dich nicht so an, der wird dir bestimmt den einen oder anderen Trick zeigen können."

„Und mir dabei rein zufällig den Arm auskugeln." Christopher trank einen Schluck Bier. „In Romys Laden liegen die blöden Flyer auch rum."

„Kennen sich die beiden? Wittere ich Konkurrenz für dich?"

Christopher funkelte seinen Freund böse an und erntete schallendes Gelächter.

„Du bist so ein leichtes Ziel! Wie geht es Signorina Romina?"

„Gut. Ich war vorhin bei ihr."

„Ach. Und?"

Um Zeit zu gewinnen, schob Christopher sich die nächste Portion Nudeln in den Mund. Beim Kauen überlegte er, wo er ansetzen sollte. „Nachdem ich aus dem Krankenhaus raus war, hab ich plötzlich Panik bekommen. Totaler Aussetzer, aus heiterem Himmel. Auf einmal stand ich vor der *Zweiten Hand*. Ich bin rein, habe Romy gesehen und plötzlich ... keine Ahnung ... ist die Klappe gefallen." Jacobi musterte ihn gespannt, also berichtete er, was im Laden passiert war. „Sie hält mich wahrscheinlich für ein komplettes Weichei."

„Frauen mögen sensible Männer."

„Sensibel ist was anderes als Weichei. Ich wollte sie beeindrucken, und das war nicht beeindruckend." Jacobis Grinsen irritierte ihn. „Was?"

„Du bist ein echter Hohlkopf!"

„Warum?"

„Hast du dir eben zugehört? Romy nimmt deine Hand, sie sorgt sich um dich, du erzählst ihr von deinem Spitznamen und von den Tattoos. Du darfst ihr bei der Arbeit zusehen, obwohl sie dich eigentlich rausschmeißen wollte. Das war eine absolute Punktlandung!"

„Hat sich nicht danach angefühlt."

„Weil du ein Hohlkopf bist. Was hat die charmante Caro damals zu deiner Tattoo-Story gesagt?"

Christopher schnaubte. „So funktioniert diese Welt nicht." Einer ihrer Lieblingssätze. „Ich werde nicht schlau aus Romy. In einem Moment ist alles wunderbar, es prickelt, wir haben eine Verbindung, und plötzlich sage oder tue ich irgendetwas, keine

Ahnung, was, und zack ...", er schnippte mit den Fingern, „geht sie auf Distanz."

„Erinnert mich an die Katze meiner Tante."

„Blödmann. Bei Tine und Caro wusste ich sofort, wann ich Mist gebaut hatte und warum. Bei Romy habe ich keinen Plan."

Sein Freund verzog das Gesicht. „Tine war ein Schäfchen und Caro eine Psychopathin. Die beiden solltest du nicht als Maßstab für normales menschliches Verhalten nehmen."

„Tine war wunderbar. Am Ende des Tages haben wir einfach nicht zueinander gepasst." Es war die freundlichste Trennung seines Lebens gewesen. Ohne Streit, ohne große Gefühle, lediglich mit ein paar Tränen. Was im Nachhinein eine Menge über die Beziehung aussagte.

„Zumindest hat Tine dich nicht für einen Anzugträger mit Sportwagen und teurer Uhr verlassen."

„Caro hatte eben einen anderen Lebensentwurf als ich." Inzwischen konnte Christopher darüber sprechen, ohne dass sein Blutdruck in die Höhe schoss und er gegen die nächste Wand treten wollte.

„Sehr diplomatisch ausgedrückt. Die Frau hat dich in sämtliche Einzelteile zerlegt und sich anschließend aus dem Staub gemacht."

Nachdem sie ihn mit dem Neuen betrogen hatte. Aber das war lediglich ein Detail von vielen gewesen.

Jacobi nahm sich Spaghetti und Soße nach. „Romy ist es wert, dass du dich anstrengst. Wenn man nicht kämpfen muss, ist es langweilig."

„Sagt der Beziehungsexperte."

„Ich bin überzeugter Single. Auf den ganzen Stress, den du dir freiwillig machst, verzichte ich gern."

„Und hockst dafür jeden Abend allein in deiner Bude."

„Herrlich, oder?"

Christopher schüttelte lachend den Kopf.

Obwohl das Essen für eine halbe Fußballmannschaft gereicht hätte, blieb wenig übrig. Er füllte die restlichen Nudeln und Soße in Vorratsdosen um und stellte sie für den nächsten Abend in den Kühlschrank. Danach machten sie sich an den Abwasch. Christopher spülte, Jacobi trocknete ab.

„Wie geht es mit deinem Kriminalfall weiter?", erkundigte sich Jacobi, während er einen Topf entgegennahm.

„Morgen werde ich nach dem Skateboardfahrer suchen. Vielleicht kann er den Mann im silbergrauen Wagen beschreiben. Mit Jörg möchte ich auch sprechen. Martin ist mit der Recherche beschäftigt, und Marie Ritter ..." Er zuckte mit den Achseln. „Ich hoffe, sie meldet sich bei mir."

„Also gibt es keine heiße Spur?"

„Nein. Es kann sein, dass die ganze Sache im Sande verläuft."

„Ach." Jacobi warf ihm das feuchte Geschirrtuch zu. „Du machst das schon, Sherlock!"

KAPITEL 10

Es standen nur drei Fahrzeuge auf dem Parkplatz. Um kurz nach dreizehn Uhr herrschte wenig Betrieb im Supermarkt. An der einzigen geöffneten Kasse warteten Rentner und Frauen mit kleinen Kindern. Keine Spur von den Jugendlichen. Vielleicht waren sie schon wieder weg. Oder sie kamen später. Oder gar nicht. Christopher kaufte sich eine Flasche Apfelschorle und eine Sportzeitung. Er hoffte, damit auch die Erlaubnis zu kaufen, sich eine Weile auf dem Gelände aufzuhalten. Die Kassiererin musterte ihn verstohlen. Seine Wange schillerte in den schönsten Farben. Zumindest war das linke Augenlid über Nacht abgeschwollen. Er fragte beiläufig, ob sie heute einen Haufen Jungs mit Skateboards bemerkt habe. Sie schüttelte den Kopf. Also humpelte er aus dem Supermarkt und suchte sich auf dem breiten Rasenstreifen jenseits der Fahrzeuge ein sonniges Plätzchen. Von dort aus konnte er die Umgebung gut überblicken. Er setzte sich auf das trockene Gras und streckte das rechte Bein aus. Das Knie schmerzte noch immer. Die Kniescheibe zierte neben der mit Schorf verkrusteten Schürfwunde ein beeindruckender Bluterguss. Der morgige Arbeitstag würde kein Spaß werden. Christopher schlug die Sportzeitung auf. Manchmal war das beste Versteck kein Versteck.

In den folgenden anderthalb Stunden wurde er von niemandem gestört. Um auf seiner empfindlichen Haut keinen Sonnenbrand zu bekommen, verlegte er den Beobachtungsposten nach einer Weile in eine schattige Ecke. Mittlerweile kannte er jede Seite der Zeitung auswendig. Um sich die Wartezeit zu versüßen, kaufte er sich ein Eis und setzte sich wieder auf den Rasen. Kurz darauf näherte sich das charakteristische Geräusch von kleinen Rollen auf Gehwegplatten. Drei Jugendliche auf Skateboards bogen auf das Gelände ein. Sie fuhren zielstrebig am Supermarkt vorbei und zur Rückseite des Gebäudes. Dort stand in einem gemauerten Verschlag eine Reihe von Müllcontainern. Christopher sah einen karierten Rucksack und neongelbe Turnschuhe vorbeirauschen. Das Warten hatte sich gelohnt. Zwei der Jugendlichen kletterten auf den Verschlag und machten es sich dort bequem. Der Überwachungskamera schenkten sie keine Beachtung. Der blonde Skateboarder übte unter den kritischen Blicken seiner Kumpel Kunststücke mit dem Skateboard.

Christopher holte sein Smartphone aus der Hosentasche und fotografierte die drei. Als sich einer der Jungs auf dem Verschlag eine Zigarette anzündete, beschloss er, dass die Zeit für ein Gespräch gekommen war. Bevor die Jugendlichen von einem Kunden oder dem Supermarktpersonal verscheucht wurden. Er schob sich gerade den letzten Rest der Eistüte in den Mund, als der blonde Skateboarder mit kräftigen Stößen über den Parkplatz Richtung Ausfahrt rollte. Er kam unbeholfen auf die Beine. Es wäre zu ärgerlich, diese Gelegenheit zu verpassen.

Der Skateboarder vollführte vor dem Supermarkteingang eine elegante Drehung, schnappte sich das Skateboard und verschwand im Gebäude. Christopher atmete auf. Er humpelte los und suchte Kommissar von Everts Büronummer heraus. Er wählte und betrat den Laden. Der blonde Junge war nirgends zu sehen.

„Von Evert."

„Hier spricht Christopher Diecks. Wir sind uns gestern im Krankenhaus begegnet. Der blonde Skateboarder befindet sich im Supermarkt. Wenn Sie sich beeilen, erwischen Sie ihn vielleicht noch."

Er entdeckte einen hellen Haarschopf vor einem Regal mit Chipstüten und verlangsamte seinen Schritt.

„Ich schicke einen Streifenwagen vorbei. Von nun an übernehmen wir den Fall, Herr Privatdetektiv."

Ups. Erwischt. „Selbstverständlich."

„Sollte ich weitere Fragen haben, melde ich mich bei Ihnen."

„Sie wissen ja, wo Sie mich finden."

„In der Tat." Ein Klicken, und die Leitung war unterbrochen.

Der blonde Junge hatte inzwischen zwei Chipstüten ausgesucht und rollte auf dem Skateboard zu den Getränken. Christopher humpelte in einen parallel verlaufenden Gang und erreichte das Regal mit Limonade und anderen Getränken Sekunden später. Der Skateboarder begutachtete unschlüssig das Sortiment.

„Ich habe dich am Samstag im Pezolddamm gesehen."

Der Junge musterte ihn mit einem herablassenden Gesichtsausdruck, wie ihn nur pubertierende Teenager beherrschen. „Und wenn?"

„Du hast Fotos von einem Haus gemacht und die Kamera anschließend dem Fahrer eines silbergrauen Wagens gegeben."

„Na und? Ist ein freies Land."

„Warum solltest du die Fotos machen?"

„Bist du Bulle oder was?"

„Ernsthaft?"

Sein Gegenüber musterte ihn von Kopf bis Fuß, griff wahllos nach einer Limonadenflasche und wandte sich zum Gehen.

„Lass uns einen Deal machen. Du erzählst mir, was der Mann gesagt hat, und ich bezahle den Kram für dich." Wenn nichts mehr half, blieb Bestechung.

Der Junge dachte kurz darüber nach und nahm eine zweite Flasche Limonade. „Läuft."

„Erst reden, danach die Kohle."

Ein trotziger Blick und ein Schnaufen. „Er hat mir fünfzig Euro gegeben, damit ich das Haus und die Möbelwagen fotografiere. Er hat nicht gesagt, warum."

Fünfzig Euro. Mit Chips und Limo kam er günstig davon.

„War er allein?"

„Ja."

„Wie sah er aus?"

„Keine Ahnung. Er trug eine Baseballmütze und eine Sonnenbrille."

„Dunkles oder helles Haar?"

„Dunkel."

„War er hellhäutig?"

„Ja."

„Wie alt?"

„Keine Ahnung." Der Skateboarder musterte Christopher. „Älter als du."

„Welche Kleidung hat er getragen?"

Ein Achselzucken. „Schwarze Jacke."

„Wie klang seine Stimme? Hat er mit Akzent gesprochen?"

„Nee. Aber als ich zurückkam, hat er telefoniert. In irgendeiner fremden Sprache."

„Englisch?"

„Ich weiß, wie Englisch klingt, ich bin nicht blöd!"

Nein, nur ein Großmaul.

„Südeuropäisch oder osteuropäisch?"

Im Gesicht des Skateboarders spiegelte sich absolute Ratlosigkeit wider. Wahrscheinlich scheiterte er an einem Mangel grundlegender Geografiekenntnisse.

„War es vielleicht Polnisch?"

„Weiß nicht. Möglich."

„Kannst du den Mann wirklich nicht besser beschreiben?"

„Nö." Der verschlossene Gesichtsausdruck des Jungen machte deutlich, dass das Ende der Befragung erreicht war. Also gingen sie zur Kasse, und Christopher bezahlte die Einkäufe.

Als sie aus dem Supermarkt kamen, bemerkte er einen Streifenwagen, der außerhalb des Geländes am Straßenrand parkte. Seinem jungen Begleiter entging dieses Detail. Die Arme voller Chipstüten und Flaschen rollte er zurück zu seinen Freunden. Christopher kam kurz nach dem Jungen um die Ecke. Zwei Polizeibeamte standen neben zwei betreten dreinblickenden Jugendlichen. Einer der Jungen entdeckte sie und fuchtelte wild mit den Händen.

„Stellan, hau ab, die Bullen wollen was von dir!"

Der blonde Skateboarder ließ die Einkäufe fallen und warf sich herum. Er prallte gegen Christopher, der blitzschnell nach seinem Arm griff.

„Ey! Lass mich los, du Arsch!" Der Junge wand sich im Griff, trat nach seinem Schienbein und verfehlte es knapp. Sobald die Polizisten bei ihnen waren, wurde der Rüpel schlagartig zu einem braven Lämmchen. Während einer der Beamten dem Jungen Namen, Anschrift und Telefonnummer entlockte, winkte der andere Christopher beiseite.

„Sie sind Herr Diecks?"

„Äh, ja?" Nervosität breitete sich in ihm aus.

„Kommissar von Evert dankt Ihnen für Ihren Einsatz. Sollte er sich zu irgendeinem Zeitpunkt von diesem Fall überfordert fühlen, wird er sich bei Ihnen melden. Ich wünsche Ihnen einen schönen Tag." Der Polizist ging zu seinem Kollegen zurück.

Verdattert blickte Christopher dem Beamten nach. Es gab hier nichts mehr für ihn zu tun, also trat er den Heimweg an. Es war ein ernüchternder Abgang, und er ärgerte sich während der Busfahrt ausgiebig darüber. Während der U-Bahn-Fahrt ärgerte er sich über Kommissar von Evert. In der S-Bahn setzte allmählich ein Gefühl des Triumphs ein. Er hatte den blonden Skateboarder gefunden. Vor der Polizei.

Den Besuch bei Sophie würde er nicht absagen. Gleichgültig, wie lädiert sein Gesicht aussah, er wollte seine Nichte endlich wiedersehen. Die kleine Maus war ihm zu wichtig, um diese Gelegenheit verstreichen zu lassen.

KAPITEL 11

Othmarschen

Stadtvillen, in denen Ärzte und Rechtsanwälte ihre Praxen und Büros eingerichtet hatten. Mehrfamilienhäuser in idyllischen Nebenstraßen. Gepflegte Gärten, alte Bäume mit ausladenden Kronen. Teure Wagen, die in Garagen standen.

Eine andere Welt.

Christopher blickte einem tieffliegenden Flugzeug nach. Das Dröhnen der Triebwerke erfüllte die Luft. In seinem Rücken kam eine S-Bahn quietschend zum Halten. Verkehrslärm konnte man in Hamburg günstiger bekommen.

Er betrachtete den Blumenstrauß, den er am S-Bahnhof gekauft hatte. Helena mochte Tulpen. Er brachte sie ihr bei fast jedem Besuch mit. Für Sophie hatte er ein Malbuch mit Märchenfiguren gekauft. Für Elias war ihm nichts eingefallen. Lieber kein Geschenk als ein halbherzig ausgesuchtes Mitbringsel.

Christopher blieb vor einem weißen Mehrfamilienhaus stehen. Es befand sich auf einem großzügigen, von einer niedrigen Mauer umgebenen Grundstück. Chic und teuer. Er trat durch das schmiedeeiserne Gartentor und ging über kreisrunde Steinplatten um das Haus herum zum Eingang. Vorbei an einem mit Schaukel, Wippe, Rutsche und Sandkasten ausgestatteten Spielplatz.

Auf dem obersten Klingelschild stand in Helenas elegant geschwungener Handschrift *Diecks*. Er rückte mental seine nicht vorhandene Krawatte zurecht und drückte auf die Klingel. Zwei Mal. In der Gegensprechanlage knisterte es.

„Wer ist da?", fragte Helena in einem Tonfall, der verriet, dass sie es ganz genau wusste.

„Der Postmann."

Ein Kichern drang aus dem Lautsprecher, während sie den Türöffner betätigte. Christopher drückte die Tür auf. Die Blumen hinter dem Rücken verborgen, nahm er die Treppe in den ersten Stock. Seine Schwägerin erwartete ihn an der Wohnungstür. Helena war vierundzwanzig und strahlte diese besondere Gelassenheit aus, die Menschen besitzen, denen man von klein auf vermittelt hatte, dass sie es im Leben weit bringen würden. Er nannte es Akademikeraura und meinte das keinesfalls abfällig.

Heute trug Helena eine dunkle Hose, ein helles Oberteil und ein strahlendes Lächeln, das schlagartig gefror, als sie sein Gesicht sah.

„O mein Gott!" Sie schlug die Hände vor den Mund, halb entsetzt, halb amüsiert. „Wie siehst du denn aus?"

„So schlimm?"

„Gib es zu, du hast dich geprügelt!"

Statt einer Antwort überreichte er ihr die Blumen.

„Charmeur." Helena umarmte ihn und gab ihm einen Kuss auf die Wange. „Danke!"

„Warum denkt eigentlich jeder, ich hätte mich geprügelt? Fußball ist eine raue Sportart, da bleiben Blessuren nicht aus."

Helena trat lachend beiseite. „Elias kommt später. Eine wichtige Besprechung mit einem Geschäftskunden."

Welch ein Zufall ...

„Macht nichts. Wir werden uns die Zeit schon vertreiben." Im Flur zog er Jacke und Schuhe aus und schlüpfte in ein Paar Hausschuhe. Ihn erstaunte immer wieder, wie elegant die Wohnung von Elias und Helena eingerichtet war. Helle Holzmöbel, heller Parkettfußboden, großformatige Bilder in hellen Holzrahmen an weißen Wänden. Alles wirkte wie aus einem Guss und, obwohl hier ein Kleinkind lebte, steril. Kein Vergleich zu seiner dunklen Bude mit dem Sortiment zusammengesammelter Möbel. Wenn er in dieser Wohnung stand, fiel ihm der Kontrast deutlich auf.

Von irgendwoher erklang Musik. Ein Kinderlied.

„Ich stelle die Blumen ins Wasser." Helena schaute den Flur hinunter. „Sophie. Onkel Christopher ist da."

Eine Tür wurde aufgerissen, und ein braunhaariger Blitz in einem rosa Kleidchen und rosa Strumpfhose kam aufgeregt herangesaust.

„Onkel Topher!"

Wenn Sophie seinen Namen rief, klang es wie Toffa.

Christopher ging in die Hocke, ignorierte sein schmerzendes Knie und breitete die Arme aus. Im nächsten Moment rannte Sophie ihn fast um. Er hob sie hoch und drehte sich im Kreis, bis seine Nichte vor Vergnügen quietschte.

„Hallo, Zaubermaus!" Er drückte Sophie einen Kuss auf die Stirn. Sie schüttelte sich kichernd. „Du wirst immer schwerer, du dicker Brummer." Bald würde er seine Nichte nicht mehr locker in einem Arm halten können.

Wieder kicherte Sophie. Ihr Blick fiel auf seine lädierte Wange. Ihre Augen wurden groß. „Mama, Onkel Toffa hat sich angemalt!"

Helena erschien in der Küchentür. „Das ist keine Schminke, Schatz. Christopher hat sich beim Sport verletzt."

Seine Nichte studierte die Schwellung eingehend. Plötzlich bohrte sie zwei kleine Finger in seine Wange.

„Sophie!", entfuhr es ihrer Mutter entsetzt.

„Au!" Christopher nahm Sophies Hand und hielt sie sanft fest. „Das hat wehgetan! Das war nicht nett." Seine Nichte sah ihn aus blauen Kulleraugen an und nickte so ernsthaft, dass er fast lachen musste. Er setzte sie ab und holte das Malbuch aus der Umhängetasche. „Eigentlich hat der kleine Teufel das hier gar nicht verdient", sagte er mit einem Blick zu Helena.

Sophie hopste aufgeregt um ihn herum und versuchte, nach dem Malbuch zu greifen.

„Ausnahmsweise", entschied Helena. „Wollt ihr ein bisschen malen? Ich mache uns inzwischen einen Tee."

„Klingt nach einem Plan. Und ich warte gespannt auf die großen Neuigkeiten."

Das warme Glimmen, das Helena zu umgeben schien, wurde zu einem Leuchten.

„Geduld ist eine Tugend."

Kurz darauf saß er an einem winzigen rosafarbenen Tisch, auf einem winzigen rosafarbenen Stuhl, hörte Kinderlieder und malte mit Wachsmalstiften einen Frosch aus.

Sophie saß ihm gegenüber und gab sich große Mühe, Schneewittchen ein gelbes Kleid zu malen. Dabei schaute sie immer wieder prüfend auf sein Blatt. Und auf sein linkes Handgelenk. Schließlich legte sie den gelben Wachsmalstift beiseite und griff nach einem schwarzen Filzstift. Die Zungenspitze zwischen den Lippen eingeklemmt, malte sie sich einen Kreis auf das linke Handgelenk, in den sie einige ungelenke Striche setzte.

„Guck mal, Onkel Toffa. Ich bin auch gemalt."

Er nahm die kaum erkennbare Kopie seines Tattoos amüsiert in Augenschein. „Darüber wird sich der Papa bestimmt riesig freuen!"

Sophie war zu jung, um Sarkasmus zu verstehen. Sie schob ihren Stuhl zurück, flitzte aus dem Zimmer und rannte unter lauten „Mama, Mama, Mama!"-Rufen den Flur entlang.

Er legte grinsend den Stift beiseite und folgte seiner Nichte in die Küche.

Dort begutachtete Helena bereits das Kunstwerk.

„Ich war das nicht!"

„Ach, sie macht inzwischen alles nach. Und plappert alles nach. Wir müssen unglaublich aufpassen, was wir sagen."

„Ich bin gespannt, von wem sie das erste Schimpfwort aufschnappt."

„Bei meinem Glück werde ich die Übeltäterin sein." Helena schob sich eine blonde Haarsträhne hinters Ohr, die sich aus ihrem Pferdeschwanz gelöst hatte. „Schließlich ermahne ich Elias ständig, weniger zu fluchen." Sie lächelte ihn an, brannte offensichtlich darauf, ihm etwas zu erzählen.

„Lena, wenn du nicht sofort mit der Sprache rausrückst, platze ich vor Spannung! Dann musst du die ...", er verkniff sich *Sauerei*, „... Reste wegwischen."

Sophie schaute fragend von einem Erwachsenen zum anderen. „Mama, was meint Onkel Toffa?"

Helena strich ihrer Tochter zärtlich über den Kopf. „Schätzchen, möchtest du dein neues Memory holen? Wir können es spielen, während wir auf Papa warten."

Im nächsten Moment rauschte ein rosafarbener Wirbelwind aus der Küche. Helena wartete, bis das Trampeln der kleinen Füße verstummt war. „Ich bin schwanger!"

„Ich hab's gewusst!" Er nahm sie fest in die Arme. „Ich freu mich für dich!"

Helena sprach seit Sophies Geburt von einem Geschwisterchen. Endlich hatte es geklappt. Er ließ seine Schwägerin los und strahlte sie an. „Ich werde wieder Onkel!" Helena nickte gerührt. Er gab ihr einen Kuss auf die Wange. „Weiß Sophie Bescheid?"

„Nein. Wir warten auf den richtigen Moment."

„In welchem Monat bist du?"

„Im vierten."

„Was sagt Elias? Freut er sich?"

„Natürlich." Helenas Strahlen verlor ein wenig an Wattzahl. „Du weißt, wie er ist."

„Sparsam?" Bevor sie ihm die freche Antwort übel nehmen konnte, umarmte er sie erneut. „Ich freu mich!"

„Schön."

„Was ist mit deinem Studium?"

Helena studierte seit einem Jahr Wirtschaftsrecht an der Hamburger Fern-Hochschule. Sie hatte große Pläne für ihre berufliche Zukunft, die sie mit ihrem Ehrgeiz und Durchsetzungsvermögen bestimmt verwirklichen würde.

„Das mache ich natürlich weiter. Es wird eine Herausforderung werden, aber ich kenne einen zuverlässigen Babysitter, der hoffentlich hin und wieder einspringt."

„Ich stehe voll zur Verfügung! Ich bin gespannt, was es wird." Eigentlich war es ihm egal. Solange es ein Kind wurde.

„Ein Junge wäre schön. Elias wünscht sich einen Sohn."

„Hat er das gesagt?"

Helena schüttelte den Kopf.

„Woher weißt du es?"

„Ich weiß es eben." Ihre Augen waren gerötet von Freudentränen, gleichzeitig wirkte sie ... traurig?

„Weint Mama?" Sophie stand im Türrahmen, eine quadratische Holzkiste fest an die Brust gedrückt.

„Mama freut sich über einen Witz, den ich gemacht habe." Er zwinkerte Helena verschwörerisch zu. Danach half er Sophie, die Memory-Karten verdeckt auf dem Küchentisch anzuordnen.

Memory war ein Spiel, bei dem er all seine Sinne beisammenhaben musste. Heute wollte es ihm nicht gelingen. Während Sophie triumphierend ein Pärchen nach dem anderen aufdeckte, tauschten Helena und er heimliche Blicke und das eine oder andere Lächeln. Doch die wunderbare Nachricht hatte einen merkwürdigen Beigeschmack. Etwas stimmte nicht im Hause Diecks.

Schließlich rückte die Zeit fürs Abendessen näher. Christopher und Sophie räumten die Memory-Karten weg und deckten gemeinsam den Tisch. Anschließend bereiteten sie den Salat zu, während Helena kochte. Er schnitt nacheinander Gurke, Möhren und Tomaten klein und gab das Brett an Sophie weiter, die alles mit einem Löffel in die Salatschüssel schob. Irgendwann hielt er inne und blickte sich in der Küche um. Helena stand am Herd und wendete kleine Bratwürstchen in einer Pfanne, Sophie rührte konzentriert den Salat um, und er stand zwischen ihnen und schnippelte Gemüse. So musste es sich anfühlen, eine eigene Familie zu haben. Wusste Elias sein Glück zu schätzen?

„Alles in Ordnung?" Helena musterte ihn verwundert.

„Ja, sicher. Ich habe bloß nachgedacht."

Bevor sie fragen konnte, worüber, wurde ein Schlüssel im Schloss der Wohnungstür gedreht.

„Papa!" Sophie rutschte von ihrem Hocker und flitzte los.

Kurz darauf betrat Elias die Küche. Im dunklen Anzug, die kurzen braunen Haare mit Gel modisch in Form gebracht, eine randlose Brille auf der Nase und Sophie auf dem Arm.

Sein kleiner Bruder, der Banker.

„Hier herrscht ja geschäftiges Treiben", bemerkte Elias mit dem für ihn typischen schiefen Grinsen.

„Hallo Elias." Christopher trocknete sich die Finger an einem Geschirrtuch ab, und sie gaben sich die Hand. Sie hatten sich zuletzt an Sophies Geburtstag vor vier Monaten gesehen.

„Hallo Liebling." Elias gab Helena einen flüchtigen Kuss. „Hattest du einen guten Tag?"

„Ja. Bei dir?"

„Anstrengend. Diese ständigen Besprechungen rauben einem so viel Zeit. Was gibt es heute?"

„Bratwürstchen mit Kartoffeln, Erbsen und Möhren."

„Mhm, lecker. Ich geh schnell duschen." Elias setzte seine Tochter ab und verschwand im Flur. Kurz darauf klappte die Badezimmertür.

Vor dem Abendessen wuschen sie sich vorbildlich die Hände. Als Helena die Malerei an Sophies linkem Handgelenk abwaschen wollte, zeigte der kleine Engel seinen gefürchteten Dickkopf. Sophie wehrte sich mit Händen und Füßen. Um des lieben Friedens willen gab Helena schließlich auf. Insgeheim war Christopher gerührt. Elias füllte währenddessen stoisch das Essen in Porzellanschüsseln um und stellte diese auf den Tisch. Seine geröteten Wangen und die schmalen Lippen verrieten allerdings, wie unangenehm ihm die Situation war. Sobald alle am Tisch saßen, öffnete sein Bruder eine Flasche Rotwein. Christopher erinnerte sich nicht, wann er zuletzt Wein zum Abendessen getrunken hatte. Helena und Sophie tranken Wasser. Bevor sie mit dem Essen begannen, stießen sie an, selbst Sophie mit ihrem kleinen Becher. Die Konversation beschränkte sich auf neutrale Themen, die keinen Anlass für Meinungsverschiedenheiten boten. Keine leichte Übung. Christophers und Elias' Leben verliefen in unterschiedlichen Bahnen, sie fanden kaum etwas, worüber sie sprechen konnten. Abgesehen vom Fußball. Obwohl Elias dem HSV anhing und Christopher St. Pauli, gerieten sie ausgerechnet darüber selten in Streit.

Seine angebliche Fußballverletzung lenkte das Gespräch zuverlässig in die richtige Richtung. Bald ging es um Spieler, Trainer und Taktiken. Es tat gut, Elias in entspannter Stimmung zu erleben. Das kam viel zu selten vor. Schließlich war es Zeit für Sophie, ins Bett zu gehen. Helena überwachte das Zähneputzen. Elias und er räumten den Tisch ab und füllten die Spülmaschine mit dem benutzten Geschirr, nachdem Elias es sorgfältig vorgespült hatte. Was Christophers Vorstellung vom Nutzen einer Spülmaschine widersprach. Aber was wusste er schon?

„Meinen Glückwunsch", sagte er in die anhaltende Stille hinein.

Elias blickte ihn irritiert an.

„Helena hat es mir erzählt."

Es dauerte einige Momente, bevor sein Bruder begriff. „Ach so. Ja. Helena ist ganz aus dem Häuschen."

„Und du?"

„Ich freue mich auch. Was denkst du denn?"

„Ich finde es großartig! Wer weiß, vielleicht wird es diesmal ein kleiner Fußballer."

Elias gab einen Laut von sich, der wie ein verunglücktes Lachen klang. „Abwarten." Er ging zurück zum Tisch, um die letzten Schüsseln zu holen.

Christopher verstand die Welt nicht mehr. Sein Bruder war kein Typ für Gefühlsausbrüche, aber das wirkte selbst für seine Verhältnisse unterkühlt. Sie sollten sich freudestrahlend in den Armen liegen und feiern. Stattdessen führten sie dieses dämliche Gespräch!

Wenig später lag Sophie mit gewaschenem Gesicht und geputzten Zähnen in ihrem Himmelbett und hielt ihr liebstes Kuscheltier fest. Töröóö, der Elefant, war von so viel Liebe mittlerweile reichlich abgewetzt. Christopher saß auf einem Hocker neben dem Bett, ein Kinderbuch von Janosch aufgeschlagen, und las vor, wie schön es in Panama war. Nach der Hälfte der

Geschichte schlief Sophie ein. Er legte das Buch beiseite und schlich auf Zehenspitzen aus dem Zimmer. Helena und Elias saßen im Wohnzimmer auf dem Sofa und sahen fern.

„Sophie schläft. Ich mache mich auf den Weg."

Elias nahm den Arm von Helenas Schultern und stand auf. „Ich bringe dich zur Tür."

Helena winkte ihm müde zu und hauchte ein „Danke". Christopher winkte lächelnd zurück.

Im Flur reichte ihm Elias zuerst seine Umhängetasche und danach die Hand.

„Lass uns nächste Woche einen trinken gehen", schlug Christopher spontan vor. „Du kannst die Kneipe aussuchen. Oder die Bar."

Sein Bruder sah ihn verblüfft an. „Äh, klar, sicher. Machen wir. Ich melde mich bei dir."

„Ansonsten melde ich mich."

Mit einem schiefen Grinsen öffnete Elias die Wohnungstür. „Komm gut nach Hause."

„Wir hören uns." Christopher gab seinem Bruder zum Abschied einen Klaps. Es sollte locker wirken, kam ihm aber selbst bemüht vor.

Elias' Reaktion beschäftigte ihn während der Heimfahrt. „Abwarten" war keine adäquate Antwort für jemanden, der sich angeblich einen Sohn wünschte. Ihm fiel ein plausibler Grund für die Zurückhaltung seines Bruders ein, und bei dem Gedanken zog sich alles in ihm zusammen.

Wollte Elias kein zweites Kind? Er hatte nie ein Wort darüber verloren. Allerdings hätte er über dieses sensible Thema kaum mit seinem großen Bruder gesprochen. Helena hatte nie erwähnt, dass Elias kein Geschwisterchen für Sophie wollte. Sie hätte es ihm anvertraut. Falls sie es wusste. Was wiederum die Frage aufwarf, ob Elias mit ihr darüber sprechen würde.

Am Geld konnte es nicht liegen. Wenn es eine Familie gab, die finanziell auf sicheren Füßen stand, war es die von Elias. Woran lag es also?

Ich werde zum zweiten Mal Onkel!

Dieser wundervolle Gedanke drängte sich zwischen die Überlegungen. Von einem Hochgefühl getragen, ging er von der S-Bahn nach Hause.

Obwohl es noch nicht dunkel war, schaltete er in der Wohnung überall das Licht ein und wanderte von Zimmer zu Zimmer. Könnte er hier mit einer eigenen Familie wohnen? Ein Kind großziehen und ihm alles bieten, was es brauchte? In der Küche betrachtete er skeptisch den Kohleofen und den alten Elektroherd. Im Badezimmer nahm er den Boiler unter die Lupe. Allein sah er sich noch für Jahre in dieser Wohnung, solange sein Vermieter nicht auf die Idee kam, das Gebäude zu sanieren und die Miete zu erhöhen. Er blickte aus dem Wohnzimmerfenster auf die Straße hinunter. Ihn störte der Trubel an den Wochenenden nicht. Häufig arbeitete er, und wenn er nachts nach Hause kam, schlief er vor Müdigkeit meist sofort ein.

Einem Kleinkind kann man das nicht zumuten.

Christopher öffnete das Fenster, um frische Luft in den stickigen Raum zu lassen.

Weder den Lärm noch das späte Heimkommen.

Plötzlich sah er Romy vor sich. Wie sie mit einem weinenden Baby auf dem Arm im Wohnzimmer auf und ab ging und sich vergeblich bemühte, es unter dem

Gegröle der Feiernden und dem Dröhnen der dumpfen Bässe nächtlicher Musik zu beruhigen, während er in Henrys Restaurant kellnerte.

Wie sollte er eine Familie ernähren? Mit zwei schlecht bezahlten Jobs und Gelegenheitsarbeiten für einen Privatdetektiv? Wie sollte er eine Beziehung führen, wenn er kaum zu Hause war und zu den unmöglichsten Zeiten kam und ging? Würde Caro am Ende recht behalten? Dass diese Welt so nicht funktionierte?

Die Türklingel unterbrach die Abwärtsspirale seiner Gedanken. Zaghaftes Klopfen signalisierte, dass der späte Besucher vor der Wohnungstür stand. Er öffnete und sah sich Frau Karamir gegenüber, Murats Ehefrau. Sie hielt ihren Sohn Samy an der Hand, der sich halb hinter dem Rock seiner Mutter versteckte.

„Guten Abend, Frau Karamir."

„Entschuldigen Sie Störung." Die zierliche Frau lächelte unsicher. „Mein Sohn hat gefunden. Bei Geschenk. Gib es Herr Diecks."

Samy sah aus, als würde er gleich anfangen zu weinen.

Christopher ging in die Hocke und setzte sein freundlichstes Lächeln auf. „Was hast du denn für mich?"

Samy streckte die Hand aus und gab ihm eines der Spielzeugautos. Er betrachtete es ratlos.

„Das ist ein Transformer", erklärte Samy leise.

„Was du nicht sagst." Wovon sprach der Junge?

„Da kommt etwas aus Auto", fügte Frau Karamir hinzu. „Wenn man auf Unterseite drückt."

Er drehte das Spielzeug um. Ein winziger Schalter ragte aus dem Boden. Er kippte ihn nach vorn. Aus der Motorhaube des Sportwagens wuchs der flache Stecker eines USB-Sticks. Christopher blinzelte verblüfft. „Ich ..." Sein Mund war plötzlich staubtrocken. „Darf ich das Auto eine Weile behalten? Ich kaufe dir auch ein anderes."

Samy warf einen sehnsüchtigen Blick auf seinen Transformer.

„Falls er sich verwandelt, gebe ich dir sofort Bescheid. Versprochen!"

Samy sah hoch zu seiner Mutter, die ernst nickte. Mit einem Seufzer trennte er sich von dem Spielzeug.

„Vielen Dank, kleiner Mann!" Christopher erhob sich. „Bitte überprüfen Sie auch die anderen Spielzeugautos. Falls Sie weitere ‚Transformer' entdecken, möchte ich die gern sehen." Er spürte das Metall des USB-Sticks auf der Handfläche und musste seine Aufregung unterdrücken.

„Ist das für Computer?"

„Ja. Ich muss es den Leuten zurückgeben, von denen ich das Auto bekommen habe."

Frau Karamir fand das alles offensichtlich merkwürdig, stellte aber keine Fragen mehr. Sie verabschiedete sich und zog mit Samy an der Hand davon.

Christopher hastete ins Wohnzimmer. Neben dem Sofa hatte er sich eine Computerecke eingerichtet. Er schaltete Jasmins alten Laptop ein und wartete ungeduldig, während der lahme Kasten hochfuhr. Mit zittrigen Fingern steckte er den USB-Stick in eine der Ausbuchtungen. Die Scheinwerfer des Spielzeugautos leuchteten auf. Der Laptop arbeitete. Die Scheinwerfer flackerten.

Nichts geschah.

Kein Fenster erschien, auf dem er auswählen konnte, ob er die Dateien öffnen oder speichern wollte. Kein Sicherheitshinweis vom Virenscanner, dass er ein neues Gerät überprüfen wollte.

Christopher ließ sich die Laufwerke und Hardware anzeigen. Der USB-Stick war nicht darunter. Aus irgendeinem Grund erkannte der Computer ihn nicht. Er starrte frustriert auf das kleine Auto. War der Stick defekt? War beim Sichern der Daten ein Fehler passiert? Er zog den Stick aus dem USB-Port und steckte ihn wieder hinein. Ohne Erfolg.

„Was ist los mit dir?"

Es musste einen Weg geben, an die Daten zu kommen.

Das Betriebssystem!

Benötigte der Stick ein anderes Betriebssystem?

Er griff zum Telefon und rief Jacobi an.

„Residenz Filipowicz, wie können wir ...?"

„Ich brauche dein MacBook!"

„Fein, schwing deinen Hintern hierher. Ich rühre mich heute nicht mehr aus der Bude."

Keine zehn Minuten später bog Christopher auf dem Fahrrad in die Kleine Freiheit ein. Er stellte das Rad vor einem heruntergekommen wirkenden Gebäude ab, stieß die Eingangstür auf und hetzte hoch in den dritten Stock. Nach einigen Sekunden des Sturmklingelns riss Jacobi die Tür auf.

„Bist du bescheuert? Ich habe Nachbarn!"

„Ich auch. Und zwar äußerst findige."

„Hä?"

Er rauschte an Jacobi vorbei, nahm den Fahrradhelm ab und ging in den Raum, den sein Freund als Schlaf- und Arbeitszimmer eingerichtet hatte. Der Computer stand eingeschaltet auf dem Schreibtisch. Er setzte sich und steckte den USB-Stick in die dafür vorgesehene Anschlussbuchse. Die Scheinwerfer des Autos leuchteten auf. Das MacBook arbeitete. Es öffnete sich ein Fenster.

„Ja!" Er ballte triumphierend die Hand zur Faust.

Jacobi betrachtete verwundert das Spielzeugauto. „Wo hast du das denn her?"

„Das ist eines der Autos, die ich Samy geschenkt habe."

„Aha."

„Rate mal, wer der Vorbesitzer war?"

Jacobi runzelte die Stirn. Dann hellte sich seine Miene auf. „Nee! Wirklich? Das Teil gehörte diesem Konstantin?"

„Ich habe einen Setzkasten mit Spielzeugautos aus dem Haus mitgenommen und ihn Samy geschenkt. Der kleine Tüftler hat den USB-Stick gefunden."

„Wahnsinn. Was ist drauf?" Jacobi streckte die Hand nach dem Computer aus. Christopher schlug sie beiseite und übernahm es selbst, auf den USB-Stick zuzugreifen. Die Scheinwerfer flackerten hektisch. Ein neues Fenster öffnete sich. Sieben Dateien wurden angezeigt, allesamt Bilder. Er markierte sie und hielt inne. Zögerte den Moment hinaus, in dem noch alles möglich war.

„Topher!"

„Is' ja gut, mach dir nicht ins Hemd." Er öffnete die Dateien.

KAPITEL 12

Das sind einige der Bilder aus dem Fotoalbum." Christopher betrachtete nacheinander die fünf Aufnahmen, auf denen mit Containern beladene Lkw, ein Tankwagen und ein Zug mit Kesselwagen abgebildet waren. Er klickte das nächste Bild an. Ein Scan von einer Postkarte. Mit einer Stuttgarter Postfachadresse. „Die hat zwischen den Bildern gelegen."

Die letzte Datei war ebenfalls ein Scan. Von einer DIN-A4-Seite, auf die jemand mit Schreibmaschine Kolonnen von Buchstaben- und Zahlenfolgen getippt hatte.

Sie lasen die ersten Reihen und erkannten es gleichzeitig. „Containernummern!"

„Die Reederei kenne ich." Jacobi rief eine Internetseite auf.

Alle Reedereien setzten ein bestimmtes Kürzel aus vier Buchstaben an den Anfang der jeweiligen Containernummer, um ihre Boxen zu markieren. Allerdings gab es Unternehmen, die eigene Container verwendeten. Die trugen allgemeine Kürzel, aus denen der Besitzer nicht zu erkennen war. Viele Nummern auf der Liste begannen mit diesen allgemeinen Kürzeln.

Jacobi suchte auf der Website das Container-Tracking und tippte eine Nummer ein. „Die gibt es nicht."

Sie probierten zwanzig Nummern aus, von denen keine existierte. Vielleicht waren die Container mittlerweile verschrottet und die Nummern nicht neu vergeben worden.

Christopher überflog abermals die gescannte Seite. In der letzten Zeile standen drei Buchstaben- und Zahlenfolgen, die keine Containernummern waren. Sie sahen eher wie Autokennzeichen aus. Eines kam ihm bekannt vor.

Er klickte rasch die Bilder von den Lkw und Kesselwagen durch. Beim vorletzten hielt er inne. „Da!"

Das Kennzeichen eines Lkw passte zu der Nummer auf dem Scan! Leider trug der Lkw keine Aufschrift, lediglich ein verdrecktes Logo auf der Motorhaube. Die Nummer des Containers auf dem Anhänger war ebenfalls nicht zu erkennen. „Mist! Kennst du das Logo?"

Jacobi schüttelte den Kopf. „Ich könnte Georg aus der Seefrachtabteilung fragen. Der arbeitet seit zwanzig Jahren in unserem Laden. Vielleicht kann er uns weiterhelfen."

„Uns?"

„Hey, ich brauche auch mal eine Abwechslung von meinem öden Normalo-Dasein!"

„Ich muss den USB-Stick der Polizei übergeben. Am besten gleich morgen früh. Wenn ich Beweismittel in einem möglichen Mordfall zurückhalte, dreht mich dieser Kommissar von Evert durch den Fleischwolf."

„Denkst du wirklich, der Konstantin-Typ wurde ermordet? Hast du irgendwelche Beweise dafür?"

„Nein. Bloß mein Bauchgefühl."

„Oh, oh. Die gefürchtete Diecks-Intuition." Jacobi gab ihm einen freundschaftlichen Schubs. „Zeig mir noch mal die Postkarte."

Christopher klickte auf den Scan. Jacobi übersetzte.

„Ich muss Ihnen leider mitteilen, dass Pawel Jankowski vor einem Monat gestorben ist."

„Mehr nicht?"

„Mehr nicht. Wer ist Pawel Jankowski?"

„Keine Ahnung." Christopher gab den Namen in die Internetsuchmaschine ein und erhielt zehn Treffer. Keiner schien zu passen. „Vielleicht kann Martin mehr herausfinden."

Jacobi klickte zurück zum Scan mit den Containernummern und Kennzeichen. Er gab das Kennzeichen des Lkw in die Suchmaschine ein, erhielt jedoch keinen direkten Treffer. Dafür informierten sie diverse ähnliche Treffer und Bilder darüber, dass es sich um ein ungarisches Kennzeichen handelte. Sie wechselten verwunderte Blicke.

„Worüber auch immer du gestolpert bist, Topher, allmählich sieht es wie eine internationale Verschwörung aus. Sei vorsichtig."

„Keine Sorge, ich hänge an meinem Leben. Außerdem werde ich in einigen Monaten zum zweiten Mal Onkel. Da kann ich mir keinen Blödsinn erlauben."

„Was? Ehrlich?"

„Ja, Helena ist wieder schwanger."

„Hervorragend!" Sein Freund klopfte ihm begeistert auf die Schulter. „Phänomenal großartig! Das muss gefeiert werden!" Jacobi verschwand aus dem Zimmer und kam kurz darauf mit zwei Gläsern zurück, die eine dunkle Flüssigkeit enthielten. „Johnny möchte mit dir anstoßen."

Sie ließen die Gläser klirren. Der Whiskey suchte sich prickelnd seinen Weg in Christophers Magen.

„Was sagt Elias?"

„Er freut sich."

„Ja, mei, er freut sich. Der Junge muss dringend den Stock aus dem Arsch bekommen, sonst wird das alles in Tränen enden."

„Mag sein."

„Zweite Runde?"

„Ich muss noch fahren." Christopher scherzte, obwohl ihm nicht nach Späßchen zumute war.

„Ist auch besser. Sonst sitze ich morgen mit dickem Kopf in der Firma. Was machen wir mit den Dateien? Behalten oder löschen?"

Er wusste, was er tun wollte und was er tun sollte. „Speichern." Diese Entscheidung würde ihm garantiert Ärger einbringen. „Schick sie mir per E-Mail zu für alle Fälle. Den Stick bringe ich morgen zu Kommissar von Evert."

„Soll ich dir alles ausdrucken?"

„Gute Idee."

Morgen würde er Martin anrufen und ihn auf das Postfach und diesen Pawel Jankowski ansetzen. Außerdem wollte er mit Jörg sprechen. Bisher reagierte sein Kollege nicht auf die SMS mit den guten Wünschen. Der Kommissar musste informiert werden. All das nebenbei, während er mit den beiden Umzügen beschäftigt war, für die Friedrich ihn eingeteilt hatte.

„Ich hab dir die Dateien in einem freundlicheren Format gespeichert, mit dem deine alte Krücke klarkommen sollte." Jacobi reichte ihm das Spielzeugauto und einen zweiten USB-Stick. „Morgen spreche ich mit Georg. Vielleicht kennt er das Logo.

Oder kann uns bei den Containernummern weiterhelfen.

„Aber erzähl ihm nichts, klar?"

„Bin ich blöd? Den besteche ich mit Currywurst und Pommes-Schranke, damit ist der zufrieden. Jetzt hau ab, ich brauche meinen Schönheitsschlaf."

Mittlerweile war es kurz vor zehn.

Christopher steckte die USB-Sticks ein und schnappte sich die sieben Seiten aus dem Drucker. Sie verabschiedeten sich mit einer Umarmung.

„Glückwunsch, Onkel Topher. Vielleicht spielst du bald Fußball mit einem zukünftigen Weltmeister."

„Abwarten."

Als er unten sein Fahrradschloss öffnete, fiel ihm auf, dass Elias die gleiche Antwort gegeben hatte.

In den Schlaf zu finden entwickelte sich in dieser Nacht zu einer Herausforderung. Dachte er ausnahmsweise nicht an den Inhalt des USB-Sticks und seine Pläne für den morgigen Tag, beschäftigte er sich mit Elias und Lena. Fragen über Fragen drängten sich auf. Lena wünschte sich sehnlichst einen Sohn. Für Elias. Aber die sparsame Reaktion seines Bruders deutete darauf hin, dass Elias kein zweites Kind wollte. Oder mit dem Gedanken fremdelte. Wie kam Lena zu der Überzeugung, Elias wünsche sich einen Sohn, wenn er nicht mit ihr darüber sprach? Woran erkannte sie es? An beiläufigen Bemerkungen? An Reaktionen? An subtilen Signalen?

Er musste mit Lena und Elias sprechen, wenn sie schon nicht miteinander sprachen. Gleichgültig, ob es ihn etwas anging oder nicht. Wenn er helfen konnte, würde er es tun.

Mit Elias sprechen ...

Christopher rieb sich das Gesicht und dachte an Romy. Der Rundgang durch seine Wohnung vorhin hatte ihn verunsichert. Wenn er es ernst mit ihr meinte, würde sich sein Leben verändern. Es würde sich verändern müssen, und das war eine beängstigende Vorstellung.

Warum kam immer alles auf einmal? Konnte ihm das Schicksal nicht ausnahmsweise die Probleme wohldosiert und nacheinander servieren?

Nach gefühlten zwei Stunden Schlaf stand er gegen halb sechs auf. Im Bad spritzte er sich reichlich kaltes Wasser ins Gesicht und tappte in die Küche. Während die Kaffeemaschine blubberte und die Luft mit dem Aroma gemahlener Bohnen erfüllte, machte er sich zwei Käsebrote und packte sie in eine Plastikdose. Danach zog er sich im dunklen Schlafzimmer an. Wahllos griff er in den Schrank. Zurück in der Küche stellte er fest, dass er die blaue Cargohose mit den schwarz abgesetzten Hosentaschen trug. Na, gut. Zum Umziehen war er zu träge.

Nach einem schnellen Frühstück packte er die Dose mit der Pausenverpflegung in seine Umhängetasche. Nun fehlte ihm noch sein Smartphone. Er suchte mit wachsender Ungeduld die Wohnung ab und fand es dort, wo er es vor dem Schlafengehen hingelegt hatte. Wo er es jeden Abend hinlegte: auf den Tisch neben dem Bett. Mit einem genervten Laut schob er das Smartphone in eine Hosentasche und steckte sein Portemonnaie und den USB-Stick für Kommissar von Evert in eine andere. Mit dem Fahrrad machte er sich auf den Weg zur Arbeit.

Die Bewegung an der frischen Luft tat gut. Seinem Knie ging es besser, und er trat ordentlich in die Pedale. Um halb sieben stellte er das Rad auf dem Hinterhof des Umzugsunternehmens ab.

Friedrich stand zusammen mit seinem Sohn Michael in der Küche, trank Kaffee und besprach den Tagesablauf. Sie musterten ihn kritisch.

„Mir geht es gut." Er schenkte sich einen Becher Kaffee ein. „Was macht Jörg?"

„Ruht sich aus." Friedrich nippte missmutig an seinem Kaffee. „Dieser Oberkommissar von Sonstwie ist eine echte Pest am Hals! Stellt lauter dumme Fragen!"

Michael rollte die Augen. „Der Mann macht bloß seinen Job, Papa."

„Der soll meinen Möbelwagen finden, alles andere ist mir wurscht!"

„Also hat Jörg wirklich nichts gesehen?" Christopher fing sich einen bösen Blick von Friedrich ein. „Ich frag ja nur."

„Du sollst nicht fragen, sondern deinen Hintern auf den Hof schwingen. Um sieben ist Termin, also lungert hier nicht rum, Jungs, tut was für euer Geld!"

Christopher und Michael tauschten einen Blick, stellten die Becher ab und taten wie ihnen befohlen.

Mit zwei Möbelwagen und vier Mann trafen sie kurz vor sieben bei der ersten Adresse ein. Der Straßenabschnitt vor dem mehrstöckigen Wohnhaus war vorschriftsmäßig mit Parkverbotsschildern bestückt, und ausnahmsweise blockierte kein dreister Autofahrer die freien Flächen. Während ihre Kollegen draußen warteten, klingelten Michael und Christopher bei einer alten Dame, deren Hausstand sie in den nächsten Stunden von A nach B transportieren würden.

Dieser Umzug war der Traum eines jeden Möbelpackers: Vom ersten Stock in eine Wohnung im Erdgeschoss. Die alte Dame war dreiundsiebzig und hatte seit ihrer Hüftoperation Schwierigkeiten beim Treppensteigen. Diese und viele weitere Informationen bekamen sie während der folgenden zwei Stunden zu hören. Sobald die Wohnung leer war, fuhren sie zur neuen Adresse. Die alte Dame folgte ihnen in einem Taxi.

Zwei Stunden später befanden sich sämtliche Möbel und Kartons in der neuen Wohnung. Michael erledigte den finanziellen Teil. Jeder von ihnen erhielt fünf Euro Trinkgeld. Die alte Dame fragte Christopher zum Abschied besorgt, ob ihn jemand verhauen hätte. Er gab erneut die Fußballgeschichte zum Besten, die beruhigte sie. Anschließend fuhren sie bis zum nächsten Supermarkt. In der Nähe des Eingangs hatte ein Dönerverkäufer Position bezogen. Michael und die anderen steuerten zielstrebig auf ihr Mittagessen zu. Christopher blieb zurück und rief Kommissar von Evert im Büro an. Es meldete sich die Telefonzentrale. Der Kommissar war im Einsatz. Also versuchte er es mit der Handynummer.

„Von Evert."

Die Stimme des Kommissars erinnerte ihn daran, dass er sich keinen passenden Gesprächseinstieg überlegt hatte.

„Hier ist Christopher Diecks."

„Ach, mein persönlicher Privatdetektiv."

„Nebenberuflich. Ist eher ein Hobby. Sie haben nicht nach meinen Jobs gefragt, also habe ich nichts Falsches erzählt." Er ärgerte sich. Sein Ziel war Souveränität gewesen, nicht Gestammel.

„Was kann ich heute für Sie tun, Herr Diecks? Haben Sie wieder Teenager mit Chips und Limonade bestochen, um an Informationen zu gelangen?"

„Äh, nein. Es geht um etwas, das ich für Sie tun kann."

„Ich höre."

„Ich habe einen USB-Stick gefunden, der Sie interessieren dürfte." Er erzählte von dem Setzkasten mit den Spielzeugautos, seinem Geschenk für Samy und der Entdeckung des Jungen. Den Besuch bei Jacobi verschwieg er.

„Wo ist der USB-Stick?"

„In meiner Hosentasche."

„Haben Sie sich den Inhalt angeschaut?"

Er kratzte sich nervös am Kinn. „Ja." Leugnen nützte nichts. Es war kinderleicht, herauszufinden, wann die Dateien zuletzt geöffnet wurden.

„Herr Diecks, Ihnen sollte klar sein ..."

„Ich weiß. Entschuldigung."

„Was befindet sich auf dem Stick?"

„Scans von Dingen, die aus dem Haus gestohlen wurden. Fotos, eine Postkarte und eine Liste mit Containernummern und Autokennzeichen."

„Woher wissen Sie, dass diese Sachen gestohlen wurden?"

„Weil wir sie beim Ausräumen in Peter Konstantins Zimmer gefunden haben." Zumindest die Fotos und die Postkarte. Der Zettel mit den Containernummern steckte vielleicht im Briefumschlag.

„Der USB-Stick ist ein mögliches Beweismittel. Können Sie ihn vorbeibringen? Ich sollte in zwei Stunden wieder im Revier sein. "

„Ich muss bis sechzehn Uhr arbeiten." Michael winkte ihn heran. Christopher hob die Hand und setzte sich langsam in Bewegung. „Danach kann ich aufs Revier kommen."

„Ich habe um fünfzehn Uhr einen Gerichtstermin. Können wir uns irgendwo treffen?"

„Äh, ja, sicher. Sekunde." Er ging zurück zum Möbelwagen. In den Unterlagen fand er die Adresse des nächsten Umzugs und gab sie an den Kommissar weiter. „Wir machen Pause und fahren anschließend dorthin."

„Gut. Ich komme nachher vorbei."

„Bis später." Christopher legte auf und ging zu seinen Kollegen.

Obwohl der Döner gut schmeckte, aß er nicht auf. Der Mix aus Euphorie und Anspannung, der in seinen Eingeweiden kreiste, schlug ihm auf den Appetit. Sein erster eigener Fall. Seine Chance, Kommissar von Evert, Martin und allen anderen zu beweisen, was in ihm steckte.

Der nächste Umzug bescherte ihnen eine Altbauwohnung im dritten Stock, die über ein verflixt enges Treppenhaus mit Wendeltreppe zu erreichen war. Auf den blanken, ausgetretenen Stufen musste man auf jeden Schritt achten. Die Möbel unbeschädigt nach unten zu bringen, beinhaltete kräftezehrende Manöver. Das junge Pärchen, für das sie den Umzug durchführten, entschuldigte sich mehrfach für die Unannehmlichkeiten. Freundlicherweise hatten sie vorher alle Möbel, die nicht in Gänze durchs Treppenhaus passten, selbst auseinandergebaut.

Christopher schleppte gerade im Schneckentempo den Kühlschrank nach unten, als sein Smartphone klingelte. Leider brauchte er beide Hände, um das schwere Biest auf seinem Rücken zu halten. Der zusätzliche Tragegurt, den er sich um die Stirn gelegt hatte, hielt zumindest den Schweiß von seinen Augen fern. Unten angekommen, wuchtete er den Kühlschrank mit Michaels Hilfe auf die Ladefläche des Möbelwagens. Während Michael zurück ins Haus ging, lockerte er Schultern und Nacken. Er wollte nachsehen, wer ihn angerufen hatte, als ein Pfiff ertönte. Kommissar von Evert lehnte ein Stück entfernt am Heck eines dunklen Wagens.

Christopher trocknete sich das Gesicht mit einem Handtuch aus dem Möbelwagen ab und lief zu dem Polizisten.

„Moin."

„Echter Knochenjob, was?"

„Manchmal." Er zog einen Arbeitshandschuh aus und versuchte vergeblich, den USB-Stick aus der Hosentasche zu holen. Seine Finger zitterten zu sehr von der Anstrengung. Er schüttelte die Hand aus, versuchte es erneut und bekam den Stick endlich zu fassen.

Sein Gegenüber betrachtete amüsiert das Spielzeugauto und fand zielsicher die Mechanik an der Unterseite. „Sachen gibt's."

„Der funktioniert nur auf einem Mac."

Kommissar von Evert musterte ihn streng. „Sollte ich sonst noch etwas wissen, Herr Privatdetektiv?"

Michael kam aus dem Haus, die Arme voller Holzbretter. Er entdeckte Christopher im Gespräch und warf ihm einen finsteren Blick zu.

„Ich muss an die Arbeit, sonst bekomme ich Ärger."

„Nicht so schnell, Freundchen." Der Kommissar hielt ihn am verschwitzten Oberarm fest. „Ich reagiere äußerst allergisch darauf, wenn sich Privatpersonen in laufende Ermittlungen einmischen. Das kann verflucht gefährlich werden! Ich brauche keine Hilfssheriffs, die Zeugen oder Angehörige der Opfer befragen und sie mit vagen Vermutungen verunsichern."

Kommissar von Evert hatte offenbar mit Marie Ritter gesprochen. Oder er war einfach ein kluger Mann. Konnte er sich dem Polizisten anvertrauen? Letztendlich würde er es nur herausfinden, wenn er es versuchte.

„Ich glaube, Peter Konstantin ist nicht auf natürliche Weise gestorben. Sein Tod hat mit dem Einbruch und dem Diebstahl der Möbel zu tun."

„Selbst wenn das der Fall wäre, es ist meine Aufgabe, das herauszufinden, verstanden?"

„Verstanden. Gibt es eine Spur von dem gestohlenen Möbelwagen?"

„Nein. Den werden die Täter irgendwo abgestellt haben. Oder er liegt in der Elbe. Ich muss los." Der Kommissar drückte ihm die verschwitzte Hand und ging zur Fahrertür. „Eine Sache interessiert mich. Wie kommt ein intelligenter Junge mit Abitur und ordentlicher Ausbildung dazu, Möbel zu schleppen und zu kellnern?"

„Weil ich es mir ausgesucht habe."

Kommissar von Evert hob die Augenbrauen. Er wollte einsteigen, als Christopher ihm eine Frage hinterherschoss. „Wer hat behauptet, ich wäre ein intelligenter Junge?"

Diesmal schmunzelte der Kommissar. „Auf Wiedersehen, Herr Diecks."

Christopher lächelte und ging hervorragend gelaunt zu Michael zurück. Der sah ihn tadelnd an.

„Mit deinen Kumpels kannst du nach der Arbeit quatschen."

„Das war kein Kumpel, sondern Kommissar von Evert."

„Ach, der ist das? Was wollte er von dir?"

„Details meiner Aussage klären."

„Woher weiß er, dass du hier bist?"

„Er ist Bulle, die wissen alles."

„Haha. Schwing deinen Hintern nach oben, wir müssen den verdammten Dielenschrank auseinanderschrauben."

Als sie nach einem anstrengenden Arbeitstag auf den Hof der Möbelspedition rollten, spürte Christopher jeden Muskel. Sein Knie pochte dumpf. Er stieg aus und humpelte ins Büro. Friedrich brütete mit Annelie über der Planung für die nächste Woche.

„Ich brauche dich Dienstag, Mittwoch und Donnerstag", erklärte sein Chef. Der Donnerstag war bisher nicht abgesprochen gewesen. Er prüfte die Termine in seinem Smartphone. Wenn er am Donnerstag arbeitete, wäre der Montag sein einziger freier Tag. „Kann ich dafür in der Woche darauf den Montag und Dienstag freihaben?"

„Meinetwegen. Bis dahin sollte Jochen seinen verstauchten Knöchel auskuriert haben."

Christopher blockte den Donnerstag im Kalender und füllte das Stundenformular für den heutigen Tag aus.

Auf dem Heimweg radelte er langsam, um sein Knie zu schonen. Obwohl er sich nach einer Dusche sehnte, legte er auf halber Strecke eine Telefonpause ein.

Diesmal nahm Martin das Gespräch direkt entgegen.

„Gut, dass du anrufst, Topher. Ich habe mehr über die Konstantins in Erfahrung gebracht."

„Nicole Konstantin hat Selbstmord begangen."

Kurzes Schweigen. „Du hast mit Marie Ritter gesprochen?"

„Ja. Es klang, als hätte Frau Konstantin unter Depressionen gelitten."

„Sie war mehrfach in stationärer Behandlung und vier Monate in einer Klinik in der Nähe von Stuttgart. Geschlossene Abteilung. Peter Konstantin war vor zwei Jahren ebenfalls Patient in der Klinik."

Vor zwei Jahren ... da war irgendetwas gewesen. Christopher durchforstete sein Gehirn nach der Information.

„Ist er nicht vor zwei Jahren in Frührente gegangen?"

„Und anschließend in die Klinik. Für drei Monate."

Auch Depressionen? Die konnten der Auslöser für seinen Herzinfarkt gewesen sein. Ebenso der Stress, seinen an Alzheimer erkrankten Vater zu pflegen. Oder eine bedrohliche Situation, in der er sich befunden hatte.

„Ein interessantes Detail. Hast du noch Kontakt zu der freundlichen Dame von der Post?"

„Lissy? Ja, warum?"

Er schmunzelte über Martins Bemühungen, einen unverfänglichen Ton anzuschlagen.

„Ich würde gern wissen, ob Peter Konstantin hier in Hamburg ein Postfach besaß. Und ob ein bestimmtes Postfach in Stuttgart noch existiert." Wenn er erfuhr, wer F. Müller war und wie der oder die in Verbindung zu den Konstantins stand, kam er eventuell weiter. „Kann Lissy das für dich herausfinden?"

„Ich werde sie fragen. Sie wird begeistert sein."

„Du kannst sie gern in meinem Namen zum Essen ausführen."

„Bist du verrückt? Conny würde mich umbringen!"

„Dann gehe ich eben mit ihr aus. Neue Kontakte können nie schaden."

„Untersteh dich. Wir denken uns etwas anderes aus."

„Ich schicke dir nachher die Postfachadresse. Wenn Lissy schon unanständige Dinge für dich tut, kann sie gleich die Adresse des Postfachbesitzers raussuchen."

„Das wird teuer."

„Du bist der Beste, Martin."

„Sonst noch was?"

„Ja. Bitte versuch, etwas über einen gewissen Pawel Jankowski herauszufinden. Der ist vor einigen Jahren gestorben. Stammte vermutlich aus Polen."

„Polen? Deine hohe Meinung von mir in allen Ehren, aber wie soll ich an Informationen über einen toten Polen herankommen?"

„Betrachte es als Herausforderung. Ich sortiere später die unwahrscheinlichen Kandidaten aus." Sobald er sich passende Kriterien zurechtgelegt hatte.

„Wie hieß der Mann?"

„Pawel Jankowski." Christopher buchstabierte den Namen. „Geh sieben Jahre zurück. Ich versuche, den Zeitraum weiter einzugrenzen." Er würde den Scan der Postkarte prüfen. Vielleicht war der Poststempel dort besser lesbar.

„Wie kommst du auf den Mann?"

„Ich habe in Peter Konstantins Nachlass einen USB-Stick gefunden, auf dem interessante Unterlagen gespeichert sind."

„Was du in deiner Freizeit so alles treibst."

„Wenn du einsteigen möchtest, sprich mit Marie Ritter. Meine Hilfe wollte sie nicht."

„Das hält dich aber nicht davon ab, nachzuforschen."

„Habe ich von dir gelernt."

„Falls dir jemand den Hals umdreht, bin ich also schuld."

„Selbstverständlich."

Nachdem Martin ihn zum Abschied mit einem launigen „Idiot!" bedacht hatte, legte er auf und rief Jacobi an. Sein Freund war vorbereitet.

„Ich hab die Containernummern überprüft. Dreiundzwanzig der Container existieren, den Rest hat es entweder nie gegeben oder die Boxen wurden verschrottet. Ich schicke dir später die Liste. Leider reichen die Trackingdaten nicht sehr weit zurück. Keine Ahnung, was damals in den Boxen transportiert wurde. Georg macht sich Gedanken über das Logo. Morgen kann ich dir hoffentlich mehr sagen."

„Danke, Cobi. Ich weiß das wirklich zu schätzen."

„Kostet dich zwei Sixpacks. Eins für mich und eins für Georg."

„Currywurst und Pommes haben es nicht gebracht?"

„Georg ist auf Diät. Seine Liebste hat sich über seinen Bauch beklagt."

„In dem Fall ist Bier natürlich das Richtige."

„Isotonische Getränke sind gut für die Gesundheit."

„Das merke ich mir."

„Jemand ist in der anderen Leitung. Ich muss weiter."

„Bis morgen."

Er steckte das Smartphone ein und radelte einer erfrischenden Dusche entgegen.

KAPITEL 13

Am Freitag saß Christopher bei einem späten Frühstück, als das Telefon klingelte. Er klappte die Zeitschrift zu, in der er sich über die neuesten innen- und außenpolitischen Mauscheleien informiert hatte, und griff nach dem Smartphone, das zwischen seinen Füßen auf der Fensterbank lag. Das Display zeigte Jacobis Firmennummer an.

„Moin, Watson, alles klar?"

„Hier ist die Hölle los, ich hab keine Zeit!", sprudelte es aus dem Hörer. „Georg hat das Logo wiedererkannt. Es gehörte einer ungarischen Spedition, die vor einigen Jahren fette Schlagzeilen gemacht hat. Die haben, halt dich fest, illegal radioaktiven Metallschrott transportiert. Kannst du alles im Internet nachlesen. Das Zeug stammte anscheinend aus Indien. Ein Lkw ist damals bis nach Deutschland gekommen, bevor die Autobahnpolizei den Fahrer gestoppt hat, weil der Lkw einen Platten hatte. Muss man sich vorstellen. Die bringen verstrahlte Ladung von Indien bis nach Deutschland und fliegen wegen eines platten Reifens auf!"

Platt war Christopher auch. Er brauchte einige Momente, um die Informationen zu verarbeiten. „Existiert die Spedition noch?"

„Die haben den Laden längst dichtgemacht. Der Geschäftsführer ist damals untergetaucht und seitdem spurlos verschwunden. In einem Bericht stand, dass es vermutlich nicht der einzige illegale Transport der Spedition gewesen war. Leider gab es keine Beweise, weil der Geschäftsführer die Unterlagen entweder vernichtet oder mitgenommen hat."

„Wie lange ist das her?"

„Sieben Jahre."

„Nicole Konstantin ist vor sieben Jahren gestorben."

„Die hat sich doch umgebracht."

„Ja, aber ihr letzter Arbeitgeber war eine Spedition, die Metallschrott von Osteuropa nach Deutschland transportiert hat."

„O Mann, stimmt! Meinst du, die Firma von Nicole Konstantin hing in der Sache mit drin?"

Er überlegte. „Vielleicht war *Transloginet* ein Glied in der Transportkette."

„Und jetzt?"

„Grabe ich tiefer. Martin versucht, mehr über dieses ominöse Postfach in Stuttgart herauszufinden. Vielleicht bringt uns das weiter."

„Eine Menge ‚vielleicht'."

„Willkommen in meinem Leben."

„Moment." Jacobi rief einem seiner Kollegen etwas zu, das mit Frachtbriefen zu tun hatte. „Sorry, bin wieder da. Kommt es nur mir so vor, oder tauchen bei dieser Sache viele tote Menschen auf? Die Konstantins, dieser Pawel Dingsda ..."

„Könnten alles Zufälle sein."

„Ach, auf einmal? Wer erzählt denn jedem, dass Peter Konstantin ermordet wurde? Und wer hat Dienstag eins auf die Fresse bekommen, weil irgendwelche Typen die Möbel von dem Konstantin klauen wollten?"

„Sobald ich von Martin die Informationen über das Postfach habe, gebe ich alles an Kommissar von Evert weiter und bin raus. Der ist sowieso sauer, weil ich in seinem Revier wildere."

„Versprochen?"

„Versprochen."

„Ich hab echt keinen Bock auf Friedhofsbesuche!"

„Cobi?"

„Jaaaaa?" Sein Freund rechnete wahrscheinlich mit sentimentalem Gefühlskäse.

„Wie hieß die ungarische Spedition?"

„Ich dachte schon, du willst mir eine Liebeserklärung machen."

„Du bist mein bester Freund und eine zuverlässige Stütze in schweren Zeiten."

„Boah, danke, jetzt ist mir schlecht!"

Jacobi gab den Namen der Spedition durch. Mit Engelsgeduld buchstabierte er ihn drei Mal. Endlich stand *Vásárhelyi-Trans Magyar* auf dem Notizzettel. Christopher versprach, ihn auf dem Laufenden zu halten.

Nach einem Blick auf die Uhr – es blieb reichlich Zeit, bevor er im Restaurant sein musste – nahm er den Kaffeebecher und die zweite Brötchenhälfte mit in die Computerecke.

Er fand zehn Online-Artikel, in denen der Name der ungarischen Spedition genannt wurde. Sechs stammten aus dem passenden Zeitraum. Drei Artikel waren in Deutsch verfasst und handelten von den illegalen Transporten. Sie enthielten die Informationen, die Jacobi geliefert hatte. Zwei waren in polnischen Internetzeitungen erschienen und der Letzte in der Online-Version einer ungarischen Zeitung. Den Fotos nach zu urteilen, beschäftigten sich diese Berichte ebenfalls mit radioaktivem Metallschrott. Er druckte alles aus. Es gab die Möglichkeit, die polnischen Artikel online zu übersetzen, aber das Ergebnis war unbefriedigend. Also schickte er die Links per E-Mail an Jacobi, um eine ordentliche Übersetzung zu bekommen. Er überflog die ausgedruckten Artikel noch einmal und legte sie beiseite. Er wollte schon den Laptop ausschalten, als ihm dämmerte, dass er etwas Wichtiges überlesen hatte. Aber was? Er nahm sich die Ausdrucke erneut vor, blätterte vor und zurück. Endlich kam er drauf. Die polnischen und einer der deutschen Artikel waren von demselben Journalisten verfasst worden, einem Mann namens Rafal Kotecki. Er gab den Namen in die Internetsuchmaschine ein und fand zahlreiche Artikel aus polnischen und deutschen Online-Medien. Alle über sieben Jahre alt. Keine Berichte jüngeren Datums. Ein polnischer Beitrag aus dem April 2007 stammte nicht von Kotecki selbst, sondern beschäftigte sich offenbar mit ihm. Christopher kopierte den Link und schickte ihn ebenfalls an Jacobi. Danach betrachtete er das Foto, auf dem ihm ein schwarzhaariger Mann in mittleren Jahren entschlossen entgegenblickte. Wäre es sinnvoll, den Journalisten zu kontaktieren? Während er das halbe Salamibrötchen aß, suchte er vergeblich nach Verbindungen zwischen *Transloginet* und der ungarischen Spedition. Schließlich schaltete er den Laptop aus und las die Ausdrucke der deutschen Artikel erneut. Interessant und verstörend zugleich war die Studie einer deutschen Umweltorganisation. Sie führte unterschiedliche Quellen radioaktiver Verstrahlung auf und die vielfachen Möglichkeiten, belastetes Material an den Behörden vorbeizuschmuggeln und in die

Hände unbedarfter Verbraucher zu bringen. Radioaktiver Metallschrott klang, als würden bei Nacht und Nebel halbe Kernreaktoren auf dem Seeweg oder über Autobahnen transportiert. Dabei reichte ein geringer Rückstand von Uran-235 oder Kobalt-60 an einem Eisen- oder Stahlrohr aus, um eine ganze Produktionsanlage zu verseuchen, in der möglicherweise Lampen, Uhren oder Schränke hergestellt wurden. Bei der Vorstellung, eine radioaktiv verstrahlte Armbanduhr am Handgelenk zu tragen, überlief ihn ein kalter Schauer. Er las über mit Kobalt-60 verseuchte Handtaschen aus Indien und radioaktive Waschmaschinenteile aus China. Das Bundesumweltministerium erfasste Jahr für Jahr ein Dutzend und mehr dieser Fälle. 1998 hatte ein Werk in Spanien versehentlich ein mit Cäsium-137 verseuchtes Stahlteil eingeschmolzen. Die gefährlichen Gammastrahlen hatten sich durch den Schornstein über weite Teile Europas ausgebreitet. Selbst in Deutschland waren erhöhte Werte in der Luft gemessen worden. Unweigerlich tauchte der Name *Tschernobyl* in seinem Kopf auf. Er war zu jung gewesen, um sich an die Wochen nach der Katastrophe zu erinnern. Aus Erzählungen wusste er, dass seine Eltern damals kaum das Haus verlassen hatten und bei jedem Regenschauer in Panik ausgebrochen waren.

Wie skrupellos musste man sein, um Geschäfte mit radioaktiv verseuchtem Metall zu machen? Um aus Profitgier den Tod Zehntausender billigend in Kauf zu nehmen?

Manchmal verstand er diese Welt nicht mehr.

***

Christopher war auf dem Weg zur S-Bahn, als Martin anrief. Er presste sich das Smartphone ans Ohr, um bei dem Verkehrslärm auf der Reeperbahn überhaupt etwas zu verstehen. „Moin, Martin, hast du von der guten Lissy gehört?"

„Sie hat ganze Arbeit geleistet. Das ist vielleicht eine Geschichte mit diesen Postfächern."

„Erzähl."

„Das Postfach in Stuttgart wurde vor acht Jahren von einem Frederik Müller angemietet. Wohnhaft in Stuttgart, zu dem Zeitpunkt fünfundsiebzig Jahre alt. Vor zwei Jahren hat die Post das Postfach gesperrt, weil das Girokonto, von dem die monatliche Gebühr automatisch abgebucht wurde, nicht mehr gedeckt war. Man hat dem Besitzer, eben jenem Frederik Müller, eine schriftliche Mahnung geschickt und ihn zur Zahlung der ausstehenden Summe aufgefordert. Nach der dritten Mahnung hat der alte Mann einen Beschwerdebrief geschrieben. Wie die Post auf die Idee käme, er würde für ein Postfach zahlen, das er nie angemietet hat."

„Was?" Christopher erreichte den S-Bahn-Eingang. Er blieb oben an der Treppe stehen, um den Empfang nicht zu verlieren.

„Identitätsdiebstahl. Jemand hat im Namen von Frederik Müller das Postfach angemietet, ein Girokonto eröffnet und genug Geld eingezahlt, um über Jahre die Gebühren zu decken."

„Ist das dem alten Mann nie aufgefallen? Ich meine, die Post verschickt bestimmt Infobriefe über

Gebührenerhöhungen oder Änderungen der AGB. Hat der nie etwas bekommen?"

Martin lachte auf. „Das ist der Witz. Laut Lissy wurden Frederik Müller zahlreiche dieser Briefe zugestellt. Der wird das für ein Versehen gehalten haben."

„Wahnsinn. Kannst du den Mann ausfindig machen und anrufen? Vielleicht weiß er mehr über den Fall, als deine Lissy aus den Akten erfahren hat. Ich würde es selbst tun, aber ich muss zur Arbeit."

„Ich kümmere mich drum."

„Danke. Was ist mit Peter Konstantin? Hatte er ein Postfach?"

„Ja. Bei der Filiale in der Bramfelder Chaussee. Die Polizei wollte es per Verfügung öffnen lassen, aber da ist ihr jemand zuvorgekommen. Das Postfach wurde aufgebrochen. Die Polizei sichtet die Überwachungsvideos, um den oder die Täter zu finden."

„Interessant. Und das weiß Lissy von wem?"

„Niemandem. Weil ich nie mit ihr darüber gesprochen habe. Mit dir übrigens auch nicht."

„Verstanden."

Ein geheimnisvolles Postfach in Stuttgart, ein aufgebrochenes Postfach in Hamburg, gestohlene Möbel, Briefe und Fotos, radioaktiver Metallschrott, mysteriöse USB-Sticks, und irgendwie war alles miteinander verbunden.

„Über deinen Pawel Jankowski habe ich bisher keine brauchbaren Informationen gefunden."

„Kein Problem. Ich habe schon den nächsten Kandidaten an der Hand."

„Ach, und wen, wenn man fragen darf?"

„Einen Rafael Kotezki oder so. Ist ein polnischer Journalist, der über den illegalen Transport von radioaktivem Metallschrott geschrieben hat."

„Wo ist die Verbindung zu Peter Konstantin?"

„Hat mit den Unterlagen auf dem USB-Stick zu tun." Er ging langsam die Treppenstufen zur S-Bahn hinunter. „Ich bringe dich morgen auf den neuesten Stand."

„In Ordnung. Bis dahin habe ich hoffentlich mit diesem Frederik Müller sprechen können."

„Danke für deine Hilfe, Martin. Ohne dich würde ich nicht so zügig weiterkommen."

„Keine Ursache." Es folgte eine Pause. „Ich bin beeindruckt, Topher. Mir war klar, dass du ein kluger Junge bist, doch offenbar steckt ein echter Detektiv in dir."

Das unerwartete Lob verschlug ihm für einige Herzschläge die Sprache. „Danke", brachte er schließlich heraus.

„Ehre, wem Ehre gebührt. Wir sprechen uns morgen."

„Bis dann." Mit beschwingter Leichtigkeit schlenderte er zum Bahnsteig.

Im Restaurant zog er sofort alle Aufmerksamkeit auf sich.

„Wie siehst du denn aus?" Seine Halbschwester Jasmin starrte ihn an. Der Stuhl, den sie eben hatte hinstellen wollen, hing vergessen in ihren Händen. „Hast du dich geprügelt?"

„Warum fragt mich das jeder? Hält mich die ganze Welt für einen brutalen Schläger?"

Jasmin sah ihn verblüfft an und prustete los. Ihr Lachen lockte Henry aus der Küche. Sein Stiefvater musterte ihn streng.

„Beim Fußball den gegnerischen Ellenbogen übersehen?"

„Ja! Danke! Endlich!" Christopher deutete demonstrativ auf Henry. „Der Mann weiß Bescheid." Ein bisschen schämte er sich für die Show, die er abzog.

„Du hältst dich heute im Hintergrund, Topher. Mit dem Gesicht erschreckst du mir die Gäste."

„Ein bisschen Schminke löst das Problem", warf Jasmin ein.

„Was? Auf keinen Fall!" Er hatte sich zuletzt in der zehnten Klasse geschminkt. Für eine blöde Theater-AG.

„Komm, wir machen dich hübsch." Jasmin griff nach seiner Hand.

„Auf keinen Fall!"

„Sei kein Mädchen. Ein bisschen Abdeckcreme und Puder wird deiner Männlichkeit keinen Abbruch tun."

Er blickte um Beistand suchend zu Henry.

„Deine Entscheidung, Sohnemann. Du kannst entweder die Gäste an den Tischen bedienen und Trinkgelder kassieren oder in der Küche die Spülmaschinen ein- und ausräumen." Sein Stiefvater zwinkerte Jasmin zu und verschwand federnden Schrittes durch die Schwingtüren in die Küche.

„Verräter", zischte Christopher.

„Na, du Mädchen? Schminkstunde?"

Unter den amüsierten Blicken der anderen Kellner folgte er seiner Halbschwester in den Umkleideraum. Diese Episode würde ihm ewig nachhängen!

Jasmin holte eine Handtasche aus ihrem Spind, die dieser Bezeichnung längst entwachsen war. Sie stellte das Ungetüm auf einer Bank ab und förderte ein unglaubliches Sortiment an Schminkutensilien zutage.

„Hast du die Tasche Mary Poppins geklaut?"

„Wem?"

„Vergiss es. War vor deiner Zeit." Weit vor ihrer Zeit. Manchmal wurde sehr deutlich, wie viele Jahre zwischen ihnen lagen.

„Hinsetzen", befahl Jasmin, bewaffnet mit einer Cremetube und einem breiten Pinsel.

Wenige Pinselstriche und eine Schicht Abdeckpuder später war von dem Veilchen und der geröteten Wange nichts mehr zu sehen. Er zog die Serviette von der linken Schulter, mit der Jasmin sein weißes Hemd vor dem Puder geschützt hatte.

„Nächstes Mal probieren wir den Eyeliner aus."

Christopher knüllte die Serviette zusammen und warf sie in Jasmins Richtung. „Untersteh dich!"

Nach und nach füllte sich das Restaurant mit Gästen, bis auch der letzte Platz an der Theke besetzt war. Um nicht alle unangemeldeten Gäste abweisen zu müssen, vergab Christophers Kollege am Eingang schließlich Zeitfenster von anderthalb bis zwei Stunden. Was wiederum die Küche und die Kellner in zusätzlichen Stress versetzte, weil diese Gäste zügig bedient werden mussten, damit sie rechtzeitig die reservierten Tische räumten. In der kurzen Pause, die er sich gönnte, um etwas zu trinken und eine Kleinigkeit zu essen, rückte Jasmin ihm erneut mit der Schminke zu Leibe. Als Henry pünktlich um dreiundzwanzig Uhr die letzten Gäste hinauskomplimentierte, waren alle fix und fertig. Er half beim Aufräumen und machte sich anschließend auf den Heimweg.

Im Waggon herrschte Partystimmung und ein babylonisches Sprachengewirr. Es roch nach verschüttetem Bier. Eine Gruppe Jugendlicher grölte Fragmente eines nicht identifizierbaren Liedes. Die Mädchen in kurzen Röcken und knappen Oberteilen, die Jungen in Jeans und Marken-Shirts.

Christopher stand im Gedränge und blickte in den dunklen Tunnel hinaus. Er sehnte sich nach einer Dusche und seinem Bett.

Wenige Minuten später spuckte die S-Bahn an der Station Reeperbahn fast ihren gesamten menschlichen Inhalt aus.

Er folgte dem Menschenstrom, ging die Treppe hinauf und stellte fest, dass er auf der falschen Straßenseite gelandet war. Er hätte den linken Ausgang nehmen müssen. Seit Jahren ging er nach links. Warum ...?

Jemand stieß ihn von hinten an. Durfte man nicht mal zwei Sekunden in Ruhe stehen bleiben, um sich zu orientieren?

Plötzlich wurde er schmerzhaft im Genick gepackt.

„Ein Mucks, und ich knall dich ab!", zischte ihm eine Stimme ins Ohr. Ein harter Gegenstand bohrte sich in seine rechte Seite.

Christopher schaute nach unten und sah den Lauf einer Pistole. Während er versuchte, diese Information zu verarbeiten, wurde er nach vorn geschoben. Seine Beine liefen automatisch mit. Der Mann legte ihm einen Arm um die Schultern, als wären sie gute Freunde, die auf dem Kiez die Nacht durchfeiern wollten. Er wollte fragen, wer der Fremde war. Was er von ihm wollte. Aber die Warnung und der Druck der Waffe in seiner Seite lähmten ihn. Sein Blick ruckte über die Gesichter der Menschen, die ihnen entgegenkamen. Niemand sah ihn an. Was sollte er tun?

An der nächsten Straßenecke zog ihn der Mann nach rechts in die Silbersackstraße. Weg von der Reeperbahn und den Menschenmassen. Er versuchte, das Gesicht des anderen zu sehen. Sobald er Anstalten machte, den Kopf zu wenden, stieß dieser ihm die Pistole schmerzhaft in die Rippen. „Blick nach vorn!"

„Was wollen Sie von mir?" Angst überkam ihn. Der Mann würde ihn erschießen, weil er sein Maul nicht halten konnte! Aber nichts geschah. Kein Schuss knallte.

Seine Blase meldete das dringende Bedürfnis an, sich zu entleeren.

Sie kamen am *Silbersack* vorbei. Zahlreiche Gäste standen draußen. Sie lachten, rauchten, tranken Bier und Wein. Wenn er schnell war, konnte er sich vielleicht befreien und zu ihnen laufen. Er spannte sämtliche Muskeln an. Eine Drehung nach links, den Mann wegstoßen. Wenn er ...

Sein Entführer zog ihn dichter zu sich heran. „Sei ein braver Junge."

Ein leichter Akzent. Osteuropäisch?

Christophers Gedanken rasten mit seinem Herzschlag um die Wette.

Sie entfernten sich von den anderen Menschen. Bald würden sie außer Rufweite sein. Die Fenster der umliegenden Wohnhäuser waren dunkel. Vor ihnen beschrieb die Straße einen Bogen nach links. Rechts gab es zwischen Bäumen einen schmalen Weg. Dunkel, einsam, abgelegen. Dorthin drängte ihn der Fremde.

Angst und Entsetzen übermannten ihn. In Panik versuchte er, sich loszureißen. Der Griff des Mannes war erbarmungslos. Er zerrte ihn mit sich. Behandschuhte Finger legten sich über seinen Mund. Er verlor das Gleichgewicht, hing hilflos in den Armen seines Entführers, versuchte verzweifelt, die Füße auf den Boden zu bekommen.

Sie waren auf dem dunklen Weg. Kein Mensch zu sehen.

Warum konnte er sich nicht befreien? Er war stark, warum kam er nicht los?

Ein heftiger Stoß brachte ihn zu Fall. Er landete mit dem Gesicht in trockenem Laub. Sofort war der andere Mann über ihm. Er drehte ihm den linken Arm auf den Rücken und drückte ihn mit dem Knie nach unten. Christopher wollte um Hilfe rufen, spürte das kalte Metall der Pistole am Hals und erstarrte.

„Du hast dem Polizisten einen USB-Stick gegeben", zischte der Mann in sein Ohr. „Was war dadrauf gespeichert?"

„Was? Ich habe gar nichts ..." Heißer Schmerz schoss in seine Schulter, als sein linker Arm ruckartig nach oben gerissen wurde. Er unterdrückte einen Schmerzensschrei. Weiße Punkte tanzten vor seinen Augen.

„Was war auf dem USB-Stick?"

„Keine Ahnung." Seine Stimme zitterte. „Verschlüsselte Dateien."

„Lüg mich nicht an. Ich habe gehört, wie du darüber gesprochen hast."

Er ist mir gefolgt! Er hat mich belauscht!

Die schockierende Erkenntnis verdrängte für einige Augenblicke die Todesangst.

„Was war auf dem USB-Stick?" Der Mann hebelte Christophers Arm ein Stück höher. Der Schmerz nahm ihm den Atem.

Der Fremde ließ abrupt locker.

Christopher holte keuchend Luft. Ihm war schwindelig. Übelkeit kroch von seinem Magen herauf. „Alte Fotos von Lkw und Zügen. Ein Scan einer alten Postkarte. Containernummern."

„Was stand auf der Postkarte?"

Er versuchte verzweifelt, sich an den Wortlaut zu erinnern.

„Was stand auf der Postkarte?"

„Pawel Jankowski ist gestorben. Irgendwas in der Art. Es war Polnisch."

„Hast du die Dateien noch?"

„Nein. Die Polizei hat alles."

„Wer ist dieser Martin? Wie viel weiß er?"

„Nichts! Er hat ein paar Sachen für mich geprüft, das ist alles."

„Was weißt du über Rafal Kotecki?"

„Nichts! Ich habe den Namen heute zum ersten Mal gelesen."

Der Mann beugte sich tiefer, bis Christopher seinen Atem an der Wange spürte. „Vergiss ihn. Vergiss alles, was du weißt. Das hier ist viel zu groß für dich, kapiert?"

„Kapiert! Ich hab's kapiert!"

Der Mann lockerte den Griff, ließ jedoch nicht los. „Ich werde gehen", sagte er ruhig. Seine Hand glitt an Christophers Arm hinab. Behandschuhte Finger umschlossen das Handgelenk. „Vorher möchte ich, dass du dir etwas merkst." Die Hand glitt weiter zum kleinen Finger.

„Nein!", stieß er entsetzt hervor. „Warten Sie!"

Ein heftiger Ruck. Ein Schmerz, der alles überstieg, was er bisher gespürt hatte.

Er brüllte auf, entwand seine Hand dem Griff des Mannes und krümmte sich um sie. Blind und taub für seine Umgebung blieb er keuchend liegen. Fassungslos über das, was ihm widerfahren war. Als der Schock und der schlimmste Schmerz nachließen, richtete er sich vorsichtig auf. Er war allein. Sein Angreifer in der Nacht verschwunden.

Ihm war schlecht. Vor Angst, Schmerz und Erleichterung. Er wagte es nicht, seinen kleinen Finger anzusehen. Den Blick in die Dunkelheit gerichtet, fuhr er mit dem Zeigefinger der rechten Hand zaghaft den Handballen hinauf. Bis er zum Fingergelenk kam und den unnatürlichen Winkel spürte, in dem der Finger von der Hand abstand. Zu wissen, wie der Finger aussehen musste, machte den Schmerz fast unerträglich. Am ganzen Leib zitternd stand er auf. Seine Umhängetasche war noch da, genauso sein Portemonnaie. Unsicher machte er den ersten Schritt, stellte fest, dass er laufen konnte, und tat genau das: Er lief. Er rannte. Den dunklen Weg entlang und rechts in eine Straße. Rennen. Der Dunkelheit entkommen. Am Ende der Straße kreuzte die Lincolnstraße. Dort lag

Jacobis Stammrestaurant. Dort würde er in Sicherheit sein!

Er sah in der Ferne die Tische vor dem Restaurant stehen. Die linke Hand gegen die Brust gepresst und die Rechte schützend darüberhaltend, lief er zügig weiter. Der Finger pochte bei jedem Pulsschlag. Verglichen damit war der Schmerz in seiner linken Schulter lächerlich. Ihm lief die Nase. Er wischte die Flüssigkeit achtlos mit dem Hemdsärmel ab. Einige Meter vor ihm standen Tische und Bänke auf dem Bürgersteig. Zahlreiche junge Männer saßen vor einem erleuchteten Schaufenster, das mit blauen und weißen Luftballons und Girlanden geschmückt war. Zwischen den Girlanden hing ein Banner:

1 Jahr Kampfsportschule Brenner

Im nächsten Moment entdeckte er Mark Brenner zwischen den Jugendlichen. Das schwarze Haar militärisch kurz geschnitten, ein Bierglas in der Hand und ins Gespräch vertieft.

Scheiße!

Umdrehen und zurückgehen? Auf keinen Fall. Die Straßenseite wechseln? Zu auffällig. Einfach weitergehen. Nichts anmerken lassen.

Wenn er dich anspricht, ignorier ihn.

Einer der Jugendlichen bemerkte Christopher. Seine Augen weiteten sich. Vor Verblüffung vergaß er die Salzstangen, die er sich in den Mund stecken wollte.

„Ey, Alter, du blutest voll!"

Die Gespräche an den Tischen verstummten. Zahlreiche Augenpaare richteten sich auf ihn.

Er blickte an sich herab, sah seinen von Blut durchtränkten Ärmel und fuhr sich mit der Hand unter der Nase entlang. Blut. Seine Nase blutete.

„Was ist mit deinem Finger passiert?", setzte der Junge nach. „Sieht voll krass aus, Mann!"

Am Ende der Tischreihe stellte Mark Brenner das Bierglas ab und erhob sich. Sein dunkles T-Shirt spannte sich über breiten Schultern und muskulösen Oberarmen.

„Ich will keinen Stress", erklärte Christopher in einem reichlich armseligen Tonfall. „Ich will bloß nach Hause."

Mark Brenner bedachte ihn mit einem finsteren Blick. Die Jugendlichen am Tisch verfolgten mucksmäuschenstill das Geschehen. Schließlich trat sein alter Schulfeind zurück und deutete mit einer Kopfbewegung auf die offene Eingangstür der Kampfsportschule.

„Da rein."

Als er zögerte, schüttelte Mark den Kopf und ging voraus. Nach einem Blick in die Gesichter der Jugendlichen, die offensichtlich nicht nachvollziehen konnten, warum Christopher ein Problem mit dieser simplen Aufforderung hatte, folgte er Mark. Der stand inzwischen hinter dem Tresen im Eingangsbereich und suchte etwas in einem Schrank.

„Hinsetzen."

Er nahm auf einem der Barhocker Platz und war froh, das Gewicht von seinen weichen Knien zu bekommen. Im nächsten Moment flog ein Geschirrtuch auf ihn zu.

„Für deine Nase." Mark öffnete einen Kühlschrank, der neben einem Automaten mit Fitnessgetränken stand. Er holte ein Coolpack aus dem Kühlfach und wickelte es in ein zweites Geschirrtuch. „Wie ist das passiert?"

Als ob es ihn interessieren würde.

Jemand wollte mich abziehen, und ich habe ihm eins aufs Maul gehauen. Denn ich bin ein echter Kerl, und du solltest vorsichtig sein, wie du mit mir sprichst, du unsympathischer Vollidiot!

„Ich bin gestolpert." Er wich Marks skeptischem Blick aus und wischte sich mit dem Geschirrtuch das Blut von der Hand und aus dem Gesicht. Der echte Kerl machte Kaffeepause.

„Sicher." Mark warf das eingewickelte Coolpack auf den Tresen. Danach kam er zu ihm und streckte die Hand nach dem verletzten Finger aus. Christopher zuckte so heftig zurück, dass der Hocker über den Boden schrammte. Mit einem ungeduldigen Laut packte Mark sein Handgelenk und begutachtete den Schaden. Christopher traute sich nicht, den kleinen Finger anzusehen, weil es bloß noch mehr schmerzen würde. Stattdessen behielt er sein Gegenüber scharf im Auge. Sollte Mark die geringsten Anstalten machen, den Finger zu berühren, würde er ihm eins verpassen!

„Ist ausgerenkt." Mark nahm ihm das Geschirrtuch weg und drückte ihm stattdessen das Coolpack in die unverletzte Hand. „Kühlen." Er nahm eine Jacke von einem Kleiderständer und zog sie an. Mittlerweile lungerten die Jugendlichen neugierig vor dem Eingang herum. Zwischen ihnen stand ein junger Mann, Mitte bis Ende zwanzig.

„Pass auf die Chaoten auf, Can", sagte Mark zu dem Dunkelhaarigen. „Ich fahr den Witzbold ins Krankenhaus."

Christopher begriff erst, wer mit Witzbold gemeint war, als Mark ihn vom Hocker zog.

KAPITEL 14

Marks Wagen stand in der Richtung, aus der er gekommen war. So albern – und peinlich – es war, im Schatten seines Begleiters fühlte er sich sicher. Mark schritt zügig aus. Die Verärgerung über die Störung schien ihm aus sämtlichen Poren zu dringen. Warum machte er sich die Mühe, zu helfen? Er hätte ein Taxi rufen und sich den Aufwand sparen können.

Schließlich erreichten sie einen Audi älteren Baujahrs. Mark stieg ein und wartete, bis er sich auf dem Beifahrersitz angeschnallt hatte.

„Ich bringe dich ins Altonaer Krankenhaus." Mark startete den Wagen, drehte das plärrende Autoradio leiser und parkte schwungvoll aus.

Die Fahrt verlief zunächst schweigend. Er kühlte seinen Finger und hing düsteren Gedanken nach. Die rechte Hand war durch das Coolpack mittlerweile ebenso kalt wie der verletzte Finger. Aber der Schmerz war erträglicher. Die linke Schulter zu bewegen, tat auch weniger weh. Die Anspannung ließ nach, und er fühlte sich erschöpft. Alles kam ihm wie ein böser Traum vor. Ein Blick auf sein blutverschmiertes Hemd genügte, um die Erinnerung wachzurufen.

Nie zuvor hatte er sich so ausgeliefert gefühlt. Schutzlos. Wehrlos. Hilflos.

„Scheiße." Das Wort rutschte ihm unfreiwillig heraus.

Mark warf ihm einen Seitenblick zu und konzentrierte sich wieder auf die Straße.

Der Fremde hatte ihn beobachtet. Belauscht. Wie lange schon? Er war Kommissar von Evert gefolgt und hatte sie bei der Übergabe des USB-Sticks beobachtet. Er war ihm vom Restaurant nach Hause gefolgt. Schwebten Henry und Jasmin in Gefahr?

Im Außenspiegel blitzten Scheinwerfer auf. Ein silbergrauer Wagen machte Anstalten, sie zu überholen. Silbergrau. Unwillkürlich rutschte er tiefer in den Sitz. Eine junge Frau saß am Steuer, neben ihr ein junger Mann. Falscher Alarm. Durch den Adrenalinschub hellwach, richtete er sich auf. Einige Minuten später erreichten sie das Altonaer Krankenhaus. Mark hielt vor dem Eingang der Notaufnahme.

„Behalte das Coolpack."

Er löste den Sicherheitsgurt, öffnete die Beifahrertür und hielt inne. Obwohl es ihm widerstrebte, würde er sich wie ein anständiger Mensch benehmen. „Danke."

Erstaunen blitzte in Mark Brenners Augen auf. „Kein Problem."

Während der Audi hinter ihm wendete, betrat er die Notaufnahme. Er meldete sich am Empfang und wurde in den Wartebereich geschickt. Eine Krankenschwester führte ihn in ein muffiges, unaufgeräumtes Büro. Sie fragte nach Versichertenkarte und Ausweis, nahm seine Daten auf und brachte ihn zurück in den Wartebereich. Dort hockte er zwischen drei anderen Unglücksraben auf einem unbequemen Stuhl. Solange er nicht vor Schmerzen schrie oder aus sämtlichen Körperöffnungen blutete, würde er warten müssen. Patienten wurden nach der Schwere ihrer Verletzungen behandelt, nicht nach der Reihenfolge ihres Eintreffens. Er lehnte den Hinterkopf gegen die Wand und schloss die Augen. Versuchte, an nichts zu denken. Minuten wurden zu einer halben Stunde, zu einer Stunde. Der Wartebereich leerte sich allmählich. Schließlich wurde sein verbliebener Leidensgenosse aufgerufen, verschwand humpelnd und kam bald darauf wieder. Er setzte sich mit dem resignierten, müden Gesichtsausdruck eines Menschen, der sich den Verlauf dieser Nacht ganz anders vorgestellt hatte. Christopher fühlte mit ihm. Der pochende Schmerz in seinem Finger machte ihn mürbe. Seine Gedanken begannen zu kreisen, um die Geschehnisse der vergangenen Tage und den unheimlichen Fremden. Wenn sich diese Leute – wer immer sie waren – genötigt sahen, ihn zu bedrohen, konnte es nur bedeuten, dass er auf etwas Wichtiges gestoßen war. All die Hinweise und Details, die er ausgegraben hatte, deuteten auf etwas Größeres hin. Auf Ereignisse in der Vergangenheit, die vor sieben oder acht Jahren ihren Lauf genommen und schließlich zum Tod von Peter Konstantin geführt hatten.

Das hier ist viel zu groß für dich, kapiert?

Die Worte des Mannes hallten in seinen Ohren wider.

Plötzlich kam die Angst. Um seine Gesundheit. Um seine Freunde, seine Familie. Er würde es sich nie verzeihen, wenn sie durch ihn in Gefahr gerieten. Er würde auf die Warnung hören und sich zurückziehen. Die Ermittlungen Kommissar von Evert überlassen.

Er legte das mittlerweile warme Coolpack beiseite, wischte die feuchte Rechte an der Hose ab und holte sein Smartphone aus der Umhängetasche. Es war kurz nach zwei. Mitten in der Nacht. Trotzdem schrieb er die Textnachricht. Folgte dem übermächtigen Drang, jemandem zu erzählen, was geschehen war.

Ich wurde bedroht. Man beobachtet Sie bei Ihren Ermittlungen. Christopher Dieckss

Morgen würde der Kommissar die Nachricht lesen und ...

Sein Smartphone klingelte. Felix von Evert rief an.

Auf eine so schnelle Rückmeldung war Christopher nicht gefasst. „Tut mir leid, ich wollte Sie nicht wecken."

„Ich bin wach. Die Freuden des Schichtdienstes. Wer hat Sie bedroht, und wer beobachtet mich?"

Sein Mitwartender saß inzwischen mit geschlossenen Augen da. Vielleicht schlief er, vielleicht lauschte er. Christopher wandte ihm den Rücken zu. Zum Aufstehen war er zu erschöpft. „Ich bin auf dem Heimweg von einem Mann überfallen worden", erwiderte er leise. „Der wusste, dass ich Ihnen den USB-Stick gegeben habe. Er muss Ihnen gefolgt sein und hat sich anschließend an mich rangehängt. Er hat mich bei einem Telefonat belauscht und nach Informationen gefragt, die ich in dem Gespräch erwähnt habe."

„Welche Informationen?"

„Er wollte wissen, welche Dateien auf dem Stick gespeichert sind. Und was ich über einen polnischen Journalisten weiß, der Berichte über radioaktiven Metallschrott geschrieben hat."

„Sie haben mich verloren, Herr Dieckss."

„Christopher. Dann können Sie mich besser anschreien."

Ein tiefes Seufzen drang aus der Leitung. „Warum sollte ich dich anschreien wollen?"

„Weil ich bei unserem letzten Treffen ein paar Details verschwiegen habe."

„Sieh an."

Eine Krankenschwester kam aus einem der Behandlungsräume. Sie sah ihn strafend an. „Hier ist das Telefonieren nicht gestattet. Sind Sie Herr Diecks?"

„Ja."

„Zimmer fünf."

„Einen Moment." Er bedachte die Krankenschwester mit einem Lächeln, was sie nicht sonderlich beeindruckte. „Ich muss aufhören. Kann ich mich morgen bei Ihnen melden?"

„Von wegen melden. Ich will dich auf dem Revier sehen. Du legst sämtliche Karten auf den Tisch. Oder wir unterhalten uns darüber, was passiert, wenn man laufende Polizeiermittlungen behindert."

„Ich kann nicht zu Ihnen kommen. Wenn der Typ uns weiter beobachtet, wird er das sehen. Sie haben keine Ahnung, was der Scheißkerl ..." Das Smartphone zitterte in seiner Hand.

„Wo bist du?" Der Kommissar klang auf einmal sehr besorgt.

„In der Notaufnahme des Altonaer Krankenhauses."

„Ich bin auf dem Weg."

Der Arzt bestätigte Mark Brenners Vermutung vom ausgerenkten Finger. Um andere Verletzungen auszuschließen, schickte er Christopher zum Röntgen. Nachdem er die Bilder eingehend studiert und keine weiteren Verletzungen gefunden hatte, setzte er eine örtliche Betäubung und renkte den Finger wieder ein. Es war eine Sache von Sekunden. Ein Zug, ein

Druckgefühl und ein Geräusch, bei dem sich Christophers Nackenhaare aufstellten.

„Schon überstanden", verkündete der Arzt lakonisch.

Christopher nahm den Blick von einem Poster des Michels, das an einer der Wände hing, und betrachtete erleichtert das Ergebnis.

„Wir machen eine zweite Röntgenaufnahme, um zu kontrollieren, ob alles an seinem Platz sitzt. Anschließend wird der Finger geschient und bandagiert. In acht bis zehn Tagen sollte die Verletzung ausgeheilt sein."

„Acht bis zehn Tage?" Das bedeutete mindestens fünf verlorene Arbeitstage. So viel zu dem Wohlfühlpolster auf seinem Girokonto.

„Sie bekommen die Röntgenaufnahmen ausgehändigt. Gehen Sie damit am Montag zu einem Orthopäden oder Sportarzt zur Nachuntersuchung. Dort bekommen Sie auch die Krankschreibung. Müssen Sie morgen arbeiten?"

„Nein", log er. „Erst am Montag." Das Restaurant war ausgebucht. Er konnte Henry nicht im Stich lassen. Selbst für anderthalb Hände würde es reichlich zu tun geben.

Er ging zum Röntgen, wartete eine gefühlte Ewigkeit und wanderte mit den fertigen Aufnahmen zurück. Mittlerweile interessierte ihn nichts mehr außer schlafen. Alles engte sich auf diesen Gedanken ein. Eine Krankenschwester legte ihm schließlich eine Schiene an. Sie fixierte den verletzten kleinen Finger am Ringfinger und umwickelte beide mit einer elastischen Bandage. Von den zweieinhalb Stunden, die er hier war, hatte er fast die gesamte Zeit mit Warten verbracht.

Er nahm den roten Umschlag mit den Röntgenbildern und schlurfte zurück in den Wartebereich.

Kommissar von Evert saß auf einem der Stühle, einen Pappbecher mit Kaffee in der Hand, und blickte auf sein Smartphone. Er trug Bluejeans, eine schwarze Jacke und sah so spritzig aus, wie sich Christopher fühlte.

„Hallo."

Der Kommissar musterte ihn mit hochgezogenen Augenbrauen. „Hübscher Verband."

„Ausgerenkter Finger."

„Komm, wir suchen uns eine ruhige Ecke." Felix von Evert entsorgte den Kaffeebecher im Mülleimer, fand einen Krankenpfleger und zeigte dem Mann seinen Ausweis. Nach einem Wortwechsel führte sie der Pfleger in einen der Gemeinschaftsräume für das Personal.

Christopher setzte sich erschöpft an einen der Tische. Er wollte endlich nach Hause. In einer Ecke des Raumes standen ein Getränke- und ein Süßigkeitenautomat. Kommissar von Evert kaufte zwei Flaschen Wasser und einen Schokoriegel. Den legte er vor Christopher hin.

„Für später." Nach einem Blick zu dem Rauchmelder, der unter der Decke hing, stellte der Kommissar eines der Fenster auf Kipp. Zu Christophers Erstaunen zündete er sich eine Zigarette an.

„Eine pro Tag", erklärte der Polizist. „Das ist die von Mittwoch."

Jetzt war es Samstagfrüh.

„Viel zu tun?"

Felix von Evert verzog das Gesicht und blies einen Schwall Rauch in die Nacht hinaus.

Es klopfte an der Tür.

Der Kommissar verbarg die Zigarette in der hohlen Hand. „Herein."

Es war der Krankenpfleger, der einen grauen Jogginganzug und zwei Müllbeutel brachte. Der Mann roch offenbar den Zigarettenrauch. Er wollte etwas sagen, doch nach einem strengen Blick des Kommissars überlegte er es sich anders.

„Vielen Dank. Wir möchten bitte nicht mehr gestört werden."

Der Pfleger nickte und verließ den Raum.

„Ich brauche deine Kleidung zur Beweissicherung." Felix von Evert deutete auf den Jogginganzug. Während sich Christopher umzog, rauchte der Kommissar die Zigarette zu Ende. Den Stummel drückte er an der Schuhsohle aus und schnippte ihn durchs Fenster nach draußen. Nachdem er das Fenster geschlossen hatte, holte er ein Paar Latexhandschuhe aus der Jackentasche und streifte sie über. Er steckte Hose und Hemd in je einen der Müllbeutel. Hinterher schaute er sich suchend um. Auf einem der Tische stand ein Papierspender. Er zog eines der dünnen Tücher heraus und setzte sich Christopher gegenüber an den Tisch.

„Zeig mir deine Hände." Felix von Evert untersuchte sorgsam seine Finger, mit besonderem Augenmerk auf die Fingernägel. „Hast du den Mann gekratzt oder anders verletzt?"

„Keine Ahnung."

Der Kommissar holte ein Taschenmesser aus der Hosentasche. Er klappte die Nagelfeile aus, schob das Papiertuch unter Christophers rechte Hand und schabte vorsichtig den Dreck unter den Fingernägeln hervor. Nachdem er mit der linken Hand genauso verfahren war, faltete er das Papiertuch zusammen, stülpte den rechten Handschuh darüber und steckte das Päckchen in die Innentasche seiner Jacke. „Vielleicht haben wir Glück. DNS-Analysen dauern mittlerweile so lang, dass der Täter längst über alle Berge sein wird, bevor die Laborergebnisse vorliegen. Iss erst mal was."

Christopher wickelte gehorsam den Schokoriegel aus. Seinen Geschmacksknospen war das Zuckerzeug viel zu süß, aber der Rest seines Körpers begrüßte den Energieschub.

Der Kommissar trank einen Schluck Wasser und legte sein Smartphone zwischen sie auf den Tisch. „Ich möchte, dass du mir erzählst, was passiert ist. Alle Details, an die du dich erinnerst. Hinterher unterhalten wir uns über deine Detektivarbeit." Er startete die Aufnahmefunktion, sagte einige einleitende Worte zu Ort, Zeitpunkt und Teilnehmern der Befragung und gab ihm durch eine Geste zu verstehen, dass er dran war.

Christopher sammelte sich kurz und setzte an der Stelle ein, an der er die S-Bahn-Treppe hochgegangen und auf der falschen Straßenseite rausgekommen war. Er erzählte es wie die Zusammenfassung eines Kinofilmes. Sachlich und distanziert. Er konzentrierte sich so sehr darauf, an alle Details zu denken, dass er seine Gefühle während des Überfalls für die Dauer des Berichts völlig vergaß.

„Kannst du den Mann beschreiben?"

„Er war groß genug, um einen Arm um meine Schultern zu legen. Kräftig und durchtrainiert. Und er trug Handschuhe." Plötzlich spürte er wieder den festen Griff um seinen kleinen Finger. Den Zug. Ihm wurde übel.

„Alles in Ordnung?" Felix von Evert musterte ihn besorgt.

„Ja." Er griff nach der zweiten Wasserflasche und mühte sich mit dem Verschluss ab. Der Kommissar nahm ihm die Flasche aus der Hand, öffnete den Drehverschluss und reichte sie ihm zurück. Nach einem großen Schluck Wasser fühlte er sich etwas besser.

„Wollen wir eine Pause machen?"

„Nein, es geht schon." Er ordnete seine Gedanken und erzählte die restlichen Ereignisse bis zu seiner Ankunft im Krankenhaus.

„Vorher möchte ich, dass du dir etwas merkst", zitierte er den Ausspruch des Mannes und hob die linke Hand. „Das werde ich mir auf jeden Fall merken."

Felix von Evert stellte die Aufnahmefunktion des Smartphones auf Pause. „Darum ging es. Du sollst dich aus der Sache heraushalten, und genau das wirst du tun. Ich möchte alles erfahren, was du herausgefunden hast. Sollte Peter Konstantin tatsächlich einem Verbrechen zum Opfer gefallen sein, und ich sage nicht, dass es so war, muss der Fall neu aufgerollt werden."

„Haben Sie sich den USB-Stick angesehen?"

„Kurz. Zwischen Gerichtsterminen, Papierkram und einem Haufen anderer Ermittlungen."

Ein willkommenes Gefühl breitete sich in Christopher aus: die Gewissheit, helfen zu können. „Ich erzähle Ihnen alles, unter einer Bedingung."

„Ich höre."

„Mir haben Leute bei den Nachforschungen geholfen. Ich werde keine Namen nennen oder Angaben zu diesen Personen machen." Auf Martin Kleemeyer würde der Kommissar wohl von selbst kommen, aber Jacobi konnte er schützen.

„Ich nehme an, die Nachforschungen waren nicht immer legal?"

„Eher grau." Christopher erlaubte sich ein Lächeln. Die Augen seines Gegenübers verengten sich. Zu großkotzig sollte er besser nicht auftreten. Am Ende des Tages war er auf das Wohlwollen des Kommissars angewiesen. „Wo soll ich anfangen?"

„Beim USB-Stick." Felix von Evert ließ die Aufnahme weiterlaufen. „Welche Dateien befinden sich darauf, und was haben sie mit Peter Konstantin, dem Einbruch ins Haus und den darauffolgenden Ereignissen zu tun?"

Christopher nannte zügig die Hinweise und Verbindungen. Es tat gut, darüber zu sprechen. Weil er alles ordnen und auf seine Sinnhaftigkeit überprüfen konnte. In Gegenwart eines Mannes, dessen Beruf es war, Kriminalfälle zu lösen.

Hinterher schaltete Kommissar von Evert die Aufnahmefunktion des Smartphones aus, sah ihn scharf an und stand auf. Er ging zum Fenster und holte seine Zigaretten hervor. Doch er zündete sich keine zweite an, sondern hielt die Packung in der Hand. Schließlich steckte er sie wieder ein, kam zurück zum Tisch und setzte die Aufnahme fort.

„Also", begann er. „Peter Konstantin stirbt an einem Herzinfarkt. Vorher versteckt er einen USB-Stick zwischen Spielzeugautos. Du schenkst diese Autos einem Nachbarsjungen, der den USB-Stick beim Spielen entdeckt. Auf dem Stick befinden sich Fotos, der Scan einer Postkarte und eine Liste mit Containernummern und Fahrzeugkennzeichen. Dieselben Unterlagen haben deine Kollegen und du beim Entrümpeln des Hauses gefunden. Beim Einbruch werden sie gestohlen. Eines der Fotos zeigt einen Lkw, der, wie sich nach einem Abgleich mit den Kennzeichen auf der Liste herausstellt, aus Ungarn stammt. Die Spedition, der das Fahrzeug gehörte, hat mindestens einen illegalen Transport mit radioaktivem Metallschrott durchgeführt. Vor sieben Jahren. Nicole Konstantin hat vor ihrem Selbstmord vor ebenfalls rund sieben Jahren als Buchhalterin für eine Spedition gearbeitet, die Metallschrott aus Osteuropa nach Deutschland transportierte. Die Postkarte, auf der vom Tode dieses Pawel Jankowski berichtet wird, stammt vermutlich aus Polen. Sie wurde an ein Postfach in Stuttgart geschickt, das ein Unbekannter unter falschem Namen eröffnet hat. Irgendwie ist sie in den Besitz von Peter Konstantin gelangt. Du stöberst im Internet nach Berichten über diese ungarische Firma und stößt dabei auf einen Journalisten, der sich damals eingehend mit radioaktiv verstrahltem Schrott beschäftigt hat. Du erwähnst seinen Namen bei einem Telefonat. Später wirst du bedroht. Mit der klaren Ansage, dich aus dem Fall herauszuhalten und alles, was du weißt, zu vergessen." Felix von Evert lehnte sich im Stuhl zurück und verschränkte die Arme vor der Brust. „Was schließen wir daraus, Herr Privatdetektiv?" Die Frage war ernst gemeint. Ein Kriminaloberkommissar fragte ihn nach seiner Meinung!

Euphorie kribbelte in seiner Magengegend. „Wilde Theorie?"

„Ich bitte darum."

„Vor sieben oder acht Jahren ist ein Verbrechen passiert, das damals erfolgreich vertuscht wurde. Nicole Konstantin war wissentlich oder unwissentlich in die Sache verwickelt. Laut Marie Ritter hat Peter Konstantin nie an einen Selbstmord geglaubt. Er hat die Unterlagen gefunden und sie als Antrieb genommen, um den Tod seiner Frau aufzuklären. Durch seine Nachforschungen wurde die Aufmerksamkeit der Schuldigen erregt, die selbst Jahre später alles daransetzen, um ihre Taten zu verdecken. Deshalb haben sie Peter Konstantin umgebracht. Oder genug unter Druck gesetzt, um ihn in einen Herzinfarkt zu treiben. Der Journalist Rafal Kotecki hat über die radioaktiven Transporte berichtet. Er kennt vielleicht Zusammenhänge, die den Schuldigen gefährlich werden könnten."

Hinter Felix von Everts Stirn arbeitete es sichtlich.

„Klingt plausibel. Gibt es Hinweise auf die Beteiligung eines deutschen Unternehmens?"

„Bisher nicht."

„Länderübergreifende Ermittlungen sind stets ein spezielles Vergnügen. EU hin oder her, sollten wir

Amtshilfe von den Kollegen aus Polen und Ungarn brauchen, wird es mit der Beantragung dauern. Falls bei den dortigen Behörden überhaupt Interesse an einer Aufklärung des Falles besteht."

„Warum sollte es nicht bestehen?"

„Aus vielerlei Gründen."

„Und jetzt?"

„Informiere ich meinen Vorgesetzten über die neue Sachlage und bespreche das weitere Vorgehen." Felix von Evert schaltete das Smartphone aus und steckte es ein. „Du bist raus. Das ist alles zu gefährlich geworden."

„Ist mir klar."

„Sollte ich Fragen haben, melde ich mich."

Christopher erhob sich. Er war müde und frustriert.

Der Kommissar reichte ihm zum Abschied die Hand. „Nimm die Drohung nicht auf die leichte Schulter. Wer immer diese Leute sind, sie werden es nicht bei einem ausgerenkten Finger belassen."

„Hab ich verstanden."

„Das hoffe ich." Felix von Evert gab ihm einen aufmunternden Klaps. „Kopf hoch. Es gibt andere Fälle, an denen du dich abarbeiten kannst. Fahr nach Hause, und ruh dich aus."

KAPITEL 15

Ein Taxi brachte Christopher zurück nach St. Pauli. Trotz des Trubels am Hamburger Berg bat er den Fahrer, ihn direkt vor seiner Haustür abzusetzen. Heute würde er sich in keine Menschenmenge mehr begeben. Als er endlich im Bett lag, war es Viertel nach vier. Die örtliche Betäubung hatte längst nachgelassen. Sein kleiner Finger schmerzte und pochte. Er suchte eine angenehme Position und schloss die Augen.

Er schlief wie ein Stein. Tief, schwer, traumlos. Beim Aufwachen lag er unverändert auf der rechten Seite, die bandagierte Hand auf den Oberschenkel gebettet und die unverletzte Rechte unter das Kissen geschoben. Sein verletzter Finger fühlte sich warm und geschwollen an. Eine dumpfe Vorahnung von Schmerz strahlte von ihm aus. Christopher setzte sich auf, sortierte träge seine Sinne und lockerte vorsichtig die linke Schulter. Sie fühlte sich verspannt an, aber schmerzte nicht. Das Display des Smartphones zeigte kurz vor zehn. Einige Stunden mehr Schlaf hätten es gern sein können. Er stand auf und zog den grauen Jogginganzug aus dem Krankenhaus wieder an. Keine Knöpfe oder Reißverschlüsse, mit denen er sich abmühen musste. Wenigstens war es der linke Finger gewesen und nicht der rechte. Dieser Gedanke brachte die vergangene Nacht schlagartig zurück. Die Erinnerung an den Fremden und diesen einen Satz:

Vorher möchte ich, dass du dir etwas merkst.

Ein kalter Schauer lief ihm über den Rücken.

In seiner Welt hatte es diese Art von Gewalt bisher nicht gegeben. Keine Waffen, keine Todesdrohungen. Jedenfalls keine ernst gemeinten.

Ihm war stets bewusst gewesen, dass es eine andere Welt gab. Eine rücksichtslose, brutale Welt, in der Menschen andere Menschen aus Gier, Neid oder Hass verletzten. Gestern Nacht hatte sie ihren Weg in seine gefunden. Etwas war ihm geraubt worden. Etwas Undefinierbares, das er nie zurückbekommen würde.

Christopher ging in die Küche und schaltete das Radio ein. Dies war kein Morgen für Stille. Zu entspannten Irish-Folk-Klängen füllte er Wasser und Kaffeepulver in die Kaffeemaschine. Im Kühlschrank suchte er eine ganze Weile nach der Milch. Er wollte schon aufgeben und entdeckte die Tüte direkt vor seiner Nase. Typisch. Er probierte die Milch, eine Routine, die er sich nach einem unschönen Erlebnis angewöhnt hatte, und gab reichlich in einen Becher. Die Kaffeemaschine schwieg indes beharrlich. Er bedachte sie mit einem bösen Blick. Das rote Betriebslämpchen an der Seite leuchtete nicht. Er schaltete die Maschine ein und war endgültig bedient von diesem Tag. Mittlerweile schmerzte sein kleiner Finger. Er setzte sich an den Küchentisch, wickelte vorsichtig die Bandage ab und betrachtete die Konstruktion aus Schienen und Leukoplast. Acht bis zehn Tage sollte die Heilung dauern. Er strich über das Muster, das das Verbandsmaterial auf Handrücken und Handgelenk hinterlassen hatte. Die Bandage konnte er später wieder anlegen. Etwas Luft würde der Haut guttun. Sobald der Kaffee fertig war, schenkte er sich ein und gab reichlich Zucker dazu. Er verspürte keinen Hunger. Also nahm er den Kaffeebecher und die CD mit ins Wohnzimmer, startete die Musik von vorn und machte es sich auf seinem Stammplatz am Fenster bequem. Am blauen Himmel hingen vereinzelt Wolken, in denen sich Formen und Gesichter erkennen ließen.

Er betrachtete sie nachdenklich. Ihm machte nicht nur die Erinnerung an den Überfall zu schaffen und dieses furchtbare Gefühl der Hilflosigkeit und des Ausgeliefertseins. Da war noch etwas anderes, das ihn wie ein Bleigewicht nach unten zog. Etliche Lieder später konnte er seinem Gemütszustand einen Namen geben: Ermittlungskater. Er war aus euphorischen Höhen gefallen und auf dem harten Boden der Tatsachen gelandet. Von hundert auf null in zehn Sekunden. All die Nachforschungen, die Entdeckungen, die neuen Hinweise, und was war am Ende dabei herausgekommen? Ein ausgerenkter Finger. Wahrscheinlich wäre er mit dieser Niederlage besser klargekommen, wenn Felix von Evert ihm das Gefühl vermittelt hätte, die Polizei würde die Ermittlungen effizient vorantreiben. Aber danach hatte es nicht geklungen. Sondern nach Überarbeitung, Besprechungen, Anträgen, Behördenmaschinerie. Ihnen blieb keine Zeit! Die Täter würden sämtliche Spuren verwischen und über alle Berge sein, bevor irgendetwas passierte. Wie konnte er aufhören?

Er betrachtete seinen geschienten Finger. Deshalb.

Sein Smartphone klingelte. Im Schlafzimmer. Er stellte den Kaffeebecher ab und schob sich ohne großes Interesse, den Anruf rechtzeitig entgegenzunehmen, von der Fensterbank.

Die Nummer auf dem Display war ihm unbekannt.
„Diecks."

Schweigen. Eine vertraute Stimme, die nervös und unsicher klang. „Hier ist Romy."

Sein Puls schoss hoch wie eine Rakete. „Hi!", antwortete er verdattert. „Woher hast du meine Nummer?"

„Die Kundendatei. Ich weiß, das ist nicht in Ordnung, aber Mark hat mir erzählt, was passiert ist, und ich habe mir Sorgen gemacht."

„Mark Brenner? Wie kommt der dazu ...?"

„Wir sind befreundet. Ich besuche einen seiner Selbstverteidigungskurse."

Er starrte die weiße Schlafzimmerwand an, während sich in seinem Kopf die Rädchen drehten. Natürlich! Die Flyer neben der Kasse, Romys Reaktion auf seine Bemerkungen über Mark. Deshalb war Mark gestern so hilfsbereit gewesen.

Eines erklärte es allerdings nicht.

„Warum ruft er dich an?"

„Weil, na ja, also ..." Romy holte hörbar Luft. „Ich habe ihm erzählt, dass ich dich mag und, na ja, deshalb eben."

Du hast mit Mark Brenner über mich *gesprochen?* Er setzte sich aufs Bett. Dieser Satz wollte verdaut werden. Er hörte ihn in Gedanken ein zweites Mal und stutzte. Die wichtigste Information wäre ihm fast entgangen. „Du hast ihm erzählt, dass du mich magst?"

Jede Faser seines Körpers schien plötzlich vor Energie zu sprühen. Was interessierte ihn Mark Brenner, wenn er soeben den schönsten Satz aller Zeiten gehört hatte?

„Ich ... also ..." Romy stockte, sprach hastig weiter. „Ich habe heute frei, und ich dachte, wir könnten uns treffen und du erzählst mir, was passiert ist. Wenn du magst. Mark glaubt nämlich nicht, dass du gestolpert bist."

Eifersucht flammte in ihm auf. Er konzentrierte sich auf den wichtigen Teil von Romys Antwort. „Ja. Sehr gern. Ich habe noch nicht gefrühstückt und ..." Er ließ den Satz unbeendet. Gab Romy die Möglichkeit, einen anderen Vorschlag zu machen, falls ihr das zu spontan war.

„Kennst du das *Kaffee Stark* in der Wohlwillstraße?"

„Ja, klar." Ein gemütliches Café, wenige Straßen entfernt.

„In einer halben Stunde?"

„Das bekomme ich hin."

„Schön. Ich freu mich."

„Ich mich auch." Er legte auf und betrachtete verblüfft das Smartphone. Das Leben war faszinierend. Wenn man am wenigsten damit rechnete, präsentierte es einem die wunderbarsten Dinge. Er sank rücklings aufs Bett und hörte auf sein klopfendes Herz.

O Mann!

Christopher machte sich selten Gedanken über seine Kleidung, doch heute wählte er sie mit Bedacht. Er zog ein blaues T-Shirt mit schwarzem Tribalmuster an, von dem Caro einst behauptet hatte, es würde perfekt zu seiner Augenfarbe passen. In puncto Farbsicherheit konnte der Frau niemand das Wasser reichen. Wenn das T-Shirt ihm half, Romy zu beeindrucken, würde er es als winzige Wiedergutmachung betrachten. Die schwarze Cordhose fiel in den Bereich der Manipulation. Aber Romy mochte sie. An ihm. Bei einem kritischen Blick in den Badezimmerspiegel wünschte er sich Jasmin mit ihrer Schminke herbei. Das Veilchen klang zwar ab, dafür hatte er dunkle Ringe unter den Augen. Diese Woche schaffte ihn!

In der Küche legte er vorsichtig die Bandage an. Das weiße Material würde die Blicke auf sich ziehen. Er öffnete das Küchenfenster und prüfte mit der Hand die Temperatur. Keine Jacke nötig. Er verstaute Smartphone und Portemonnaie in den Hosentaschen. Sein Bargeld reichte, um Romy einzuladen. Beschwingt lief er die Treppe hinunter. Er würde zu früh sein, aber das gehörte sich beim ersten Date mit einer wunderschönen Frau.

Als er die Haustür aufziehen wollte, traf ihn ein Gedanke wie ein Hammerschlag: Der Mann, der ihn beobachtet hatte, kannte möglicherweise seine Adresse.

Lag er draußen auf der Lauer? Um zu überprüfen, ob die Warnung gewirkt hatte?

Bringe ich Romy in Gefahr?

Christopher trat unsicher einen Schritt zurück. Paranoia oder gesunde Vorsicht, was spielte sich gerade in seinem Kopf ab?

Ich werde mich nicht in meiner Wohnung verstecken!

Entschlossen zog er die Haustür auf. Im Kiosk nebenan stand sein Nachbar Murat hinter dem Tresen. Ihm kam eine Idee.

„Christopher, wie geht es?" Murats Lächeln gefror. „Was hast du gemacht? Dich um eine hübsche Frau geschlagen?"

„So was in der Art."

„Samy hat mir von dem Auto erzählt. Was für eine merkwürdige Sache!"

„Ja, sehr merkwürdig. Ich schulde Samy noch ein neues Auto."

„Das brauchst du nicht. Er hat viele andere."

„Ich habe es ihm versprochen." Sein Wort sollte man halten, besonders Kindern gegenüber. „Kannst du mir einen Gefallen tun?"

„Natürlich." Sein Gegenüber breitete mit großer Geste die Arme aus. „Was du willst."

„Behältst du in den nächsten Tagen den Hauseingang im Auge? Falls sich jemand für mein Klingelschild interessiert oder vor dem Haus herumlungert, würde ich das gern erfahren."

„Hast du Ärger?"

„Kann sein."

Murats Augen verengten sich. „Muss ich jemanden verprügeln?"

„Nein, bloß nicht! Falls dir jemand auffällt, sprich die Person nicht an. Sollte jemand nach mir fragen, kennst du mich nur flüchtig. Ich gebe dir eine Nummer, unter der du mich erreichen kannst. Ruf mich an, das ist genug."

„Na gut. Hast du eine Beschreibung?"

„Es ist wahrscheinlich ein Mann. Meine Größe, durchtrainiert, osteuropäischer Akzent. Sein Gesicht habe ich leider nicht gesehen."

Murat notierte die Angaben auf einem Block.

Christopher nannte ihm noch die Nummer seines Smartphones. „Danke. Ich weiß das sehr zu schätzen."

„Ich helfe gern. Du bist ein guter Junge."

Er verließ den Kiosk, überquerte die Straße und betrat den schummrigen Eingangsbereich des Hotels *Hamburg-New York*. Eine hochgewachsene Blondine mit markanten Gesichtszügen und aufwendig hochgesteckten Haaren stand hinter der Bar. Sie füllte gerade Plastikhalter mit Bierdeckeln.

„Moin, Sonne."

Die Angesprochene hob den Blick und musterte ihn von Kopf bis Fuß. „Moin, Topher. Hast dich fein gemacht. Das T-Shirt passend zu den Augenringen." Sonne sprach mit tiefer, rauchiger Stimme, was bei Hotelgästen gelegentlich für Befremden sorgte. Wie auch ihr unübersehbarer Adamsapfel.

„Ist Thilo da?"

„Bei Villeroy & Boch." Sonne deutete auf eine Tür mit WC-Schild.

„Richtest du ihm etwas aus?"

„Sicher, Schätzchen, was gibt's?"

„Ich hab mir Ärger eingehandelt." Er hob zum Beweis die linke Hand. „Kann sein, dass sich in den nächsten Tagen ein Typ für mich interessiert. Vor dem Haus rumhängt, Fragen stellt, keine Ahnung."

„Wie sieht er aus?"

Er gab Sonne dieselbe Beschreibung wie Murat.

„Ich sag Thilo Bescheid. Wir setzen Rolf auf Wachposten. Dem entgeht nichts."

Rolf war ein arbeitsloser Dachdecker, der einen Großteil seiner reichlich bemessenen Freizeit im Hotel verbrachte. Er las Zeitung, erledigte Reparaturarbeiten und unterhielt die Gäste an der Bar. Der ideale Beobachter.

„Sprecht bitte niemanden an, das könnte gefährlich werden. Gebt mir einfach Bescheid, falls sich jemand verdächtig verhält."

„Keine Bange." Sonne zwinkerte ihm zu. „Wenn dir einer wat will, kriegt er's mit uns zu tun."

„Danke. Ich weiß das wirklich zu schätzen." Er hinterließ seine Telefonnummer auf einem Bierdeckel und machte sich beruhigt auf den Weg zum Café. Deshalb liebte er den Hamburger Berg. Weil die Menschen aufeinander achtgaben.

KAPITEL 16

Das *Kaffee Stark* erinnerte an ein gemütliches Wohnzimmer, in dem zufällig jemand ein Café eröffnet hatte. Neben den Holztischen und -stühlen gab es Sofas und Sessel, auf denen man entspannt abhängen und die Seele baumeln lassen konnte. Eine Holztreppe führte hoch zu einem zweiten, ähnlich eingerichteten Raum. Das Mobiliar war bunt zusammengewürfelt und teilweise antik, das machte den besonderen Charme aus.

Trotz der Zwischenstopps hatte er es vor Romy zum Treffpunkt geschafft. Das *Kaffee Stark* war gut besucht. Geschirrklappern und Gesprächsfetzen waberten durch den Raum. Damit Romy ihn schnell fand, blieb er unten und wählte ein Ecksofa in einer Nische. Es gab einen freien Tisch am Fenster, wo die Aussicht schöner war. Aber er fühlte sich wohler bei dem Gedanken, nicht von jedem Passanten oder Autofahrer gesehen zu werden. Er setzte sich mit Blick zum Eingang und stellte sicher, dass sein Smartphone stumm geschaltet war. Danach studierte er hungrig die Menükarte.

Am Wochenende konnte man im *Kaffee Stark* bis nachmittags Frühstück bestellen. Wenn ihm jemand die Brötchen aufschnitt, würde er sich dafür entscheiden. Er steckte die Karte zurück in die Halterung und betastete behutsam seinen kleinen Finger. Ein leichter Druckschmerz überzeugte ihn davon, die Finger von dem Finger zu lassen. Er hob den Blick und entdeckte Romy, die eben das Café betrat. Sie trug einen langen Rock aus hellem Stoff und ein langärmliges, dunkelbraunes Oberteil mit Kapuze. Über der linken Schulter hing ein kleiner Rucksack. Sportlich-elegant. Romy entdeckte ihn und lächelte. Ihm war, als würde sich das Licht im Raum um sie sammeln. Alle anderen Menschen verblassten, sämtliche Geräusche wurden gedämpft. Schließlich stand sie vor ihm.

„Bin ich zu spät?"

„Nein, ich war zu früh." Er stand rasch auf. Zu mehr reichte es nicht. Nervosität lähmte seine Gedanken. Romy die Hand zu reichen, erschien ihm zu formell. Ein Kuss auf die Wange kam nicht infrage, eine Umarmung schon gar nicht.

„Schicke Hose", bemerkte Romy. Sie wirkte angespannt.

„Die hat eine schöne Frau für mich ausgesucht."

Ihre Wangen röteten sich. „Sie hat einen hervorragenden Geschmack."

„Stimmt."

Sie standen sich schweigend gegenüber. Er kam sich vor wie ein vertrottelter Teenager beim ersten Date. „Setz dich."

Sie nahmen auf dem Ecksofa Platz, den wackeligen Holztisch zwischen sich.

„Das sieht schlimm aus." Romy blickte auf seine bandagierte Hand.

„Bloß ein ausgerenkter Finger. Sollte in acht bis zehn Tagen verheilt sein."

„Hat es sehr wehgetan?"

Er nickte.

„Wer macht so was?"

Bevor er antworten konnte, erschien eine junge Frau mit Stift und Notizblock am Tisch. „Hallo, ihr beiden. Darf ich euch schon was bringen?"

Er deutete auf Romy. Sie bestellte, ohne in die Karte zu sehen.

„Einen Milchkaffee und ein Stück Apfelkuchen. Ohne Sahne, bitte."

Christopher bestellte das Frühstück und einen Milchkaffee. Die Kellnerin notierte beides und warf anschließend einen Blick auf seine bandagierte Hand. „Soll ich die Brötchen aufschneiden lassen?"

„Das wäre großartig. Den Rest bekomme ich allein hin."

„Ich gebe in der Küche Bescheid."

Sobald die Kellnerin verschwunden war, wiederholte Romy ihre Frage. „Wer macht so was? Hat das mit dem Überfall am Dienstag zu tun?"

„Ja."

„Aber warum?"

Der Moment war gekommen, um ihr von seinen Freizeitaktivitäten zu erzählen. Irgendwann würde er damit rausrücken müssen, und je früher es geschah, desto besser. Das hatte ihn die Vergangenheit gelehrt.

„Du wirst wahrscheinlich darüber lachen. Ich arbeite gelegentlich für einen Privatdetektiv und helfe ihm bei seinen Ermittlungen."

„Das klingt spannend. Warum sollte ich darüber lachen?"

Er atmete auf. Ihm wurde bewusst, wie viel Angst er vor ihrer Reaktion gehabt hatte. „Weil einige Leute es getan haben."

Caro, seine Eltern, Elias ...

„Alles Blödmänner."

Dafür hätte er Romy küssen können.

„Was macht ein Privatdetektiv den ganzen Tag? Wie im Fernsehen wird es wohl nicht sein, oder?"

Er schmunzelte. „Kaum." Nahm man allerdings die vergangenen Tage als Maßstab, entwickelten sich die Dinge allmählich zu einem waschechten Krimi. „Meist ist es eher langweilig." Er erzählte von seiner Arbeit für Martin, der Internet- und Telefonrecherche, dem Papierkram, den Hausbeobachtungen und Beschattungen. „Martin setzt mich selten ein, um Leute zu Fuß zu beschatten."

„Warum? Bist du zu tollpatschig?"

Christopher deutete auf seinen Kopf. „Den meisten Menschen fällt es bald auf, wenn sie von Pumuckls Bruder verfolgt werden."

Sie kicherte, studierte eingehend seine Haare. „Ich würde es eher kupferrot nennen."

„Die sind zum Glück nachgedunkelt. Früher sah ich aus wie eine Karotte."

Romy kicherte erneut. Ihr Blick erfüllte ihn mit prickelnder Wärme. Lange, feingliedrige Finger spielten mit dem Verschluss ihres Rucksacks. Zu gern würde er diese Finger berühren. Er hob zögerlich die Hand.

Die Kellnerin erschien mit einem Tablett und ruinierte den Moment. Sie räumte die Menükarten aus dem Weg, stellte die Milchkaffees, sein Frühstück und den Apfelkuchen auf den Tisch und wünschte ihnen einen guten Appetit.

„Lass es dir schmecken", sagte er an Romy gewandt.

„Du dir auch."

Mit den verbliebenen drei Fingern der linken Hand hielt er eine Brötchenhälfte fest und mühte sich, sie mit der harten Butter zu bestreichen. Nachdem ihm das Brötchen zum zweiten Mal weggerutscht war, erbarmte sich Romy und half ihm.

„Bevor du vor meinen Augen verhungerst."

„Das wäre in der Tat schade." Es gab zu viele Dinge, die er noch tun wollte. Die meisten drehten sich um Romy. In seiner Hosentasche vibrierte das Smartphone. Er ignorierte es. Wenige Sekunden später vermeldete ein Brummen den Eingang einer SMS.

„Du ermittelst also gerade in einem Fall, und deshalb stoßen dir all diese schrecklichen Dinge zu?" Romy verstrich sorgfältig die Butter auf dem Brötchen. Dabei hätte er ihr stundenlang zusehen können.

„Ich bin da eher zufällig reingestolpert." Er feuchtete seine Kehle mit einem Schluck Milchkaffee an. „Erinnerst du dich an das Haus, von dem ich erzählt habe?"

„Das du mit deinen Kollegen ausgeräumt hast?"

„Einer der früheren Bewohner war offenbar in eine Sache verwickelt. Was genau, weiß ich noch nicht. Durch den Diebstahl des Möbelwagens ist der Ball ins Rollen gekommen." Seine Mordtheorien verschwieg er. Sie sollte sich nicht um ihn sorgen. „Jedenfalls stört sich jemand an meinen Nachforschungen. Um seinen Standpunkt klarzumachen, hat er mir eine Lektion erteilt."

„Das ist ja wie im Kino!"

„Verrückt, oder? Mir ist es noch nie passiert, dass mich jemand ..."

Mit einer Waffe bedroht.

Nein, das sollte sie nicht hören.

Romy legte die eine Brötchenhälfte auf seinen Teller und nahm die nächste. „Stellst du die Ermittlungen ein?"

„Ja." Es auszusprechen, schmerzte. „Es geht nicht nur um gestohlene Möbel, sondern auch um ein lang zurückliegendes Verbrechen. Wenn ich mit meinen Vermutungen richtigliege, ist damals eine riesige Schweinerei vertuscht worden!" Der Jagdtrieb loderte in ihm auf. Das Verlangen, die Wahrheit herauszufinden, kehrte machtvoll zurück.

„Sie bedeuten dir viel, oder? Diese Nachforschungen?"

„Ich liebe es! Nach Hinweisen zu suchen, Verbindungen zu knüpfen, zu recherchieren. Wenn sich die Puzzleteile zusammenfügen und allmählich ein Bild ergeben." Er hielt ihren Blick fest. „Es ist die eine Sache, die ich von allen am besten kann."

„Deshalb möchtest du weitermachen. Obwohl dich dieser Mensch wieder verletzen könnte? Obwohl er dir beim nächsten Mal vielleicht Schlimmeres antut?"

Christopher belegte die fertig beschmierte Brötchenhälfte mit Käse. „Du hast recht, es wäre leichtsinnig. Außerdem muss ich nachher zur Arbeit, ich hab gar keine Zeit."

„Mit der verletzten Hand?" Romy aß ein Stück Apfelkuchen.

„Das Restaurant ist ausgebucht, ich kann mich nicht krankmelden. Mein Stiefvater wird allerdings vor Freude in die Hände klatschen." Er grinste. „Das sollte ich in nächster Zeit lassen."

Romy prustete los. Kuchenkrümel flogen über den Tisch. „O Gott!" Sie hielt sich die Hand vor den Mund. „Entschuldige. Das ist nicht lustig."

„Kein Problem." Er wischte sich beiläufig die Krümel von der Brust. „Ich finde es schön, wenn ich dich mit meinem Elend erfreuen kann."

Sie wurde knallrot, musste aber trotzdem lachen. „Ich bin eigentlich ein sehr taktvoller Mensch", erklärte sie übertrieben ernst, was wiederum ihn zum Lachen brachte.

Peter Konstantin und die Ermittlungen rückten in weite Ferne. Einzig das Hier und Jetzt in Romys Gesellschaft spielte noch eine Rolle.

Sie aßen eine Weile schweigend. Er mochte geselliges Schweigen. Nichts war schlimmer als Menschen, die Stille zwanghaft mit Gerede füllten.

Schließlich legte Romy die Kuchengabel beiseite. „Warum kannst du Mark nicht leiden?"

Von allen Themen dieser Welt ...

Er beschloss, den Ball zurückzuspielen. „Was hat Mark gesagt?"

„Dass ich dich fragen soll."

Der Mistkerl.

Christopher spülte die Brötchenreste mit einem Schluck Milchkaffee hinunter. „Mark war früher einer dieser typischen Schulhofschläger, die mit Vorliebe jüngere Mitschüler herumschubsen. Er hat sich irgendein armes Würstchen ausgesucht und es zusammen mit seinen Kumpels fertiggemacht. Mich hatte er wegen meiner Haarfarbe auf dem Kieker. Bis mir eines Tages der Kragen geplatzt ist."

„Was ist passiert?"

„Ich habe ihn verdroschen. Einige Tage später hat er sich revanchiert. Natürlich war beides nicht in Ordnung", fügte er rasch hinzu. Obwohl er es durchaus in Ordnung fand, Mark vor versammelter Schülerschaft eins auf die Fresse gegeben zu haben.

In Romys Augen funkelte Belustigung. „Inzwischen seid ihr erwachsene Männer und umschleicht euch wie zottelige Wölfe, wann immer einer von euch ins Revier des anderen eindringt."

„Äh, nein, also, das siehst du völlig falsch." Sein Protest führte bei ihr zu noch mehr Belustigung. „Themenwechsel!", entschied er.

„Meinetwegen." Sie lehnte sich erwartungsvoll zurück. „Welches Thema?"

Er überlegte fieberhaft. „Ich werde wieder Onkel."

„Deine Halbschwester ist schwanger?"

„Nein, meine Schwägerin." Jasmin schwanger? Das wäre was!

„Du hast einen Bruder?"

„Elias. Er ist fünf Jahre jünger als ich."

„Versteht ihr euch gut?"

„Geht so. Wir sind sehr verschieden." Tag und Nacht, Feuer und Wasser. „Elias ist der zielgerichtete Karrieremensch. Ich bin eher ..." Er suchte das passende Wort.

„Ungewöhnlich."

„So kann man es auch nennen." Er erzählte von Sophie und dem Vorfall mit dem aufgemalten Tattoo. „Sie hat solch ein Theater gemacht, als ihre Mutter es abwaschen wollte." Er biss grinsend ins Brötchen.

„Sophie muss dich sehr gern haben."

„Ich bin der verrückte Onkel, der gelegentlich auftaucht und Schwung in den Laden bringt."

Für einen Moment sah Romy aus, als wollte sie etwas fragen, aber sie tat es nicht.

Christopher hätte ewig auf diesem Sofa sitzen und über Gott und die Welt reden können. Aber Romy hatte noch eine andere Verabredung. Obwohl sie protestierte, bezahlte er die gesamte Rechnung, und sie verließen das Café. An der nächsten Straßenecke fiel ihm auf, dass er die Furcht, beobachtet zu werden, vollkommen vergessen hatte. Unauffällig sah er sich um, konnte jedoch keinen Beobachter entdecken. Das bedeutete natürlich überhaupt nichts. Sie bogen in die Clemens-Schultz-Straße ein und gingen langsam weiter. Bald würden sich ihre Wege trennen.

„Hast du den Mann angezeigt?", erkundigte sich Romy vorsichtig.

„Ich habe gestern Nacht mit dem Kommissar gesprochen, der mich zu dem gestohlenen Möbelwagen befragt hat. Er wird alles Nötige in die Wege leiten. Er ist für das Gespräch extra ins Krankenhaus gekommen." Das rechnete er Felix von Evert hoch an.

„Hättet ihr das nicht auf dem Polizeirevier besprechen können?"

„Schon, aber ..." Er blieb stehen. Rang mit sich. „Ich hatte Schiss." Er sah sie nicht an, sondern starrte auf die Auslage eines Drogeriemarktes. Haarshampoo zum Sonderpreis. „Ich hatte Schiss, der Typ könnte mich beobachten und sehen, dass ich mit der Polizei spreche und ..."

„Wiederkommen?"

Christophers Herz schlug schnell. Millionen von Ameisen schienen über seine Haut zu krabbeln. Er musste es erzählen. „Der Scheißkerl hat mich mit einer Pistole bedroht." Sie sah ihn erschrocken an. „Er hat mich gepackt und in diesen dunklen Weg gezerrt, und ich konnte nichts dagegen tun. Ich hatte keine Chance. Er war viel kräftiger als ich und ..." Romys Gesichtsausdruck ließ ihn verstummen. Auf ihren Zügen spiegelte sich blankes Entsetzen wider.

Plötzlich raste auf dem schmalen Weg ein Fahrradkurier heran, direkt auf Romy zu. Er packte sie am Arm und zog sie zu sich heran. Sie kreischte auf, wand sich aus seinem Griff und stieß ihn mit einer solchen Wucht von sich, dass er rückwärts gegen die Auslage mit den Shampooflaschen stolperte. Scharfer Schmerz schoss in seinen verletzten Finger. Er schrie auf und zog die Hand zur Brust. Starrte Romy fassungslos an. Sie stand reglos da, die Augen weit aufgerissen. Ohne ein Wort warf sie sich herum und rannte davon.

„Romy!" Er lief ihr nach. Vorbei an den Passanten, die das Schauspiel neugierig verfolgten. Sie überquerte eine Straße, rannte weiter zu einem Toreingang. Ein vorbeifahrendes Auto hielt ihn auf. Er erreichte den Torbogen, schlitterte um die Ecke. Romy lief die Stufen zu einem der Hauseingänge hoch und verschwand im Gebäude. Langsam ging er weiter. Sein Finger pochte schmerzhaft. Was war eben passiert? Alles, was er getan hatte, war, Romy vor diesem bescheuerten Kurier zu beschützen. Vor ihrem Haus blieb er stehen, ratlos, was er tun sollte. Nach kurzem Zögern ging er die Stufen hinauf. Neben einer der Klingeln stand *Ghio.*

Er nahm all seinen Mut zusammen und drückte auf den Klingelknopf. Nichts geschah. Er klingelte erneut. Diesmal knackte die Gegensprechanlage, doch niemand meldete sich.

„Gib mir eine Minute, um mich zu entschuldigen."

Keine Antwort.

Endlich ging der Summer.

Christopher drückte die Haustür auf. Im Erdgeschoss waren die Wohnungstüren geschlossen. Also nahm er die Treppe nach oben.

Romy erwartete ihn im zweiten Stock. Sie stand hinter der halb geöffneten Wohnungstür, als bräuchte sie einen Schutzschild. „Du musst dich für überhaupt nichts entschuldigen." Ihre Stimme klang dünn. Sie sah ihn aus geröteten Augen an. Er hätte sie gern in den Arm genommen. Stattdessen blieb er einige Schritte entfernt stehen.

„Was ist da eben passiert?"

„Ich kann dir das jetzt nicht erklären." Sie wich seinem Blick aus. Eine Träne lief ihre Wange hinab.

„Habe ich irgendetwas falsch gemacht?"

„Du hast alles richtig gemacht. Ich bin die hysterische Kuh." Sie schniefte, wischte sich die Träne vom Kinn. „Ich kann verstehen, wenn du keine Lust mehr hast ..."

„Ich würde unser Treffen gern wiederholen."

„Wirklich?"

„Wirklich. Also, bis auf den Bodycheck, mit dem du mich in die Shampooflaschen befördert hast."

Romys wischte sich eine neue Träne weg. Ein Lächeln huschte über ihr Gesicht. „Ich mag dich sehr, Topher. Es tut mir leid, dass ich dir wehgetan habe. Das wollte ich nicht."

„Ich werd's überleben. Darf ich nächste Woche im Laden vorbeikommen?"

Sie nickte.

„Du kannst mich auch anrufen. Wann immer du möchtest."

Wieder ein Nicken.

Er hob zum Abschied die Hand und ging zur Treppe. Mit jeder Stufe wuchs in ihm die Gewissheit, dass Romy ihm einen Blick hinter die Kulissen gewährt hatte. Zu den vielen kleinen, dunklen Puzzleteilen war ein großes hinzugekommen. Allmählich ergab sich ein Bild. Jemand hatte ihr etwas Furchtbares angetan. Er ahnte, was es sein könnte, und diese Ahnung löste Beklemmung und eine diffuse Wut in ihm aus.

Draußen wandte er sich um und blickte hoch zum zweiten Stock. Romy näherzukommen, würde mit Sicherheit kompliziert, anstrengend und aufreibend. Sollte er den Kontakt abbrechen? Aufgeben, ohne es ernsthaft versucht zu haben?

Bei diesem Gedanken überkam ihn ein Gefühl, das weitaus schlimmer war als Beklemmung und Wut.

Sein Smartphone vibrierte in der Hosentasche. Ein unbekannter Anrufer. Nach kurzem Zögern nahm er das Gespräch entgegen. „Diecks."

„Hier spricht Marie Ritter."

Das war eine Überraschung.

„Hallo Frau Ritter. Was kann ich für Sie tun?"

„Vergangene Nacht wurde bei mir eingebrochen. Sämtliche Unterlagen sind verschwunden!"

„Die Unterlagen aus dem Haus?"

„Ja, Peters Ordner. Ich war bei einer Geburtstagsfeier und bin erst spät nach Hause gekommen. Die

Einbrecher haben alles durchwühlt. Sogar meine persönlichen Papiere. Keiner der Nachbarn hat etwas gehört oder gesehen. Ist das zu fassen? Fremde Menschen brechen in meine Wohnung ein, und niemand bekommt etwas mit! Wo leben wir denn?"

„Haben Sie die Polizei alarmiert?"

„Natürlich. Die Beamten waren bereits hier."

„Wurden elektronische Geräte gestohlen? Ein Laptop oder Smartphone?" Heutzutage steckten in den meisten Geräten GPS-Chips, über die man sie orten konnte.

„Nein, nur die Unterlagen. Denken Sie, es waren die Leute, die ins Haus eingebrochen sind? Dieselben, die Sie und Ihren Kollegen überfallen haben?"

„Ich bin mir sicher."

„Herr Diecks, ich möchte Sie engagieren. Finden Sie heraus, was dahintersteckt. Ob Peter tatsächlich ermordet wurde."

Er schloss für einen Moment die Augen. Nichts anderes hatte er in den vergangenen Tagen hören wollen. Das Leben war ungerecht! „Frau Ritter, ich bin kein hauptberuflicher Privatdetektiv. Ich arbeite gelegentlich für Herrn Kleemeyer, aber ..."

„Peter ist kurz vor seinem Tod in Budapest gewesen. Ich habe ungeöffnete Briefe gefunden. In einem steckte seine Kreditkartenabrechnung für den Juni. Er hat drei Tage in einem Budapester Hotel gewohnt. Was hat er dort gewollt?"

Budapest, Budapest ...

„Ungarn", sagte Christopher mehr zu sich selbst. Die nächste Verbindung!

„Hilft Ihnen das weiter?"

„Möglicherweise. Erinnern Sie sich an den Namen des Hotels?"

„Leider nicht."

„Kein Problem. Die Information wird die Polizei von der Kreditkartenfirma bekommen. Außerdem kann sie von Peters Telefongesellschaft eine Auflistung seiner Telefonverbindungen der vergangenen zwei Monate anfordern. Rufen Sie Kriminaloberkommissar von Evert an, er ermittelt in dem Fall. Erzählen Sie ihm alles. Er wird wissen, was zu tun ist."

„Ich dachte, Sie wollten unbedingt weiter nachforschen."

Er betrachtete seine bandagierte Hand. „Man hat mich bedroht, Frau Ritter. Ich soll mich aus dem Fall raushalten, und das werde ich tun. Mit diesen Leuten ist nicht zu spaßen. Deshalb sollten Sie nach dem Telefonat mit Kommissar von Evert auf keinen Fall eigene Nachforschungen betreiben."

„Ich verstehe." Kurzes Schweigen. „Danke für Ihre Hilfe."

Er suchte auf dem Smartphone Felix von Everts Telefonnummer und gab sie an Marie Ritter weiter. „Die Polizei wird herausfinden, was geschehen ist, da bin ich mir sicher."

„Ich wünschte, ich besäße Ihr Vertrauen."

Christopher legte auf und hätte das Smartphone am liebsten gegen die nächste Wand geworfen. Stattdessen versetzte er einer leeren Getränkedose einen Tritt. Sie flog durch den Torgang bis auf die Clemens-Schultz-Straße. Er war ein elender Feigling! Eine Memme, die beim ersten Stolperstein den Schwanz einzog!

Er fixierte wütend das Smartphone. Ein Icon auf dem Display informierte ihn über einen verpassten Anruf. Außerdem war eine SMS eingegangen. Jacobi.

Er schob seinen Ärger beiseite und wählte die Mailbox an.

„Hier meldet sich dein persönlicher Leibeigener. Ich habe den Kram grob für dich übersetzt und dir eine E-Mail geschickt. Der dritte Artikel ist ein Nachruf auf einen Journalisten, der 2007 verstorben ist. Wenn du mit dem Mann sprechen willst, brauchst du ein gutes Medium. So, ich fahre zum Kitesurfen an die Ostsee. Erinnerst du dich an die sexy Trainerin, von der ich erzählt habe? Sie hat angeboten, mir neue Tricks beizubringen. Falls was ist, ruf nicht an."

Christopher hatte es plötzlich sehr eilig, nach Hause zu kommen.

Er schlug die Wohnungstür hinter sich zu und stürmte ins Wohnzimmer. Es dauerte eine gefühlte Ewigkeit, bis der altersschwache Laptop hochgefahren und eine Internetverbindung hergestellt war. Er öffnete seine Mailbox und überflog Jacobis zusammengefasste Übersetzung der drei Artikel. Im letzten Absatz stand es:

Der angesehene und in der Branche hochgeschätzte Journalist Rafal Kotecki wurde in der Nacht vom 22. auf den 23. April 2007 in einem Wohnhaus am Rande von Budapest erschlagen. Die Polizei geht davon aus, dass es sich um einen Einbruch mit dramatischem Ausgang handelt.

Rafal Kotecki stammte aus Polen. Was hatte er in Budapest gemacht? Was hatte Peter Konstantin in der ungarischen Hauptstadt gemacht?

Todesdatum April 2007. 2007. Moment!

Er rief Martin an. Der war mit seinem kleinen Sohn gerade auf einem Abenteuerspielplatz, was man am Geräuschpegel deutlich hören konnte.

„Tut mir leid, wenn ich störe." Christopher musste laut sprechen, damit Martin ihn trotz des Kindergeschreis verstand.

„Ich bin froh darüber. Größere Elternansammlungen sollten gesetzlich verboten werden. Wenn ich mir noch mehr von diesem klugscheißerischen Erziehungsgequatsche von Helikoptermamas anhören muss, laufe ich Amok!"

„Das solltest du auf einem Spielplatz lieber nicht sagen."

„Pfeif drauf. Ich wollte dich sowieso später anrufen. Frederik Müller ist eine Sackgasse. Der alte Mann hat mir sehr ausführlich und äußerst lang von dem Vorfall mit dem Schließfach erzählt, konnte am Ende aber nicht mehr darüber sagen, als wir bereits wussten. Das Gespräch hat mich eine Stunde Lebenszeit gekostet, die ich nie zurückbekomme."

„Einen Versuch war es wert. Erinnerst du dich zufällig daran, wann Nicole Konstantin gestorben ist?"

„2007."

„Ja, aber in welchem Monat?"

Kurzes Schweigen. „Im April."

„An welchem Tag?"

„Keine Ahnung, müsste ich nachsehen. Kann ein oder zwei Stunden dauern, je nachdem, wie lange der Knirps durchhält. Oder genauer gesagt, wie lange ich durchhalte."

„Mist."

„Conny ist zu Hause. Wenn es so dringend ist, kann ich sie bitten, das Datum rauszusuchen und dich anzurufen."

„Das wäre großartig."

„Immer noch auf heißer Spur?"

„Heißer denn je."

„Dir soll geholfen werden."

Quälende Minuten verstrichen, in denen er rastlos im Wohnzimmer auf und ab lief. Endlich klingelte das Telefon.

Obwohl er Conny mochte, fehlte ihm heute die Geduld für Small Talk. Leider plauderte Martins Frau für ihr Leben gern und blieb unbeeindruckt von seinen Versuchen, sie abzuwürgen. Endlich rückte sie mit der Information heraus.

„Nicole Konstantins Ehemann hat sie am Morgen des 26. April 2007 tot in der gemeinsamen Garage gefunden. Wie furchtbar! Ich möchte mir gar nicht vorstellen ..."

Christopher blendete Connys Stimme aus.

26. April.

Rafal Kotecki wird in der Nacht vom 22. auf den 23. April erschlagen.

Drei Nächte später begeht Nicole Konstantin Selbstmord.

Zufall? Zusammenhang? Kannten sich die beiden?

Waren sie unabhängig voneinander in dieselbe Geschichte verwickelt, die sie am Ende das Leben kostete?

Nicole Konstantin war wegen ihrer Depressionen in Behandlung gewesen. Hatte sie den Kampf aufgegeben? Oder hatte sie ein bestimmtes Ereignis in den Abgrund gestoßen?

„... findest du nicht auch, Topher?" Conny klang anklagend. Wie jemand, der begriffen hat, dass ihm nicht zugehört wird.

„Entschuldige, bitte. Ich war mit den Gedanken woanders."

„Du bist wie Martin. Ständig die Ermittlungen im Kopf."

„Tut mir leid. Danke für deinen Anruf, du hast mir sehr geholfen."

„Vergiss nicht, es ist Samstag. Du darfst auch mal ausspannen."

„Werde ich machen, keine Sorge." Irgendwann nächste Woche.

Christopher setzte sich an den Computertisch und starrte eine Weile nachdenklich auf Jacobis E-Mail. Schließlich schaltete er den Laptop aus. Es gab einen Menschen, den bisher niemand befragt hatte, der möglicherweise wichtige Hinweise geben konnte.

Er rief Marie Ritter an.

„Ich habe es mir überlegt. Wenn Sie es immer noch möchten, versuche ich, herauszufinden, was hinter Peters Tod steckt."

„Woher der plötzliche Sinneswandel? Vorhin wollten Sie die Ermittlungen einstellen."

„Es sind Hinweise aufgetaucht, denen ich folgen muss."

„Sind Sie sicher? Ich möchte nicht, dass Ihnen etwas zustößt."

„Ich bin absolut sicher."

„Danke, Herr Diecks. Ich werde Sie für Ihre Arbeit selbstverständlich bezahlen."

„Sie brauchen ..."

„Gleichgültig, ob Sie ein richtiger Privatdetektiv sind oder nicht. Sie haben sich von Anfang an für Peter eingesetzt. Ohne Sie wäre die Sache niemals ans Tageslicht gekommen. Ich vertraue auf Ihre Fähigkeiten!"

Das ging runter wie Öl.

„Danke, Frau Ritter. Ich werde Sie nicht enttäuschen."

Hoffentlich nahm er den Mund nicht zu voll. Er nannte ihr den üblichen Stundentarif, den Martin berechnete, zuzüglich etwaiger Spesen, die er schriftlich belegen würde.

„Das klingt angemessen. Wie möchten Sie vorgehen?"

Er holte tief Luft. „Ich würde gern mit Peters Vater sprechen. Möglicherweise hat er etwas gesehen oder gehört, das uns weiterhelfen kann."

„Dieter ist an Alzheimer erkrankt. Wie sollte er uns helfen?"

„Wissen Sie, wie weit die Krankheit fortgeschritten ist?"

„Nein. Ich hatte noch nicht die Kraft, ihn zu besuchen. Allein fühle ich mich der Situation nicht gewachsen."

„Ich weiß wenig über Alzheimer, doch ich denke, wir sollten es probieren. Lassen Sie uns Ihren Onkel gemeinsam besuchen. Selbst wenn er sich an nichts erinnert, würden Sie ihn sehen und sich ein Bild davon machen, wie es ihm geht."

Er horchte angespannt in die folgende Stille hinein.

Schließlich atmete Marie Ritter hörbar aus. „Sie haben recht. Ich habe es viel zu lang hinausgeschoben. Wann wollen wir Dieter besuchen?"

„Je früher, desto besser."

„Morgen?"

„Sehr gern. Ich muss allerdings nachmittags arbeiten. Passt Ihnen zwölf Uhr?"

„Einverstanden. Ich werde im Pflegeheim anrufen und mich nach den Besuchszeiten erkundigen. Wenn Sie nichts mehr von mir hören, treffen wir uns morgen Mittag vor dem Eingang."

„Gut." Er nahm sich Stift und Zettel. „Bitte geben Sie mir die Adresse des Pflegeheims."

KAPITEL 17

Die S-Bahn ratterte über die Neue Elbbrücke. Breite Stahlstreben zogen an den schmutzigen Fensterscheiben vorbei. Unter den Schienen glitzerte Wasser. Christopher war bisher drei- oder viermal in Wilhelmsburg gewesen. Hamburgs größte Elbinsel gehörte nicht zu seinem Revier. Keiner seiner Freunde wohnte hier oder wollte hier wohnen. Wilhelmsburg hatte lange zu den Stadtteilen mit besonders schlechtem Ruf gehört. Viele Migranten, Arbeitslose, Menschen im sozialen Abseits. Das Bild wandelte sich allmählich, doch die Vorurteile hielten sich hartnäckig in manchen Köpfen.

Er gähnte hinter vorgehaltener Hand.

Henry war von seiner neuen Verletzung alles andere als begeistert gewesen. Wie konnte man so dusselig sein, auf der Treppe über die eigenen Füße zu stolpern? Aber das Restaurant war ausgebucht gewesen, und jeder wurde gebraucht. Also hatte sein Stiefvater ihn zum Tresendienst verdonnert. Mit der klaren Ansage, ihn beim ersten zerbrochenen Glas nach Hause zu schicken.

Es hatte keine zerbrochenen Gläser gegeben. Allerdings auch kaum Trinkgelder. Die waren bei den Kollegen hängen geblieben, die an den Tischen bedienten. Ob Henry und Jasmin ihm seine Geschichte glaubten? Er fühlte sich schlecht, weil er sie belogen hatte.

Nach der Arbeit war er zu Fuß bis zum Altonaer Bahnhof gegangen. Er sah es nicht ein, seinem Angreifer noch mehr Macht zu verleihen, indem er aus Furcht seine Gewohnheiten änderte. Hamburg war seine Stadt. Er würde sich in ihr frei bewegen, bei Tage und in der Nacht. Dieser Gedanke ließ ihn die Fahrt in der S-Bahn und den kurzen Fußweg überstehen. Als er zu Hause ankam, kreiste genug Adrenalin durch seine Adern, um ihn hellwach zu halten. Er machte sich einen Tee, schaltete den Laptop ein und schrieb einen Ermittlungsbericht, wie Martin es ihm beigebracht hatte. Er fasste die Ereignisse der vergangenen Tage zusammen, nannte akribisch Daten, Fakten und Vermutungen und listete die Namen aller Beteiligten auf. Mit Adresse und Telefonnummer, soweit bekannt. Den fertigen Bericht schickte er per E-Mail an Martin mit dem Zusatz, dass er morgen Peter Konstantins Vater im Pflegeheim besuchen würde. Zuletzt speicherte er die Datei auf einem USB-Stick. Den wollte er an einem Ort verstecken, auf den nur Jacobi kommen würde. Mit dem USB-Stick und einer Rolle Klebeband ging er in die Küche. Der alte Kohleherd eignete sich hervorragend. Er öffnete die gusseiserne Herdtür und rückte einige der Bier- und Saftflaschen beiseite. Danach riss er einen Streifen Klebeband ab und befestigte den USB-Stick an einer Stelle weit hinten im Herd. Die Flaschen stellte er zurück an ihren ursprünglichen Platz. Es war kein meisterhaftes Versteck, aber Jacobi würde es finden, falls ihm etwas zustieß.

Um sich von diesem beunruhigenden Gedanken abzulenken, hatte Christopher im Internet nach Websites gesucht, die sich mit Alzheimer beschäftigten. Was er las, weckte Zweifel, ob es eine gute Idee war, Dieter Konstantin zu besuchen. War es moralisch vertretbar? Wie ging man mit einem Menschen um, der sich selbst unaufhaltsam an eine grausame Krankheit verlor?

Die wenigen Stunden Schlaf hatten diese Zweifel nicht verschwinden lassen. Trotzdem war der Besuch im Pflegeheim wichtig. Die Uhr tickte. Jede Möglichkeit, egal wie abwegig, musste in Betracht gezogen werden. Schließlich hatte er eine Auftraggeberin, die sich auf ihn verließ.

An der nächsten Station stieg er aus. Einen Busfahrplan und eine Karte mit der Wegbeschreibung hatte er gestern Nacht vorsorglich ausgedruckt. Es war nur ein kurzer Weg vom Bahnsteig zum Busbahnhof. Er reihte sich in die Schlange der Wartenden ein. Einige Busstationen später war er der Einzige, der ausstieg. Nach einem Blick auf die Karte wandte er sich nach links und ging die Georg-Wilhelm-Straße entlang. Ein Schild mit dem Schriftzug *Pflegezentrum* wies ihm den Weg in eine ruhige Wohnstraße.

Angespannt ging er weiter, ohne die geringste Vorstellung, was ihn erwartete. Bald sah er am Ende der Straße ein hohes weißes Gebäude.

Marie Ritter erwartete ihn auf dem Parkplatz. Sie hielt einen Blumenstrauß in der Hand und wirkte ebenso übernächtigt wie er.

„Hallo." Er lächelte, hoffentlich aufmunternd.

„Sind die überhaupt angebracht?" Marie Ritter betrachtete zweifelnd die Blumen.

„Ihr Onkel wird sich bestimmt freuen."

Ihr Blick fiel auf seine bandagierte Hand. „Davon haben Sie gar nichts erzählt!"

„Ist halb so wild. Wollen wir?" Er bot ihr seinen Arm an. Sie sah aus, als könnte sie Halt brauchen.

„Welche Rolle spielen Sie?" Marie Ritter hakte sich bei ihm ein. „Meinen Sohn? Neffen? Einen Freund der Familie?"

„Der Neffe ist gut. Nennen Sie mich Christopher. Wir wollen es nicht zu kompliziert machen."

„Ich bin Marie." Sie lächelte schmal. „So komme ich unerwartet zu einem Neffen."

Sie betraten das Gelände und gingen über den gepflasterten Hauptweg. Der Wohnbereich für Demenzkranke befand sich in Haus zwei.

„Ist ganz hübsch hier", bemerkte Marie.

Es stimmte. Um das Hauptgebäude standen im weiten Halbkreis niedrige rot-weiße Backsteinhäuser. Das Gelände war offen, die breiten Wege gepflegt und von Büschen und Bäumen gesäumt. Bänke luden zum Verweilen ein. Vor dem Hauptgebäude gab es einen kleinen Park und rechts daneben einen Teich. Was fehlte, waren die Besucher. Hinter einem Fenster entdeckte er eine alte Dame im Rollstuhl, die ihnen nachsah. An einem Sonntag hätte er mehr Betrieb erwartet. Vielleicht lag es an den Sommerferien.

„Dort ist es." Marie deutete auf eines der niedrigen Gebäude. Vor dem Haus saßen zwei grauhaarige Frauen auf einer Bank und beobachteten mit ausdrucksloser Miene ein Vogelhäuschen. Weiter links saß ein alter Mann in einem Rollstuhl. Ein jüngerer Mann las ihm aus einem Buch vor.

Erst jetzt nahm Christopher den hohen dunkelgrünen Zaun wahr, der den kleinen Park umgab.

Damit sie nicht weglaufen.

Marie Ritters Griff um seinen Arm wurde fester. „Und wenn er sich nicht an mich erinnert?"

„Soll ich ihn allein besuchen?"

Sie rang sichtlich mit sich. Schließlich schüttelte sie den Kopf. „Dieter war früher sehr gut zu mir. Er hat es verdient, dass ich wenigstens einmal nach ihm sehe."

Der Eingang lag an der Rückseite des Gebäudes. Sie traten durch die breite Glastür und blickten sich suchend um. Niemand war zu sehen. Die Atmosphäre im Haus empfand Christopher als zutiefst bedrückend. Aus einem der Räume drang leise Musik. Die Tür stand einladend offen. Eine Pflegerin saß an einem Tisch, einen Stapel Akten neben sich, und gab Daten in einen Computer ein.

„Ich mache das", flüsterte er, und drückte aufmunternd Maries Hand. Sie war ein wenig blass um die Nase.

Er klopfte an den Türrahmen. Die Pflegerin, eine dunkelhaarige Frau um die vierzig, setzte ein routiniertes Lächeln auf. „Guten Tag. Was kann ich für Sie tun?"

„Wir möchten Dieter Konstantin besuchen, meinen ..." In welcher familiären Beziehung stand er als Maries Neffe zu Dieter Konstantin?

„Ich bin seine Nichte", sprang ihm Marie helfend bei. „Das ist mein Neffe."

„Wie schön. Herr Konstantin wird sich bestimmt freuen."

„Wie geht es Dieter?"

„Es gibt gute und schlechte Tage." Die Pflegerin erhob sich. „Die Wahrnehmung Ihres Onkels ist durch die Krankheit inzwischen recht eingeschränkt. Häufig weiß er nicht, wer er ist oder wo er sich befindet. Er erinnert sich an Ereignisse aus früheren Zeiten, doch sein Kurzzeitgedächtnis ist stark beeinträchtigt. Dazu kommen Schwierigkeiten, sich mitzuteilen. Worte fallen ihm nicht mehr ein, er verwechselt ihre Bedeutung oder versteht sie nicht mehr. Die Medikamente verlangsamen das Fortschreiten der Krankheit, doch können sie es leider nicht aufhalten."

Christopher fühlte sich beklommen. „Weiß Dieter, dass sein Sohn gestorben ist?"

„Nein. Manchmal erzählt er, dass Peter im Urlaub ist oder bald kommt, um ihn abzuholen. Sollte er Sie nach seinem Sohn fragen, lenken Sie das Gespräch behutsam auf ein anderes Thema. Die Wahrheit würde Herrn Konstantin unnötig aufregen."

Warum jemanden mit etwas beunruhigen, das er wenig später wieder vergessen wird? „Begreift er, was mit ihm geschieht?"

Im Blick der Pflegerin lag Bedauern. „Es gibt Phasen, in denen sich Herr Konstantin seiner Situation bewusst ist." Sie sah zu Marie Ritter, die mit den Tränen kämpfte. „Ihr Onkel wird sich über den Besuch freuen. Und über die schönen Blumen. Bevor wir zu ihm gehen, möchte ich mit Ihrem Neffen sprechen. Würden Sie draußen warten?"

Marie schaute fragend zu Christopher. Auf sein Nicken hin, trat sie hinaus in den Flur.

Er schloss die Tür, unsicher, was ihn erwartete.

„Haben Sie Erfahrung mit dieser Krankheit?", erkundigte sich die Pflegerin.

„Ich habe darüber gelesen ..."

„Alzheimerpatienten verhalten sich gelegentlich aggressiv. Es ist ein Symptom der Krankheit. Sie bekommen Angst, fühlen sich durch Fragen verunsichert oder bedrängt. Sollte Herr Konstantin ausfallend werden, nehmen Sie es bitte nicht persönlich. Lenken Sie das Gespräch auf ein anderes Thema. Wenn es gar nicht geht, lassen Sie ihn für einige Minuten allein. Er wird schnell vergessen, worüber er sich aufgeregt hat. Vermeiden Sie Diskussionen, und halten Sie Herrn Konstantin auf keinen Fall fest. Er würde es als Bedrohung empfinden und handgreiflich werden."

„Ich verstehe." Christopher versuchte zu verbergen, wie sehr ihn der Gedanke an die bevorstehende Begegnung mit Dieter Konstantin einschüchterte.

„Für Angehörige ist die Krankheit in diesem Stadium meist schwieriger zu ertragen als für die Patienten. Ihre Tante macht einen labilen Eindruck. Sollte sie sich zu sehr aufregen, möchte ich Sie bitten, den Besuch abzubrechen." Die Pflegerin holte eine Blumenvase aus einem Schrank. „Eines noch. Herr Konstantin besitzt eine Taschenuhr, an der er sehr hängt. Sollte er Sie beschuldigen, die Uhr stehlen zu wollen, gehen Sie am besten gar nicht darauf ein."

Dieter Konstantins Zimmer befand sich im Erdgeschoss, weit vom Eingang entfernt. Sie schritten langsam den breiten Korridor entlang, als wären sie auf dem Weg zu einer Beisetzung. Marie hatte sich wieder bei ihm eingehakt. Im Neonlicht wirkte ihr Gesicht käsig und die Augenringe tiefer. Schließlich blieb die Pflegerin vor einer Tür stehen. Sie klopfte, hielt inne und öffnete. Beim Eintreten stieg Christopher ein Geruch in die Nase, der ihn sofort in das Messie-Haus zurückversetzte. Dieselbe Mischung aus abgestandener Luft, ungewaschener Kleidung und Verwahrlosung, obwohl das spärlich möblierte Zimmer aufgeräumt war.

Dieter Konstantin saß in einem Rollstuhl am Fenster, die Hände in den Schoss gelegt. Sein Gesicht war eingefallen, die Haut dünn wie Pergament. Das graue Haar hing strähnig hinab. Er trug eine Cordhose und eine Strickjacke. Neben dem Rollstuhl stand ein brauner Koffer. Der alte Mann ließ mit keiner Regung erkennen, ob er ihr Eintreten bemerkt hatte. Er starrte auf eine Reihe hoher Bäume, hinter denen in einiger Entfernung rasch vorbeirollende Fahrzeuge zu erkennen waren.

„Guten Tag, Herr Konstantin", rief die Pflegerin mit aufgesetzter Fröhlichkeit. „Ich habe Ihnen Besuch mitgebracht."

Der alte Mann wandte den Kopf, betrachtete sie aus trüben blauen Augen.

„Erinnern Sie sich an Ihre Nichte?"

Dieter Konstantin musterte Marie Ritter mit gerunzelter Stirn. Im nächsten Moment verzog sich sein Gesicht zu einem strahlenden Lächeln. „Marie! Mein Mädchen! Was machst du hier?"

Ihr Lachen klang wie erlöst. Von Christopher wich die Anspannung.

„Hallo Dieter." Sie umarmte ihren Onkel. „Ich habe dir Blumen mitgebracht."

„Für mich?" Dieter Konstantin betrachtete gerührt den Strauß in ihrer Hand. Sein Unterkiefer mahlte, während er konzentriert nachdachte. „Wie ... appetitlich."

Während Marie die Blumen auswickelte, füllte die Pflegerin die Vase im Badezimmer. Sie nahm den bunten Strauß entgegen und drapierte ihn in der Vase auf der Fensterbank. „Sieht das nicht hübsch aus?"

Der alte Mann lächelte selig. Seine linke Hand spielte unablässig mit einem runden Gegenstand. Er glitzerte golden und hing an einer Kette um seinen Hals. Die Taschenuhr.

„Wer ist dieser Bursche?"

„Das ist mein Neffe, Christopher. Erinnerst du dich an ihn?"

„Hallo Dieter. Schön, dich zu sehen."

Dieter Konstantin musterte ihn eingehend. Sollte er in seinen Erinnerungen nach einem Zusammenhang suchen, würde er keinen finden. Christopher war die Situation unangenehm. Er machte sich eine furchtbare Krankheit zunutze, um einen verwirrten alten Mann auszufragen.

„Ich sehe, Sie haben Ihre Sachen gepackt", bemerkte die Pflegerin mit Blick auf den braunen Koffer. „Wo soll es hingehen?"

„Nach Hause", erwiderte Dieter Konstantin bestimmt. „Mein Sohn holt mich später ab."

„Wie schön. Wollen wir vorher einen Ausflug in den Garten machen? Ein bisschen die Sonne genießen?"

Trotz der Wärme legte die Pflegerin Dieter Konstantin eine Wolldecke über die Beine. Marie bestand darauf, den Rollstuhl zu schieben.

Sie suchten sich einen Platz im Halbschatten, entfernt von den anderen Patienten und dem Vorleser.

Die Pflegerin sah auf die Uhr. „In einer Dreiviertelstunde gibt es Mittagessen. Die Zeit reicht bestimmt für ein schönes Gespräch. Bis später, Herr Konstantin." Der alte Mann reagierte nicht auf die Anrede. „Rufen Sie mich, falls Sie etwas brauchen." Sie warf Christopher einen Blick zu, der ihn wohl an das Vier-Augen-Gespräch erinnern sollte.

Sie warteten, bis die Pflegerin gegangen war, und setzten sich Dieter Konstantin gegenüber auf eine Bank. Unschlüssig schwiegen sie. Der Gesprächsfaden war wie abgeschnitten.

Christopher betrachtete die Hände des alten Mannes, die ständig in Bewegung waren. Die Linke spielte mit der Taschenuhr, die Rechte knetete die Luft.

„Ist hübsch hier", bemerkte er, um irgendetwas zu sagen.

„Ja", bekräftigte Marie mit einem verkrampften Lächeln. „Gefällt es dir hier, Dieter? Wirst du gut behandelt? Die Pflegerin wirkt sehr freundlich. Sind die anderen Patienten nett?"

Der Kiefer des alten Mannes mahlte. Seine Augen verengten sich, während er an einer Antwort arbeitete.

Zu viele Fragen auf einmal. Christopher warf Marie Ritter einen Seitenblick zu. Ihr Gesichtsausdruck verriet, dass es ihr aufgefallen war.

„Die haben mein Geld gestohlen."

Maries Augen weiteten sich. „Wer hat dich bestohlen?"

„Die ... die ..." Dieter Konstantin blickte sich um, entdeckte die Frauen auf der Bank vor dem Vogelhäuschen. „Die da. Diebisches Pack! Schleichen sich in mein Zimmer, wenn ich nicht da bin, und bringen alles durcheinander. Meine Uhr wollen sie auch stehlen." Seine linke Hand schloss sich um das Kleinod. „Meine Uhr."

Christopher lächelte. „Die ist sehr schön, Dieter. Woher hast du sie?" Es fühlte sich merkwürdig an, den alten Mann zu duzen.

Dieter Konstantin dachte nach. „Peter wird mich bald abholen." Sein Blick glitt in die Ferne, Unterkiefer und Hände ständig in Bewegung. Welche Gedanken sich hinter seiner Stirn formten, blieb verborgen.

Was ist damals im Haus passiert? Hast du etwas gehört oder gesehen?

„Hat Peter dir die Uhr geschenkt?" Er musste das Gespräch in die Richtung lenken, gleichgültig, was die Pflegerin gesagt hatte.

„Er braucht sie." Entschlossenheit blitzte in Dieter Konstantins Augen auf. „Wenn er mich abholen kommt, braucht er sie."

Christophers Handflächen begannen zu kribbeln. War er auf der richtigen Spur? „Passt du für Peter auf sie auf?"

„Er braucht sie." Ein Stirnrunzeln. Verwirrung verdrängte die Entschlossenheit. „Sie ist zerschlagen."

Christopher und Marie tauschten ratlose Blicke.

„Zerschlagen, verdammt, zerschlagen!", polterte Dieter Konstantin unvermittelt, und sie zuckten zusammen. „Zerschlagen", wiederholte er frustriert, die Hände zu Fäusten geballt.

Christophers Verstand ratterte. „Ist sie kaputt?"

Der alte Mann nickte.

„Darf ich mir die Uhr ansehen?" Er streckte bedächtig die Hand aus, mit der Handfläche nach oben. Gab sich alle Mühe, seine Aufregung zu verbergen.

Dieter Konstantin fixierte ihn mit lauerndem Blick. Er ließ zu, dass Christopher ihm die Taschenuhr aus der Hand nahm. Sie war unerwartet leicht und das Gold an einigen Stellen abgeblättert. Darunter kam Metall zum Vorschein. Das scheinbar teure Erbstück entpuppte sich als billiger Schund. Er klappte den Deckel auf. Das Ziffernblatt ähnelte seinem Tattoo. Mit dem Unterschied, dass diese Uhr Zeiger besaß. Allerdings standen sie still.

„Soll ich sie für dich aufziehen?"

Dieter Konstantin grunzte zustimmend.

Während er langsam die Mechanik aufzog, wanderte sein Blick über die Innenseiten des Gehäuses. Er fuhr unauffällig mit dem Fingernagel am Rand des Ziffernblattes entlang. Keine Spalten oder Unebenheiten. Als er dasselbe am Rand des Deckels tat, blieb sein Nagel an einer winzigen Einbuchtung hängen. „Gleich fertig", verkündete er mit aufgesetzter Fröhlichkeit.

Der alte Mann würde es sehen, so, wie er ihm auf die Finger starrte. Wenn er versuchte, den Deckel zu öffnen, würde Dieter Konstantin es mitbekommen und wahrscheinlich wütend werden. Christopher schaute zu Marie Ritter. Sie musterte ihn fragend.

Er hakte mit dem Fingernagel in die Einbuchtung und zog. Die Innenseite des Deckels hob sich leicht an. Etwas steckte in dem Hohlraum dahinter.

Dieter Konstantin entriss ihm die Taschenuhr. „Was fällt dir ein, du unverschämter Lümmel?" Der alte

Mann drückte die Uhr an die Brust. „Diebstahl", zischte er. „Ihr seid alle Diebe!"

Marie hob in einer besänftigenden Geste die Hand. „Nein, Dieter, das stimmt nicht. Christopher wollte nur..."

„Ihr wollt mich bestehlen! Ihr wollt Peter bestehlen! Wo ist Peter? Wo ist mein Sohn?" Dieter Konstantins Stimme wurde lauter. „Was habt ihr mit meinem Sohn gemacht?" Angst spiegelte sich in seinem Blick wider. „Hilfe! Polizei! Sie ermorden meinen Sohn!"

Christopher starrte den alten Mann fassungslos an.

„Bitte beruhige dich." Marie Ritter streckte die Hand nach ihrem Onkel aus. Als sie seinen Arm berührte, schlug er nach ihr. Sie zuckte zurück.

Tränen standen in ihren Augen.

Die dunkelhaarige Pflegerin kam aus dem Gebäude gelaufen. „Na, Herr Konstantin", sagte sie mit fester Stimme. „Was machen Sie denn für ein Theater?"

„Die wollen meinen Sohn ermorden!"

„Niemand wird ermordet. Gleich gibt es Mittagessen. Zum Nachtisch wird Schokoladeneis serviert, das mögen Sie doch."

Dieter Konstantin blickte auf die Taschenuhr in seiner Hand. Versunken in seine eigene Welt.

„Wir gehen wohl besser", sagte Christopher an niemand Besonderen gewandt. Der Ausbruch des alten Mannes hatte ihn schockiert.

Die Pflegerin führte sie zu einer Tür im Zaun. Sie schloss auf und trat mit ihnen hinaus auf den Weg. „Nehmen Sie es ihm bitte nicht übel. Diese Ausbrüche sind ein Symptom der Krankheit." Sie schaute zurück zu dem alten Mann, der ruhig in seinem Rollstuhl saß. „Gab es einen bestimmten Auslöser?"

„Nein", log er. „Dieter hat mir seine Uhr gezeigt. Ich sollte sie für ihn aufziehen, und plötzlich dachte er, ich wolle sie stehlen. Danach hat er gedacht, wir wollen seinem Sohn etwas antun."

„Wir vermuten, dass Peter ihm die Uhr kurz vor seinem Tod geschenkt hat. Wahrscheinlich verknüpft Herr Konstantin sie mit dem Verlust. Auch wenn er sich nicht mehr an Peters Tod erinnert."

Sie verabschiedeten sich von der Pflegerin und gingen schweigend zurück zum Parkplatz.

Christopher war sich nicht mehr sicher, ob er tatsächlich etwas im Deckel der Taschenuhr gesehen hatte. Es wäre das perfekte Versteck. Wer suchte geheime Informationen bei einem dementen, alten Mann?

Sie ermorden meinen Sohn!

Gegenwartsform.

Als hätte sich Dieter Konstantin in der Situation befunden. War er Zeuge eines Verbrechens geworden? Oder handelte es sich um die Hirngespinste eines kranken Mannes?

Marie Ritter verlor plötzlich die Fassung. Sie blieb stehen, schlug die Hände vors Gesicht und weinte. Er nahm sie in den Arm. Ihr Körper bebte vom Weinen. Ihm fielen keine tröstenden Worte ein. Also sagte er nichts, sondern strich ihr sanft über das Haar und wiegte sie hin und her. Der Vorleser kam vorbei und warf ihm einen mitfühlenden Blick zu.

Minutenlang standen sie umschlungen auf dem Hauptweg.

Schließlich beruhigte sich Marie Ritter. Sie trat verlegen zurück. „Entschuldigung."

„Sie haben allen Grund, traurig zu sein. Was mit Ihrem Onkel geschieht, ist grausam. Ich kann mir nicht einmal ansatzweise vorstellen, wie Sie sich fühlen müssen."

„Hilflos, ratlos, wütend." Ihre Stimme bebte. „Ich weiß noch, wie er früher war. Er hat viel gelesen, sich für die Welt interessiert. Dieter wusste auf jede Frage eine Antwort. Als ich ein Kind war, hat er mich sehr beeindruckt." Sie putzte sich die Nase, betupfte sich mit einem zweiten Taschentuch die Augenwinkel. „Seinen Sohn ermorden. Warum behauptet er das?"

„Vielleicht hat er sich an etwas erinnert."

„Wurde Peter tatsächlich ...?" Marie sah ihn erschrocken an. „Sind Sie sicher?"

„Nein." Er war sich nur einer Sache sicher: Er musste die Taschenuhr näher untersuchen. Wie er das anstellen sollte? Keine Ahnung. Marie würde er aus den weiteren Nachforschungen heraushalten. Sie hatte genug getan.

„Danke für Ihre Hilfe." Er reichte ihr die Hand.

„Gern geschehen." Ihr Griff war kraftlos.

„Sie sollten lieber nicht mit dem Auto fahren." Allerdings konnte Marie den Wagen kaum auf dem Parkplatz stehen lassen. Im Geiste sah er sich nach Stade fahren. Wollte er pünktlich im Restaurant sein, würde es knapp werden.

„Ich bleibe noch eine Weile." Maries Blick wanderte zu dem Gebäude, in dem Dieter Konstantin bald zu Mittag essen würde.

„Sind Sie sicher?"

„Er hat niemanden außer mir.“

Sie umarmten sich und gingen in entgegengesetzte Richtungen auseinander. Am Ausgang blickte Christopher über die Schulter zurück. Marie Ritter stand reglos vor dem rot-weißen Backsteingebäude.

Er machte sich auf den Weg zum Bus. Sein Kopf schwirrte. Der Besuch bei Dieter Konstantin hatte ihn gleichzeitig verstört und euphorisiert.

Als er in die Georg-Wilhelm-Straße kam, fuhr der Bus gerade davon. Typisch. Er ging zur Haltestelle und sah im Fahrplan nach. Der nächste Bus würde in zwanzig Minuten kommen. Ihm war nicht nach Warten zumute. Er brauchte Bewegung, wollte sich vom Wind den Kopf freiblasen lassen. Das funktionierte am besten am Wasser. Wenn er schnell zurück nach St. Pauli kam, blieb ausreichend Zeit für einen Spaziergang an der Elbe. Er holte das Smartphone hervor, rief die Internetseite seiner bevorzugten Autovermietung auf und ließ sich alle verfügbaren Fahrzeuge in der näheren Umgebung anzeigen. Auf der Karte wurden zwei Wagen ausgewiesen. Der Tank des ersten Fahrzeugs war nahezu leer und die Bewertung über den allgemeinen Zustand schlecht. Das Zweite stand weiter entfernt, war dafür vollgetankt und sollte sich in tadellosem Zustand befinden. Er reservierte den Wagen und marschierte los.

An der nächsten Kreuzung ging es geradeaus weiter. Vorbei an einem Kleingartenverein, der in dieser Gegend, eingeklemmt zwischen Durchgangsstraßen, fehl am Platz wirkte.

Als Nächstes sollte er rechts abbiegen. Was auf der Karte wie eine Straße aussah, entpuppte sich als asphaltierter Weg ohne Fahrbahnmarkierungen. Eine Holzhandlung nahm fast die gesamte linke Straßenseite ein. Rechts lag der Kleingartenverein. Vögel zwitscherten. Der Wind trug Kinderlachen und den Geruch nach Grillanzünder heran. Ein plätschernder Bach verstärkte den ländlichen Charakter. Allerdings währte das Idyll nur kurz. Jenseits der nächsten Querstraße erstreckte sich ein Industriegebiet bis ans Wasser. Vielleicht musste er gar nicht an die Elbe fahren. An einem ihrer Seitenarme bot sich bestimmt eine Gelegenheit für einen Spaziergang.

Gibt es eine Verbindung zwischen Rafal Kotecki und Pawel Jankowski?

Die Frage formte sich wie aus dem Nichts. Ein Schauder kribbelte über seinen Rücken, als hätte er einen elektrischen Schlag bekommen. Er kramte hektisch das Smartphone hervor. Tippte die Namen in die Internetsuchmaschine ein. Es gab tatsächlich einen Treffer. Der Link führte zu einem Artikel einer polnischen Zeitung, verfasst von Rafal Kotecki. Er vergrößerte die Ansicht. Schob den Artikel mit dem Zeigefinger hin und her und entdeckte zwischen den unverständlichen Worten den Namen Pawel J. Die Verbindung! Warum war er nicht früher darauf gekommen? Verärgert über das sprichwörtliche Brett vor dem Kopf scrollte er weiter. Bis zum Foto eines Lkw, auf dessen Anhänger ein rostiger Container stand. War Pawel Jankowski der Fahrer des Lkw gewesen? Hatte er dem Journalisten Hinweise über die illegalen Transporte gegeben?

Jacobis Polnischkenntnisse waren abermals gefragt.

Obwohl ...

Er scrollte zurück nach oben. In der rechten Ecke des Displays stand rot unterlegt: *Diesen Text übersetzen.*

Das würde er zu Hause machen. Er steckte das Smartphone ein und schritt zügig aus. Der Spaziergang war gestrichen.

Vor ihm bog ein Taxi auf den Weg ein. Was ein Kunststück darstellte, weil es dort keine Zufahrt für Autos gab. Der Fahrer lenkte den Wagen dreist durch die Lücke zwischen der Fußgängerampel und einem Metallpfosten.

Nach wenigen Metern hielt das Taxi. Eine blonde Frau stieg aus. Sie blieb an der offenen Beifahrertür stehen und unterhielt sich mit dem Fahrer.

Hinter ihm näherte sich ein Fahrzeug. Er blickte über die Schulter und sah einen silbergrauen Wagen näher kommen.

Dessen Fahrer plötzlich Gas gab.

Ein silbergrauer Wagen ...

Ein silbergrauer Wagen!

Christophers Beine übernahmen das Kommando. In Panik rannte er auf das Taxi zu. Die blonde Frau stand in der Mitte des Weges, die Arme ausgestreckt. Sie hielt etwas in den Händen. Es blitzte dreimal in rascher Folge. Hinter ihm kreischten Bremsen. Im Laufen wandte er den Kopf. Der silbergraue Wagen kam ins Schleudern, die Frontscheibe dreifach durchlöchert. Wasser spritzte, als das Fahrzeug mit den Vorderrädern voran in den Bach rutschte. Er rannte weiter. Verstand nicht, was passierte.

Plötzlich richtete die blonde Frau die Waffe auf ihn.

Er kam so abrupt zum Stehen, dass er strauchelte. Ein Gegenstand fegte haarscharf an seinem rechten Ohr vorbei. Er ließ sich instinktiv fallen, landete hart auf dem Asphalt. Die Frau rannte auf ihn zu, die Waffe im Anschlag. Aus dem Taxi hinter ihr stieg ein Mann. Christophers Muskeln versagten ihm den Dienst. Er musste aufstehen, sich in Sicherheit bringen, doch er war wie gelähmt.

Ein Knall. Ein zweiter Knall. Die blonde Frau wurde im Laufen von den Füßen gerissen. Blieb reglos auf dem Asphalt liegen. Ein dritter Knall. Ihr Begleiter stolperte rückwärts, griff sich an die Brust, brach in die Knie.

Eine dunkelhaarige Gestalt in dunkler Kleidung rannte an Christopher vorbei. Sie richtete eine Pistole auf den Verletzten. Ein Schuss. Der Mann kippte rücklings um.

Das konnte nicht geschehen! Er träumte!

Jemand packte ihn am Kragen und zerrte ihn hoch.

„Ich hätte dir die Beine brechen sollen, du verfluchter Idiot!"

Er kannte diese Stimme. Sie gehörte dem Mann, der ihm den Finger ausgerenkt hatte. Voller Panik versuchte er, sich loszureißen. Der Mann hielt ihn fest. Drückte ihm den Lauf einer Pistole in die Seite und zog ihn mit sich. Christopher starrte entsetzt auf die reglosen Körper, deren Blut den Asphalt rot färbte. Der Schütze kam ihnen im Taxi entgegengefahren und hielt mit quietschenden Reifen. Der Kofferraumdeckel sprang auf.

Mit aller Kraft stemmte er sich gegen den Fremden, der ihn vorwärtsschieben wollte.

Etwas Hartes traf ihn oberhalb des rechten Ohres. Eine Explosion von Schmerz. Die Welt flackerte. Drehte sich. Er drehte sich. Landete auf dem Rücken. Trotz seiner Benommenheit versuchte er, sich aufzurichten. Der Fremde stieß ihn zurück. Hielt ihn mit einer Hand fest und sprühte ihm eine Flüssigkeit ins Gesicht. Der beißende Gestank betäubte sämtliche Sinne.

KAPITEL 18

Sie zogen ihn aus der stickigen Dunkelheit des Kofferraums in eine klamme Finsternis. Seine Füße schleiften über den Boden. Er fühlte sich zu elend, um an Gegenwehr zu denken. Seine Augen brannten. Sein Schädel dröhnte, und in seinem Mund lag ein bitterer Geschmack. Jegliches Zeitgefühl war ihm verloren gegangen. Angst pulsierte in seinen Eingeweiden.

Ein Lichtstrahl durchschnitt die Schwärze.

Er kniff die Augen gegen die plötzliche Helligkeit zusammen. Sie kamen zu einer Tür. Dahinter mehr Dunkelheit. Seine Entführer setzten ihn in eine Ecke. Zwei Lampen wurden eingeschaltet. Sie erhellten einen rechteckigen Raum. Der Dunkelhaarige, der vor seinen Augen zwei Menschen erschossen hatte, holte ein schmales Plastikband aus der Jackentasche. Damit fesselte er Christophers Handgelenke. Einige Schritte entfernt wartete sein Begleiter, ein unscharfer Umriss. Christopher lehnte erschöpft den Kopf gegen die Wand und schloss die Augen.

Als er sie wieder öffnete, Minuten oder Stunden später, saß der Dunkelhaarige auf einem Feldbett und las Zeitung. Der zweite Mann war verschwunden. Eine Erleichterung. Christopher wollte so viel Abstand wie möglich zwischen sich und dem Mistkerl wissen, der ihm den Finger ausgerenkt hatte. Er blieb still sitzen, um keine Aufmerksamkeit zu erregen. Hinter seinen Schläfen pochte der Kopfschmerz, doch die Übelkeit und das Schwindelgefühl waren verschwunden. Seine Augenlider fühlten sich geschwollen an. Er blinzelte mehrmals. Im Raum befanden sich zwei Feldbetten – eins lehnte zusammengeklappt an der Wand –, zwei Reisetaschen, ein Rucksack, ein Campingkocher und prall gefüllte Einkaufstüten. Eine umgedrehte Getränkekiste diente als Tisch. Zu seiner Rechten gab es eine zweite Tür, in deren Schloss ein Schlüssel steckte. An der Tür zur Linken waren mit Klebeband dunkle Tücher befestigt worden, ein großes in der Mitte, das vielleicht ein Fenster verdeckte, und ein kleineres dicht über dem Boden. Der Raum musste unter der Erde liegen. Die schale Luft, die feuchte Kühle, der Geruch nach Schimmel, das diffuse, beklemmende Gefühl einer Last, die auf Decke und Wänden ruhte und auch ihn nach unten zu drücken schien. Keine Geräusche. Das letzte Geräusch, an das er sich erinnerte, war der ohrenbetäubende Knall eines Schusses. Das Bild der blonden Frau tauchte vor seinem inneren Auge auf. Wie sie die Waffe auf ihn richtete. Wie sie fiel. Hätten seine Entführer ihn nicht beschützt, wäre er tot.

Das ergab keinen Sinn! Warum wurde er erst bedroht und verletzt, um später von demselben Mann, der ihm das angetan hatte, gerettet zu werden?

Was für eine sonderbare Rettung, nach der man ihn gefesselt in ein Kellerloch sperrte.

„Hast du Durst?"

Er schrak aus seinen Gedanken. Der Dunkelhaarige blickte ihn über den Rand der Zeitung hinweg an. Er sah freundlich aus für einen kaltblütigen Mörder.

„Hast du Durst?", wiederholte sein Gegenüber mit schwerem osteuropäischen Akzent.

Er nickte mit einiger Verspätung. Seine Kehle fühlte sich staubtrocken an, und er wollte den widerlichen Geschmack aus dem Mund bekommen.

Der Mann legte die Zeitung beiseite. Er holte eine kleine Wasserflasche aus einer der Einkaufstüten, öffnete den Verschluss und stellte sie zwei Schritte von ihm entfernt auf den Boden.

Als sich Christopher vorbeugte, um die Flasche zu nehmen, geriet die Welt ins Trudeln. Er hielt inne, bis sich Kopf und Magen einigermaßen beruhigt hatten.

„Das Spray", erklärte der Mann mit einem Anflug von Bedauern. „Wir hatten keine Zeit für Diskussionen." Er nahm erneut auf dem Feldbett Platz. Es quietschte unter seinem Gewicht.

Christopher griff nach der Flasche. Mit gefesselten Händen und bandagiertem Finger war es umständlich. Langsam richtete er sich auf und nippte an dem Getränk. Die Flüssigkeit schmeckte, wie stilles Wasser schmecken sollte. Gierig leerte er den halben Inhalt der Flasche.

Er musterte sein Gegenüber. Schwarze Haare, schwarze Kleidung, Anfang vierzig. War das der Mann, für den der Skateboarder die Fotos vom Haus gemacht hatte?

„Was wollen Sie von mir?", wagte er eine erste Frage.

„Informationen."

„Worüber?"

„Alles, was du weißt. Über Peter Konstantin, die Unterlagen, uns, die anderen."

„Welche anderen?"

„Spiel keine Spielchen."

„Ich weiß nichts von anderen! Woher soll ich von denen wissen?"

„Weil du eine Menge weißt." Der Mann holte ein Smartphone aus der Jackentasche. Besser gesagt, einen Teil eines Smartphones. Die Rückseite und der Akku fehlten. „Du hast die Verbindung zwischen Rafal Kotecki und Pawel Jankowski gefunden."

Er starrte entgeistert auf den kläglichen Rest seines Smartphones. Wie hatten die Männer die Sperre geknackt?

„Du hast uns die PIN-Nummer verraten", beantwortete der Dunkelhaarige die stumme Frage.

„Habe ich nicht."

„Du hast es vergessen."

Er versuchte vergeblich, sich zu erinnern. Was war zwischen der Schießerei und ihrer Ankunft in diesem Raum geschehen? Wo lag dieser Raum?

„Warum warst du mit Marie Ritter im Pflegeheim?"

„Um ihren Onkel zu besuchen."

„Warum?"

„Nur so."

„Warum?"

„Weil sie sich allein nicht getraut hat."

Die Andeutung eines Lächelns. „Deshalb bittet sie dich, mitzukommen? Warum wart ihr dort? Hat es mit deinen Ermittlungen zu tun?"

„Nichts, wir ..." Er hielt inne. In seinem Kopf breitete sich ein schwammiges Gefühl aus.

„Hat es mit deinen Nachforschungen zu tun? Weiß der Mann etwas über den Tod seines Sohnes?"

Die Wände schienen näher zu rücken. Das Licht der Lampen zog graue Schlieren.

„Warum wart ihr im Pflegeheim?"

Ihn überkam ein Gefühl der Schwerelosigkeit. Von einer schrecklichen Ahnung erfüllt, blickte er auf die Wasserflasche in seiner Hand. „Was ist dadrin?"

„Ein kleiner Entspannungscocktail. Damit wir uns besser unterhalten können. Warum wart ihr im Pflegeheim?" Der Tonfall seines Gesprächspartners wurde eindringlicher. „Was kann ein seniler alter Mann wissen?"

„Nichts." Der Mann hatte ihn heimtückisch unter Drogen gesetzt!

„Du bist einer Spur gefolgt, stimmt's?"

„Nein, ich ... Marie wollte bloß ..." Er versuchte verzweifelt, sich zu konzentrieren. Eine Lüge zu erfinden.

„Frau Ritter wird es uns bestimmt verraten."

„Sie hat nichts damit zu tun! Lassen Sie Marie in Frieden!"

„Warum wart ihr im Pflegeheim?"

Er musste dem Mann irgendetwas geben, um ihn zufriedenzustellen. „Ich wollte herausfinden, ob Dieter Konstantin etwas über den Tod seines Sohnes weiß."

„Und?"

„Der alte Mann leidet an Alzheimer. Er dachte, sein Sohn lebt und kommt ihn bald abholen. Das Einzige, woran er sich erinnert, ist diese Taschenuhr."

Nein! Das hätte er nicht sagen dürfen!

„Welche Taschenuhr?"

Er presste die Lippen fest aufeinander.

„Welche Taschenuhr?"

Plötzlich sprang der Mann von der Liege auf, stürzte auf ihn zu und packte ihn am T-Shirt. Heiße Angst schoss wie ein Geysir in ihm hoch. In Erwartung eines Schlages kniff er die Augen zusammen, doch der Dunkelhaarige schlug nicht zu. „Welche Taschenuhr?“, wiederholte er ruhig.

Christopher atmete zitternd aus und öffnete die Augen. Versuchte vergeblich, dem durchdringenden Blick des Mannes standzuhalten. „Kurz vor seinem Tod hat Peter Konstantin seinem Vater eine Taschenuhr gegeben. Im Deckel befindet sich ein Geheimfach. Möglicherweise hat Peter Konstantin darin etwas versteckt. Ich konnte nicht nachsehen. Der alte Mann hütet die Uhr wie einen Schatz. Das Einzige, woran er sich erinnert, ist, dass sein Sohn die Uhr braucht, wenn er wiederkommt.”

Der dunkelhaarige Mann nickte. „Erzähl mir alles, was du herausgefunden hast.”

Christopher gab sämtliche Ermittlungsergebnisse der vergangenen Tage preis. Es gelang ihm, Jacobis Namen zu verschweigen, doch sie hatten sein Smartphone. Kannten sie Jacobis Sprachmitteilung, schwebte sein bester Freund trotzdem in Gefahr. Als das Verhör beendet war, fühlte er sich körperlich und geistig elend. Wie ein Verräter. Der Dunkelhaarige stand wortlos auf und ging zu der Tür mit dem verhängten Fenster. Er klopfte dreimal gegen das Metall. Die Tür wurde geöffnet, und sein Partner betrat den Raum. Er hatte anscheinend die ganze Zeit draußen gewartet.

Während seine Entführer gedämpfte Worte wechselten, stellte Christopher die Wasserflasche auf den Boden und gab ihr einen Stoß. Sie rollte davon und zog dabei eine nasse Spur über den Beton.

„Was passiert jetzt?" Er richtete die Frage an den Neuankömmling, dessen raues, kantiges Gesicht er zum ersten Mal sah. Er versuchte, es sich einzuprägen. Die hellbraunen Haare, die dunklen Augen, die Form der Nase, des Kinns, der Stirn. Es würde das beste Fahndungsbild aller Zeiten werden.

„Wir holen uns die Taschenuhr. Wenn sie die Informationen enthält, die wir brauchen, lassen wir dich gehen."

Es war dieselbe Stimme. Vor ihm stand der Mann, der ihn verletzt hatte.

„Und wenn nicht?"

„Bleibst du unser Gast, bis wir die Informationen gefunden haben." Sein Gegenüber bedachte ihn mit einem durchdringenden Blick. „Du hättest auf mich hören sollen."

„Dann wüssten Sie nichts von der Taschenuhr."

Der Mann schmunzelte. „Wenn du Glück hast, ist morgen alles überstanden."

Er gab seinem Partner eine Anweisung in fremder Sprache. Es klang nicht nach Polnisch. Die logische Schlussfolgerung wäre Ungarisch, allerdings fragte sich Christopher, ob er im Moment überhaupt zu logischem Denken fähig war. Sein Kopf schwamm. Flimmernde Formen tanzten vor seinen Augen.

Der Dunkelhaarige holte einen Laptop aus einer der Reisetaschen. Die Männer setzten sich aufs Feldbett und richteten ihre Aufmerksamkeit auf den Computer.

Allmählich ließ seine Anspannung nach. Tiefe Erschöpfung breitete sich in ihm aus. Ob Henry und Jasmin ihn schon vermissten?

***

Ein Wagen schlingerte aus einer Nebelbank auf ihn zu und zersplitterte in tausend Teile. Aus ihnen formte sich das verzerrte Bild einer Frau, die sich im Kreis drehte. Schwebende Wände drohten ihn zu erdrücken. Der Boden kippte unter ihm weg, er rutschte, suchte vergeblich nach Halt ... und erwachte.

Mit wild klopfendem Herzen blickte er sich um. Seine Augen nahmen den Raum wahr, er spürte den harten Boden unter sich und das Plastikband, das in seine Handgelenke schnitt. Doch sein Verstand wehrte sich dagegen, die Wahrheit zu akzeptieren. Die Schießerei, die toten Menschen, die Entführung, das alles war geschehen. Er saß gefesselt in einem fensterlosen, unterirdischen Raum, und sein Leben lag in den Händen zweier Männer, die ihn lediglich geschont hatten, um Informationen aus ihm herauszupressen. Was würden sie mit ihm machen, sobald sie in den Besitz der Taschenuhr gekommen waren? Würden sie ihn tatsächlich freilassen, wenn sie alles herausgefunden hatten, was ihnen wichtig war?

Er sah hinüber zu seinen Entführern. Der Dunkelhaarige saß zwischen den Reisetaschen und Tüten auf dem Boden und las in einem Buch. Sein Partner lag ausgestreckt auf dem Feldbett, die Augen geschlossen.

Wer waren diese Männer? Für wen arbeiteten sie? Waren sie Söldner? Soldaten? Geheimagenten? Wer waren diese mysteriösen anderen? Zwischen all diese Fragen schlich sich plötzlich ein furchtbarer Gedanke.

Ich werde Romy nie wiedersehen!

Christophers Herz krampfte sich zusammen. Angst und Verzweiflung wogten in ihm auf.

Seit seiner Entführung mussten Stunden vergangen sein. Er wurde im Restaurant erwartet. Henry oder Jasmin hatten inzwischen sicher versucht, ihn anzurufen. Wenn sie ihn nicht erreichten, wären Jacobi und Martin ihre nächsten Anlaufstellen. In Martins Mailbox wartete der Bericht mit der Zusammenfassung seiner Ermittlungsergebnisse. Einschließlich der Kontaktdaten von Kommissar von Evert und Marie Ritter.

Vielleicht gab es Zeugen seiner Entführung.

Würde die Polizei ihn rechtzeitig finden?

Darauf konnte er sich nicht verlassen. Wenn er aus diesem Raum rauskommen wollte, musste er es ohne Hilfe schaffen.

„Habt ihr etwas Brauchbares in Peter Konstantins Schließfach gefunden?"

„Welches Schließfach?", fragte der Dunkelhaarige, ohne den Blick vom Buch zu nehmen.

„Das Schließfach bei der Postfiliale in der Bramfelder Chaussee. Es wurde vor einigen Tagen aufgebrochen."

Sein Gesprächspartner blätterte die Buchseite um. „Wie ärgerlich."

Er musterte den Dunkelhaarigen scharf, konnte jedoch keine Gemütsregung auf dessen Gesicht entdecken. „Ebenso ärgerlich, dass euch die anderen beim Möbelwagen zuvorgekommen sind." Schlagartig knisterte die Luft vor Spannung. Treffer. „Wie habt ihr mich gefunden?"

Diesmal sah der Mann auf. „Wir haben die anderen beschattet, sie haben Marie Ritter beschattet. Wir sind ihnen zum Pflegeheim gefolgt, und auf einmal bist du aufgetaucht. Dein Selbsterhaltungstrieb ist nicht sehr ausgeprägt, oder?"

Er fasste Mut für die nächste Frage. „Worum geht es eigentlich?"

Die Antwort kam vom Feldbett. „Um vergangene Verfehlungen, die nicht vergangen bleiben wollen." Der Mann mit den hellbraunen Haaren setzte sich auf. Unter seiner Jacke wurde ein Pistolenhalfter sichtbar. „Wie es häufig passiert, wenn Menschen ungehörige Dinge tun. Oder sie dulden."

„Wie den Handel mit verstrahltem Metallschrott?"

Sein Gegenüber hob die Augenbrauen. „Du hast eine rege Fantasie, Junge."

„Und warum habt ihr mich über Rafal Kotecki ausgefragt? Kotecki hat vor Jahren einige Artikel über den illegalen Transport von verstrahltem Metallschrott geschrieben. Später ist er unter mysteriösen Umständen ums Leben gekommen. Was macht den Mann so interessant?" Ihn traf ein warnender Blick, von dem er sich nicht einschüchtern ließ. „War Pawel Jankowski einer der Fahrer, die den Schrott transportiert haben? Hat Jankowski den Journalisten mit Informationen über die Transporte versorgt?"

„Du solltest aufhören, diese Fragen zu stellen. Du schaufelst dir dein eigenes Grab, Junge."

„Ich heiße Christopher." Wenn er eine persönlichere Ebene erreichte, ließen sie ihn vielleicht am Leben.

Seine Entführer wechselten Blicke, mit denen eine komplette Unterhaltung abzulaufen schien.

„Ich heiße Tibor", erwiderte der Dunkelhaarige. „Das ist Máté."

Bestimmt falsche Namen. Trotzdem kam es ihm wie ein Sieg vor. „Warum wollte mich die Frau erschießen? Warum hat sie nicht versucht, mich zu befragen?"

Tibor legte das Buch beiseite. „Weil sie keine Beweise finden, sondern sie verschwinden lassen wollte."

Seinem trägen Verstand ging ein Licht auf. „Im Gegensatz zu euch. Ihr wollt die Beweise verwenden. Um jemanden zu erpressen? Oder zu schützen?"

Während die Männer beharrlich schwiegen, sortierte er im Geiste alle Hinweise, die er gefunden hatte. Es dauerte eine Weile. Die Nachwirkungen der Droge beeinträchtigten seine Konzentrationsfähigkeit. Schließlich erinnerte er sich an den ungarischen Lkw, der in einem der Zeitungsartikel erwähnt worden war. Der Fahrer hatte es bis nach Deutschland geschafft, ehe die Autobahnpolizei das Fahrzeug mit der gefährlichen Ladung stoppte. Sollte der verstrahlte Schrott hier im Land verarbeitet werden? Dazu brauchte es gute Geschäftsbeziehungen.

„Einer der Drahtzieher stammte aus Deutschland."

Tibors Augen weiteten sich. Der nächste Treffer.

Felix von Evert hatte in die richtige Richtung gedacht.

„Aber das spielt keine Rolle mehr", fuhr er fort. „Die Frau und ihr Begleiter sind tot. Niemand kann euch von der Erfüllung eures Auftrages abhalten."

Tibor wechselte einen Blick mit Máté und schwieg.

„Oder schicken die anderen einfach neue Leute?"

Abermals bekam er keine Antwort. In der unbehaglichen Stille spielte Christopher die Unterhaltung in Gedanken durch. Vergangene Verfehlungen, Menschen, die ungehörige Dinge tun. Oder sie dulden. Dulden war im Nachsatz gekommen.

Jemand hatte etwas geduldet. Den Handel mit verstrahltem Schrott, den Mord an Rafal Kotecki, den Mord an Pawel Jankowski. Falls Jankowski ermordet worden war. Hatte sich Nicole Konstantin freiwillig in ihren Wagen gesetzt und den Motor angestellt?

Es war diese Frage, die Peter Konstantin nicht losgelassen hatte. Die ihn dazu bewegt hatte, nachzuforschen. Er war den Hinweisen im Nachlass seiner Frau in die Vergangenheit gefolgt und hatte schlafende Hunde geweckt.

„Habt ihr Peter Konstantin ermordet?"

Máté hob den Blick. „Warum sollten wir jemanden ermorden, der uns wichtige Informationen geben kann?"

„Um zu verhindern, dass derjenige hinterher zur Polizei geht. Oder euren Gegnern die gleichen Informationen gibt."

„Das Problem kann man anders lösen."

Christopher zog es vor, nicht nach dem Wie zu fragen.

„Also haben eure Gegenspieler Peter getötet."

„Was denkst *du*?"

Dass die anderen ausreichend Einfluss und finanzielle Mittel besitzen, um Attentäter loszuschicken. Die sich nicht scheuen, am hellen Tag auf Menschen zu schießen.

Es musste viel auf dem Spiel stehen. Ansehen, Karriere, Freiheit. Jemand hatte sehr viel Angst.

Máté und Tibor waren damit beauftragt worden, die Beweise, die andere vernichten wollten, zu finden. Um sie wem zu übergeben? Dem ungarischen Geheimdienst? Der Polizei? Privaten Interessenten?

Ihm dämmerte etwas. „Wo bleibt eure Verstärkung?"

Weder Tibor noch Máté gaben eine Antwort. Wieder sprach ihr Schweigen Bände.

Auf einmal verspürte er furchtbaren Hunger. Die klamme Kälte ließ ihn frösteln, und seine Blase meldete sich. Es passierte alles gleichzeitig, als wäre sein Körper aus einer Art Taubheit erwacht. „Ich muss auf die Toilette."

Vielleicht bekam er auf diese Weise heraus, was sich hinter der Tür mit dem verhängten Fenster befand.

Máté deutete wortlos auf die Wasserflasche, die neben Christopher auf dem Boden lag. So dringend war es nicht.

Gefühlte zwanzig Minuten später war es dringend.

Er hob widerwillig die Wasserflasche auf und schüttete den Rest der Flüssigkeit aus. „Ich brauche den Deckel."

Tibor warf ihm das Plastikteil zu. Er konnte es mit den gefesselten Händen nicht fangen und ließ es sich in den Schoss fallen. Einer Eingebung folgend, hielt er den Deckel gegen das Licht. Am Rand befand sich ein winziges Loch. Sie hatten die Droge mit einer Spritze in das Wasser gemischt. Tibor hob in einer übertriebenen Geste des Bedauerns die Achseln. Sehr witzig.

Christopher kam auf die Beine und stützte sich an der Wand ab. Sein Kreislauf spielte verrückt. Er fühlte sich zittrig und schwindlig. Um sich einen Rest von Privatsphäre zu bewahren, wandte er seinen Beobachtern den Rücken zu. Mit gefesselten Händen war die Angelegenheit schwierig zu bewerkstelligen, doch schließlich brachte er alles in Position. Es brauchte Überzeugungsarbeit, bevor sich seine Blase entleerte. Hinterher stellte er die zugeschraubte

Flasche in die Ecke und setzte sich davor. Ein neuer Punkt auf der Liste der unangenehmsten Dinge, die er in seinem Leben hatte tun müssen.

„Ich habe Hunger." In Ermangelung eines Waschbeckens rieb er die Hände an der Hose ab. „Wenn ich nicht bald esse, kippe ich um."

Sie bestellten ihm keine Pizza, was ein Traum gewesen wäre. Stattdessen holte Tibor aus einer der Tüten eine Dose mit Ravioli in Tomatensoße und eine Flasche Wasser. Er zog den Deckel von der Dose ab, steckte einen Plastiklöffel hinein und stellte alles ein paar Schritte entfernt hin. Obwohl die kalten Ravioli widerlich schmeckten, aß er reichlich von den gefüllten Teigtaschen. Beim Wasser war er äußerst misstrauisch. Er untersuchte die Flasche akribisch auf Einstichspuren. Nirgends entwich ein verräterischer Wassertropfen. Also leerte er sie in gierigen Zügen. Die Ravioli lagen ihm wie Blei im Magen, doch er fühlte sich besser. Das Zittern blieb. Die Kälte aus dem Boden und den Wänden kroch ihm in den Körper. Gerade wollte er nach einer Jacke oder Decke fragen, als Máté demonstrativ auf die Uhr blickte. Plötzlich herrschte Aufbruchstimmung. Aus einer der Reisetaschen holte Tibor zwei schusssichere Westen. Eine reichte er Máté. Sie streiften die Panzerung über, zogen Jacken an und kontrollierten ihre Waffen. Beide trugen ein zusätzliches Pistolenhalfter am Fußknöchel. Ihre einstudierten Bewegungen und die Art, wie sie sich mit Blicken und Handzeichen verständigten, hatten etwas Militärisches an sich. Christopher war inzwischen überzeugt, zwei ehemalige Soldaten oder Mitglieder einer Spezialeinheit vor sich zu haben. Während Tibor den Inhalt des Rucksacks überprüfte, öffnete Máté die zweite Tür. Im Schein der Lampen wurde ein winziger Raum sichtbar, der früher eine Abstell- oder Vorratskammer gewesen sein mochte.

Ihn überkam ein ungutes Gefühl. Es steigerte sich, als Máté eine Flasche Wasser in den Raum stellte und danach eine der Lampen von ihrem Haken an der Wand nahm.

„Was wird das?"

„Du bleibst hier, bis wir wiederkommen."

„In dem Loch? Ihr könnt mich nicht dadrin einsperren!"

Dicht über dem Boden waren Lüftungsschlitze in die Tür eingelassen, ersticken würde er nicht. Trotzdem war es Wahnsinn.

„In diesem Raum kannst du nicht bleiben, und wir nehmen dich nicht mit."

„Das könnt ihr nicht tun!" Er kam auf die Beine.

Máté hob warnend die Hand.

„Was passiert, wenn ihr nicht wiederkommt? Wenn euch die anderen abknallen? Weiß außer euch irgendjemand, dass ich hier bin?" Der Blick seines Gegenübers sagte alles. Wut und Verzweiflung flammten in Christopher auf. „Ich werde in diesem beschissenen Verlies elendig verrecken! Niemand wird meine Hilferufe hören. Es wird Tage dauern, vielleicht sogar Wochen. Wenn ihr mich umbringen wollt, erschießt mich lieber sofort!" Der letzte Satz rutschte ihm heraus. Er wollte nicht sterben. Aber die Vorstellung, vergeblich auf Rettung zu warten, war so grausam, dass ihm schlecht wurde vor Angst.

Máté überlegte. Ließ sich Zeit mit einer Entscheidung.

„Ich kann euch zeigen, wo der alte Mann sein Zimmer hat. Ich kenne das Gebäude. Falls etwas schiefläuft, könnt ihr mich als Schutzschild benutzen."

Tibor blickte zu Máté, sagte einige Sätze in ihrer Muttersprache. Der Klang der Worte gab Christopher Hoffnung.

„Ich verspreche, dass ich nicht fliehen werde." Das war eine Lüge. Er wusste nicht, was er tun würde, sobald sie die Taschenuhr hatten.

„Versuch es ruhig", gab Máté zurück. „Wir können stattdessen Frau Ritter um ihre Hilfe bitten. Oder diesen Martin. Oder deinen Freund Jacobi."

Kälte breitete sich in seinen Eingeweiden aus. „Ich werde nicht fliehen."

„Ich weiß."

***

Der Strahl der Taschenlampe wanderte über feuchten, rissigen Beton. Ihre Schritte hallten von Wänden wider, die in der Finsternis verborgen blieben. Etwas huschte davon. Eine Maus? Eine Ratte? Der Lichtkegel traf die Motorhaube eines schwarzen Viertürers. Scheinwerfer blinkten auf, als Máté den Wagen entriegelte. Keine Spur von dem Taxi, in dem sie ihn hergebracht hatten. Falls es das Taxi gewesen war und sie es nicht vorher gegen dieses Fahrzeug eingetauscht hatten. Tibor öffnete die rechte Hintertür und bedeutete ihm, einzusteigen. Danach nahm er neben Christopher auf der Rückbank Platz.

„Runter in den Fußraum", befahl Máté vom Fahrersitz aus. „Halte den Kopf gesenkt."

Er gehorchte. Zwängte sich in die Lücke zwischen Vordersitz und Rückbank. Im trüben Schein der Innenbeleuchtung betrachtete er seine gefesselten Hände. Das Plastikband saß fest, ohne die Blutzufuhr zu sehr abzuschnüren. Irgendwo hatte er gehört oder gelesen, dass man sich mit ausreichend Kraftanstrengung von diesen Bändern befreien konnte. Solange die Hände vor dem Körper gefesselt waren. Ob es stimmte, wusste er nicht. Es auszuprobieren, traute er sich nicht.

Der Motor erwachte brummend zum Leben. Máté wendete und fuhr zügig los. Schließlich bog er links ab und erhöhte das Tempo. Der Wagen fuhr eine steile Rampe hinauf. Es blieb dunkel um sie herum, doch die Motoren- und Reifengeräusche klangen anders. Sie waren im Freien. Erleichterung überkam ihn. Er mochte seinen Entführern weiterhin ausgeliefert sein, doch er saß mit ihnen in diesem Wagen und harrte nicht in einem winzigen Raum ihrer Rückkehr. Oder seines qualvollen Todes.

Máté fuhr schnell. Falls es Ampeln gab auf dieser Strecke, standen sie entweder auf Grün oder er ignorierte die Verkehrssignale. Einmal holperte der Wagen über Bohlen oder Gleise. Danach dröhnten die Reifen eine Weile dumpf auf dem Asphalt. Das Holpern wiederholte sich.

Ein Bahnübergang? Eine Brücke?

Schließlich gab Máté ihm die Erlaubnis, sich aufzusetzen. Er kam mühsam hoch und schnallte sich an. Draußen zog das nächtliche Hamburg vorbei. Falls es Hamburg war. Auf der rechten Straßenseite erstreckte sich eine scheinbar endlose Reihe hoher

Bäume. Links von der Straße verliefen Gleisstränge. Auf einem stand ein Zug. Kesselwagen um Kesselwagen tauchte aus der Dunkelheit auf und verschwand hinter ihnen im Nichts. Sie fuhren durch ein Gewerbe- oder Industriegebiet. Bald darauf beschrieb die Straße eine weite Kurve und führte über eine Brücke. In der Ferne entdeckte Christopher ein riesiges Schiff, das von unzähligen Scheinwerfern beleuchtet an einem Kai lag. Ein unwirklicher Anblick. Bevor er sich im Geiste einen Stadtplan vorstellen konnte, bogen sie nach links ab. Im Licht einer Leuchtreklame erkannte er das Straßenschild. Die Georg-Wilhelm-Straße.

Sie waren zurück in Wilhelmsburg.

KAPITEL 19

Er blickte angespannt hinaus. Eben waren sie an der Haltestelle vorbeigekommen, an der er den Bus verlassen hatte, um Marie Ritter zu treffen. Es schien Tage her zu sein. Ein Schild wies den Weg zum Pflegezentrum, doch Máté bog nicht ab, sondern folgte dem Verlauf der Georg-Wilhelm-Straße. Erst an der nächsten Abzweigung blinkte er und lenkte den Wagen in eine Seitenstraße. Kurz darauf bog er abermals ab. Im Schritttempo rollten sie auf eine Gabelung zu, deren Arme ins Nichts zu führen schienen. Máté fuhr rechts. Im Licht der Scheinwerfer und vereinzelter Straßenlaternen tauchten dicht stehende Bäume auf. Einmal erschienen die Konturen eines Gebäudes. Die Straße verengte sich, wurde zu einem schmalen Fußweg. Máté hielt an und stellte den Motor aus. In der folgenden Stille hörte Christopher seinen Atem unwirklich laut.

„Du tust, was wir sagen, wenn wir es sagen." Máté musterte ihn scharf durch den Rückspiegel. „Keine Diskussionen. Falls die anderen auf uns warten, werden sie erst angreifen, wenn wir aus dem Gebäude kommen. Bis dahin sollten wir ungestört sein."

Ihm wurde flau im Magen. Seine Entführer trugen schusssichere Westen. Sein T-Shirt hielt keine Kugeln ab.

„Du hättest in den Raum gehen sollen", sprach Máté seinen Gedanken laut aus.

Die Nachtluft war frisch. Während Máté seine Waffen erneut kontrollierte, schulterte Tibor den

Rucksack. Christopher stand fröstelnd zwischen ihnen. Er kam sich verloren und fehl am Platz vor. Schließlich nahmen sie ihn in die Mitte, und es ging los.

Der Weg war unbefestigt und unbeleuchtet. Die Bäume zu beiden Seiten verschluckten sämtliches Restlicht. In der Finsternis orientierte er sich an Mátés Rücken. Hinter sich hörte er Tibors Schuhe auf dem Sand und Kies knirschen. Die Handfessel schabte über seine empfindliche Haut.

Gleich würden sie in ein Pflegeheim einbrechen und einem alten Mann eine Taschenuhr stehlen, in der sich vielleicht die fehlenden Hinweise befanden, um die Puzzleteile zusammenzufügen. Unter seine Angst mischten sich Euphorie. Es gab keinen Grund, euphorisch zu sein. Seine Begleiter würden niemals zulassen, dass er die Informationen sah. Im besten Fall hielten sie ihr Wort und ließen ihn laufen. Im schlimmsten Fall ...

Daran durfte er nicht denken. Ebenso wenig an die anderen, die ihnen möglicherweise auflauerten. Er würde diese Nacht überleben. Sobald er frei wäre, würde er Romy anrufen und ...

Was er ihr sagen wollte, wusste er nicht. Es fiel ihm hoffentlich ein, wenn es so weit war.

Der Weg beschrieb einen Bogen nach links und führte geradeaus weiter. Wenn sein Orientierungssinn ihn nicht täuschte, gingen sie parallel zum Pflegezentrum. Es gab anscheinend keine Zäune oder Mauern, die das Gelände vom Weg abgrenzten. Kurz darauf tauchte rechts ein schwacher Lichtschein zwischen den Bäumen auf. Teile eines Gebäudes wurden sichtbar.

Máté hielt an. Das Display seines Smartphones leuchtete auf und erlosch wieder.

„Wir sind da."

Plötzlich zitterten Christophers Hände. Sein Magen krampfte sich vor Anspannung zusammen. Obwohl er vorwärtsgehen wollte, machten seine Füße scheinbar selbstständig einen Schritt zurück.

Máté hielt ihn am Arm fest. „Wo liegt das Zimmer?"

„Im Erdgeschoss, auf der Rückseite."

Sie verließen den Weg. Hielten sich im Schutz der Bäume, die in weitem Bogen um das Gelände standen. Er setzte vorsichtig einen Fuß vor den anderen, um nicht über einen heruntergefallenen Ast zu stolpern oder in ein Loch zu treten. Schließlich ging Máté neben einem Baumstamm in die Hocke. Christopher und Tibor taten es ihm gleich. Vor ihnen lag offenes, grasbewachsenes Gelände, jenseits davon die Rückseite des Gebäudes. Es gab keine Außenbeleuchtung, an der sich nächtliche Besucher hätten orientieren können. Trotzdem war es nicht vollkommen dunkel. Helle Wolken bedeckten den Himmel und reflektierten diffuses Licht. Sobald sich seine Augen darauf eingestellt hatten, bekam die Umgebung schärfere Konturen.

Es gab Fenster in der Gebäudewand. Die meisten waren von Außenjalousien verdeckt. Keine Balkone oder Türen, die eine Möglichkeit zum Einsteigen boten. Er hielt Ausschau nach Bewegungen, verdächtigen Schatten. Den anderen.

Máté zog seine Pistole.

Christophers Herz schlug schneller. „Was macht ihr, wenn der alte Mann aufwacht?", flüsterte er.

„Lassen wir uns etwas einfallen."

„Die Taschenuhr ist das Kostbarste auf der Welt für ihn. Er mag ein kranker Mann sein, aber er wird sie mit aller Kraft und lautstark verteidigen. Ich habe das bei meinem Besuch erlebt."

Falls sie einer der anderen Patienten oder jemand vom Personal bemerkte, würde die Hölle losbrechen.

Máté warf Tibor einen Blick zu. Sein Partner holte eine kleine Spraydose aus dem Rucksack und steckte sie sich in die Jackentasche. Wahrscheinlich das fiese Zeug, mit dem sie ihn betäubt hatten. Trotzdem war es eine bessere Lösung als ein Schlag mit einer Pistole.

Er sah zweifelnd hinüber zum Gebäude. Er fühlte sich nicht bereit für das, was bevorstand.

„Du tust, was wir sagen", wiederholte Máté. „Je schneller wir hier raus sind, desto eher kommen wir alle nach Hause."

Sie rannten über den Rasen und erreichten unbehelligt das Gebäude. Christopher presste sich mit dem Rücken gegen die Hauswand. Adrenalin rauschte durch seine Adern und versetzte seinen Körper in Alarmbereitschaft.

„Wir müssen eine Tür finden", flüsterte Máté.

Die Fenster im Erdgeschoss lagen zu hoch, um sie ohne Leiter zu erreichen. Die Kellerfenster zu ihren Füßen waren winzige Rechtecke.

Er rief sich den Korridor ins Gedächtnis, durch den sie zu Dieter Konstantins Zimmer gegangen waren. Hatte er dort eine Tür gesehen, die nach draußen führte? Oder in einem der anderen Korridore? Er erinnerte sich nicht. Sein Gefühl sagte ihm, dass es eine Tür geben musste. Obwohl das Zimmer rechts von ihnen lag, wandte er sich nach links und schlich dicht an der Hauswand entlang. Tibor und Máté folgten ihm lautlos. Er erreichte das Ende des Gebäudeflügels, blickte um die Ecke und entdeckte zu seiner Erleichterung einen fast ebenerdigen Balkon. Hinter der Balkontür erstreckte sich ein schummrig beleuchteter Korridor.

Tibor schob sich an ihm vorbei und kletterte behände über das Geländer. „Keine Alarmsicherung", flüsterte er Momente später. Aus seinem Rucksack holte er einen Schraubenzieher und ein schmales Stemmeisen. Während er sich an der Tür zu schaffen machte, überprüfte Máté abwechselnd den Korridor und die Umgebung.

Es knackte leise, als Tibor die Balkontür aufhebelte. Er verstaute das Einbruchswerkzeug wieder im Rucksack, nahm seine Pistole und schob die Tür lautlos auf.

Christopher kletterte ohne Hilfe über das Balkongeländer und folgte Tibor ins Gebäude. Die Gefahr hätte ihn ängstigen sollen, stattdessen elektrisierte sie ihn.

Auf leisen Sohlen huschten sie den Korridor entlang. An der nächsten Ecke hielten sie an und wandten sich nach einer raschen Kontrolle nach links. Im Gebäude herrschte Grabesstille. Anders als bei seinem ersten Besuch, empfand er sie nicht als bedrückend, sondern als beruhigend. Sollte sich jemand nähern, würden sie es hören. Ob sie rechtzeitig ein Versteck fanden, war eine andere Sache.

Meter um Meter näherten sie sich Dieter Konstantins Zimmer.

Befanden sich die Beweise tatsächlich in der Taschenuhr?

Er war plötzlich unsicher, ob er etwas gesehen hatte oder nicht. Wie würden seine Begleiter reagieren, falls die Uhr leer war? Unwillkürlich verlangsamte er seine Schritte. Sofort legte sich eine Hand auf seine Schulter und schob ihn vorwärts. Drei Türen. Noch zwei. Sie hatten Dieter Konstantins Zimmer erreicht. Er blieb stehen und deutete auf die Tür. Tibor hob den Zeigefinger an die Lippen. Während Máté den Korridor im Auge behielt, drückte Tibor vorsichtig die Klinke hinunter. Die Tür war unverschlossen. Er steckte die Pistole zurück ins Halfter und nahm stattdessen die Spraydose zur Hand. Langsam schob er die Tür auf. Das Licht aus dem Korridor kroch in den dunklen Raum. Tastete sich über den Boden, die Wand entlang bis zu einem Bettpfosten. Erhellte ein schmales Bett.

In dem niemand lag.

Panik flammte in Christopher auf. Er war erledigt!

Er betrat den Raum, bemerkte etwas am Rande seines Blickfeldes und fuhr herum.

Dieter Konstantin saß angezogen in seinem Rollstuhl und blickte aus dem Fenster. Neben ihm stand sein Koffer. Gepackt für eine Heimfahrt, die nie stattfinden würde. Christopher schluckte beklommen. Ohne auf Anweisung von Máté zu warten, näherte er sich dem alten Mann. Ein Nachtlicht neben dem Fenster gab einen gelblichen Schein ab. Er fiel auf ein hageres Gesicht, auf trübe, entrückte Augen.

Hinter ihm wurde leise die Tür geschlossen. Allein die Nachtbeleuchtung spendete Licht und verlieh allem einen Anschein des Unwirklichen.

Er ließ sich neben dem Rollstuhl auf ein Knie nieder. Dieter Konstantin beachtete ihn nicht. Die Finger seiner rechten Hand strichen unermüdlich über die Taschenuhr. Sein Kiefer mahlte.

Die Taschenuhr.

Er widerstand dem Drang, nach ihr zu greifen.

Plötzlich wandte der alte Mann den Kopf. Sah ihn direkt an. „Wer sind Sie? Was machen Sie hier?"

Máté und Tibor traten näher.

„Peter schickt uns", gab Christopher rasch zurück. „Er ist aus dem Urlaub zurück."

Ein Lächeln glitt über Dieter Konstantins Gesicht.

Hinter ihm ein leises Zischen, wie von Druckluft. Er sprach weiter, um den alten Mann abzulenken. „Wir sollen Sie nach Hause bringen."

Tibor trat hinter Dieter Konstantin und presste ihm ein Tuch über Mund und Nase. Der alte Mann gab einen erschrockenen Laut von sich. Er griff nach dem Tuch, versuchte vergeblich, daran zu ziehen. Schließlich sackte er in sich zusammen. Tibor steckte das Tuch ein, nahm die Taschenuhr und reichte sie Máté.

Wut flammte in Christopher auf. Über diese unfassbare Situation und seine Hilflosigkeit. Wut auf Verbrecher, die Menschen überfielen, bedrohten und ermordeten, als besäße ein Leben keinen Wert. Allein die Vernunft hielt ihn davon ab, Máté die Uhr zu entreißen.

Tibor schaltete eine Taschenlampe ein. In ihrem Schein klappte Máté die Uhr auf. Er fuhr mit einem behandschuhten Finger am Rand des Deckels entlang, fand die Einbuchtung und öffnete das Geheimfach. Ein

Lächeln umspielte seine Lippen. Er drehte die Uhr auf den Kopf. Ein Gegenstand fiel ihm in die Hand. Es war eine Mini-Speicherkarte, auf der sich sehr wahrscheinlich die Beweise befanden, die Peter Konstantin und etliche andere Menschen das Leben gekostet hatten.

Tibor ballte triumphierend die Hand zur Faust. Er gab Máté einen Klaps gegen den Oberarm und sagte etwas in ihrer Muttersprache. Máté lachte leise. Er verstaute die Speicherkarte wieder in der Uhr und hängte sie sich an der Kette um den Hals.

Diese Gedankenlosigkeit empörte Christopher. „Gib ihm die Taschenuhr zurück!"

Máté musterte ihn verwundert.

„Die Uhr ist alles, was dem alten Mann von seinem Sohn bleibt. Gib sie ihm zurück."

Tibor schmunzelte, sichtlich amüsiert über den fordernden Tonfall. Im Gegensatz zu Máté, der ihn finster anstarrte.

Christopher hielt dem bohrenden Blick entschlossen stand. Wortlos nahm Máté die Kette wieder ab. Er holte die Speicherkarte aus dem Geheimfach und hängte Dieter Konstantin die Uhr um. Die Speicherkarte verstaute er in der Innentasche seiner Jacke.

Tibor schaltete die Taschenlampe aus und ging zur Tür. Er öffnete sie einen Spalt, lauschte und warf einen vorsichtigen Blick in den Korridor. Er tat einen Schritt hinaus und wich plötzlich zurück. „Kontrolle!"

Christophers Herz hämmerte los.

Tibor überprüfte abermals den Korridor. „Sie schaut in jedes Zimmer."

„Was machen wir?“, fragte Christopher heiser. Er traute es seinen Begleitern zu, sich notfalls den Weg freizuschießen.

Máté eilte zum Fenster, um es zu öffnen. Es rührte sich keinen Millimeter. Er zog erneut an der Klinke, doch das Fenster blieb geschlossen.

„Noch acht Türen.“ Tibor behielt durch den Türspalt den Korridor im Auge. „Sieben.“

Christopher blickte sich verzweifelt um. Zwei Menschen konnten sich vielleicht verstecken. Einer unter dem Bett, einer im Schrank. Aber drei?

Máté untersuchte derweil die Klinke. Er fand etwas an der Unterseite, drückte mit dem Daumen drauf und zog erneut. Diesmal öffnete sich das Fenster. Tibor schloss lautlos die Tür und schob Christopher zum Fenster.

„Vorsicht“, warnte Máté.

Tibor nickte und nahm seine Waffe. Nach einem raschen Kontrollblick kletterte er hinaus. Christopher schaffte es allein aufs Fensterbrett, schwang die Beine ins Freie und sprang. Er landete neben Tibor, der geduckt die Umgebung im Auge behielt. Ihm fiel Mátés Bemerkung ein, dass die anderen sie erst angreifen würden, wenn sie aus dem Gebäude kamen. Angsterfüllt blickte er zu den Bäumen, die jenseits des Geländes dicht an dicht standen. Er erschrak, als Máté fast lautlos neben ihm im Gras landete.

„Wir haben bloß ein paar Sekunden.“ Mátés Hand schloss sich fest um seinen Unterarm.

Christopher machte sich bereit, so schnell zu rennen wie nie zuvor in seinem Leben. Auf Mátés Zeichen hin stieß er sich von der Wand ab, und gemeinsam hetzten sie über den Rasen.

Zu ihrer Linken leuchtete ein helles Licht zwischen den Bäumen auf.

„Polizei! Stehen bleiben!", durchbrach eine laute Stimme die nächtliche Stille.

Christopher wollte gehorchen, doch Máté zerrte ihn weiter. Ein Schuss knallte. Ihm blieb fast das Herz stehen.

„Stehen bleiben!" Felix von Everts Stimme.

Die nächste Kugel schlug dicht vor Tibors Füßen ein, brachte ihn ins Straucheln. Máté bremste abrupt ab, zog Christopher vor sich und richtete die Waffe in die Richtung, aus der die Schüsse gekommen waren. Tibor suchte hinter ihnen Deckung.

Starr vor Angst konnte Christopher keinen klaren Gedanken fassen.

„Lasst die Waffen fallen, und gebt die Geisel frei!", verlangte Felix von Evert aus der Dunkelheit.

Máté machte ungerührt einen Schritt auf die Bäume zu. „Wir lassen ihn gehen, sobald wir in Sicherheit sind."

„Er bleibt hier! Nehmt mit, was ihr gefunden habt, und verschwindet. Wir halten euch nicht auf."

Máté wagte den nächsten Schritt. Zog Christopher mit sich.

„Stehen bleiben!"

Máté hielt inne. „Zeigt euch." Um die Forderung zu unterstreichen, presste er den Lauf der Pistole gegen Christophers Hals. Das Metall strahlte eine Kälte aus, die ihn bis ins Innerste lähmte.

Die Zeit schien sich ins Unendliche zu dehnen. Jeder Atemzug eine Ewigkeit zu dauern.

Schließlich leuchtete eine zweite Taschenlampe auf. Zwei Personen traten aus dem Schutz der Bäume. Sie näherten sich ihnen leicht geduckt, die Waffen im Anschlag, die Taschenlampen auf sie gerichtet. Auf Felix von Everts Gesicht spiegelte sich höchste Konzentration wider.

Er hätte dem Kommissar gern zugerufen, dass es ihm leidtat. Ihm alles leidtat. Er brachte kein Wort heraus.

Die Polizisten blieben in gebührendem Abstand stehen.

„Werft die Waffen weg", verlangte Máté. „Sobald wir unseren Wagen erreicht haben, lassen wir ihn frei."

Stille. Schweigen. Niemand bewegte sich.

Felix von Evert war der Erste, der die Pistole senkte. Er ließ sie zusammen mit der Taschenlampe vor sich ins Gras fallen, hob die Hände und trat zurück. Sein Kollege tat es ihm nach. Sie waren schutzlos. Wenn Máté seine Meinung änderte ...

Christopher fand seine Stimme wieder. „Ihr könnt keine Polizisten erschießen. Bitte ..."

Plötzlich stolperte Máté vorwärts. Riss ihn fast um. Neben ihnen fiel Tibor zu Boden. Ein Aufschrei. Vor ihnen. Felix von Everts Kollege lag zusammengekrümmt im Gras. Der Kommissar kauerte neben ihm. Er griff nach seiner Waffe und brachte sie in Anschlag. Doch er zielte nicht auf Máté, sondern seitlich an ihm vorbei.

„Lauf!" Máté stieß Christopher von sich. „Los! Lauf!"

Schüsse peitschten durch die Nacht.

Bei jedem Knall erwartete er, von einer Kugel in den Rücken getroffen zu werden. Er erreichte die Bäume, stolperte in der Dunkelheit und landete hart auf Händen und Knien. Er krabbelte weiter, weg von der Gefahr. Strauchelte, als sich das Plastikband um seine Handgelenke in einem Ast verhedderte. Voller Panik zerrte er an der Fessel. Sie riss. Endlich frei! Jenseits der Bäume wurde es still. Er blickte sich angsterfüllt um. Zahlreiche Fenster im Gebäude waren erhellt. Das Licht erleuchtete eine schreckliche Szenerie: Felix von Evert lag reglos im Gras. Sein Kollege ein Stück entfernt. O Gott!

„Hilf mir!"

Er fuhr herum. Máté kam auf ihn zu. Er schleppte Tibor mit sich, der wie ein Sack an ihm hing.

„Du musst ihn tragen. Ich kann uns sonst nicht schützen!" Máté sah hektisch hinter sich. In der Ferne heulten Sirenen. „Die Polizei kann uns nicht helfen. Die wissen nicht, mit wem sie es zu tun haben!"

Christopher schaute zu Felix von Evert. Aus den Augenwinkeln sah er eine Gestalt über den Rasen huschen. Er kam auf die Beine. Mit Mátés Hilfe wuchtete er sich Tibor auf die Schulter. Er spürte das zusätzliche Gewicht kaum. Máté blieb hinter ihm und lotste ihn zurück auf den Weg.

Das Geräusch der Sirenen kam rasch näher. Es hätte ihm Hoffnung geben sollen, stattdessen klang es wie ein Vorbote für mehr Gewalt und Tod.

Vor ihnen gabelte sich der Weg. Máté schob ihn nach rechts, weg von den Sirenen. Sie hasteten durch die Dunkelheit, überquerten eine Wiese und erreichten eine Straße. Im Schutz eines Gebäudes blieben sie stehen. Christophers Knie zitterten, während er keuchend versuchte, Tibor auf den Schultern zu halten. Adrenalin pumpte durch seine Adern. Es ließ alle Konturen schärfer erscheinen und alle Töne lauter.

Zu ihrer Linken raste ein Polizeiwagen vorbei. Blaue Lichter blitzten auf und verschwanden in der Nacht.

Máté fuhr plötzlich herum. Die Waffe im Anschlag, starrte er in die Dunkelheit. Der Lauf seiner Pistole wanderte langsam nach links. Sein Zeigefinger krümmte sich um den Abzug. Er hielt einen Moment inne und drückte ab. Ein ohrenbetäubender Knall ertönte, gefolgt von einem gedämpften Schmerzensschrei. Etwas pfiff dicht an Christopher vorbei. Er schrak zurück, prallte gegen die Hauswand. Tibor stöhnte. Máté erwiderte das Feuer, packte ihn am Arm und zog ihn mit sich. Auf die Straße. Grelle Autoscheinwerfer näherten sich. Reifen quietschten. Wenige Meter entfernt kam ein Wagen zum Stehen. Máté lief mit gehobener Waffe auf das Fahrzeug zu. Er riss die Fahrertür auf und zerrte einen jungen Mann ins Freie. Der ergriff nach einem Blick auf die Pistole die Flucht. Máté öffnete die hintere Wagentür. Christophers Beine übernahmen das Kommando und brachten ihn zum Fahrzeug. Er beförderte Tibor auf die Rückbank, lief um den Wagen herum und wollte sich auf den Beifahrersitz setzen.

„Rückbank!"

Er gehorchte. Um Platz zu haben, hob er den Oberkörper des stöhnenden Tibors auf seine Oberschenkel. Sobald er saß, gab Máté Gas. Hinter ihnen kam eine Gestalt zwischen den Häusern hervor. Sie lief auf die Fahrbahn und rannte ihnen nach. Es war ein Mann in dunkler Kleidung. Hinter dem Verfolger bog mit blinkenden Lichtern ein Streifenwagen in die Straße ein. Eine Sirene heulte auf. Der Mann wandte im Laufen den Kopf, wechselte auf den Bürgersteig und verschwand in der Nacht. Reifen quietschten, als Máté den Wagen schwungvoll in eine Querstraße lenkte. Die Fliehkraft drückte Christopher gegen die Autotür. Er hielt Tibor fest und spürte Feuchtigkeit an seinen Fingern. Tibors Jacke war am Rücken klitschnass. Von einer furchtbaren Ahnung erfüllt, schaltete er die Innenbeleuchtung ein. Seine Handfläche war blutverschmiert. Die Bandage um den verletzten Finger, das dunkelgraue T-Shirt, seine Arme, überall Blut. Hektisch suchte er nach dem Ursprung. Fand ein Loch in Tibors Jacke. Dicht darunter ein zweites. Ihm steckten zwei Kugeln im Rücken. Wie konnte das sein? Er trug eine schusssichere Weste!

„Máté!"

„Ich weiß."

Er sah auf, verwirrt von der nüchternen Antwort.

Máté blickte mit versteinerter Miene auf die Straße.

„Wir müssen ihn ins Krankenhaus bringen!"

„Das können wir nicht."

„Tibor ist schwer verletzt! Er braucht medizinische Hilfe, sonst ..."

„Das weiß ich!" Abrupt bog Máté ab. Der Wagen schleuderte in eine Seitenstraße, holperte über den Bürgersteig und kam zurück auf die Fahrbahn. „Es ist zu riskant. Wenn wir Tibor ins Krankenhaus bringen, überlebt keiner von uns diese Nacht."

„Aber wir können nicht ..."

„Versuch, die Blutung zu verlangsamen. Sobald wir im Versteck sind, kümmere ich mich um ihn."

Die Blutung verlangsamen? Wie? Er betrachtete seine blutverschmierten Hände. Presste sie in seiner Verzweiflung auf die Wunden. Tibor schrie auf. Eine Hand krallte sich um sein Schienbein. Die Fingernägel bohrten sich durch den Jeansstoff in die Haut. Tibor hustete, holte gequält Luft. Es klang, als würde jemand versuchen, mit einem Strohhalm die letzte Flüssigkeit aus einem Glas zu saugen.

„Halte durch! Es wird alles gut, wir kriegen das irgendwie hin!" Seine Augen brannten. „Máté. Wir müssen etwas tun!"

Verbissenes Schweigen.

„Hilf ihm! Du kannst ihn nicht einfach sterben lassen!"

Keine Antwort.

Tibors Atemzüge wurden unregelmäßig. Leises Gurgeln begleitete jedes Heben und Senken des Brustkorbs. Christopher blinzelte eine Träne weg und wandte den Blick ab. Draußen zogen Häuser und Fahrzeuge vorbei. Umrisse, die er wie durch einen Schleier wahrnahm. Er wollte das hier nicht erleben! Er wollte nicht ohnmächtig dabei zusehen müssen, wie ein Mensch in seinen Armen starb. Für eine Speicherkarte. Ein lächerliches Ding aus Plastik und Metall!

Plötzlich krampfte Tibor. Er hustete und würgte. Rote Flüssigkeit besprenkelte die Rückseite des Beifahrersitzes. Seine Hand krallte nach der Luft, suchte Halt. Christopher ergriff sie. Blutverschmierte Finger umklammerten seine. Er hielt Tibors Hand und hörte dem Husten und Gurgeln zu.

Bis es verstummte.

KAPITEL 20

Eine Weile saß er reglos da. Versuchte zu begreifen, was geschehen war. Er betrachtete Tibors schlaffe Finger und ließ sie los. Es gab keine Beschreibung für das, was er fühlte. Er war gefangen in einem Albtraum, aus dem es kein Erwachen gab. Weil er bereits wach war.

Tibor, Felix von Evert, sein Kollege. Alle tot.

Wenn er auf Mátés Warnung gehört und sich aus dem Fall herausgehalten hätte. Wenn er Dieter Konstantin in Ruhe gelassen hätte. Wenn, wenn, wenn...

Seine Augen brannten. Er hob den Blick. Sie fuhren eine zweispurige Straße entlang. Rechts standen dicht an dicht Bäume, links Lagertanks. Die Pfeiler einer Brücke kamen in Sicht. Jenseits des Flusses ragte eine große kreisrunde Struktur auf. Daneben zwei höhere Gebäude. Dort lag Moorburg, das Kohlekraftwerk. Über dem Kühlturm wurde der Himmel bereits heller. Bald würde die Sonne aufgehen.

Máté überquerte die Brücke und verlangsamte das Tempo. Eine Bahnschranke versperrte die Zufahrt zu einer Nebenstraße. Kurzerhand umfuhr er sie. Er lenkte den Wagen über die Gleise und eine Wiese und schlug das Lenkrad nach links ein, um auf der Straße weiterzufahren. Ihr Wagen war das einzige Fahrzeug weit und breit.

Máté fuhr schneller, die Hände in den schwarzen Lederhandschuhen fest ums Lenkrad geschlossen.

Wiesen, Bäume und unbebaute Areale sausten vorbei. In der Ferne standen niedrige Gebäude.

Ohne Vorwarnung machte Máté einen Schwenk auf eine der brach liegenden Flächen. Schotter und Sand wurden von den Reifen hochgeschleudert und prallten gegen die Karosserie. Die Scheinwerfer erfassten verfallene Mauern. Überreste eines Gebäudes, die wie steinerne Zähne aus dem Erdboden ragten. Er wich den Hindernissen aus, bremste ab und schaltete in einen niedrigeren Gang. Der Wagen neigte sich. Sie fuhren eine Rampe hinunter.

Das Licht der Scheinwerfer durchschnitt die Schwärze. Es traf Stützpfeiler, an denen alte Wegweiser und Warnschilder hingen, glitzerte in Pfützen aus Regenwasser und erhellte die verblassenden Markierungen auf dem Betonboden. Sie befanden sich in einer ehemaligen Tiefgarage.

Máté folgte dem Hauptweg, bog rechts ab und hielt schließlich an. Bei laufendem Motor starrte er auf eine Tür, die durch die Lichtkegel aus der Dunkelheit geschnitten wurde. Seine Miene war ausdruckslos. Kein Wort wurde gesprochen. Schließlich nahm er die Hand vom Steuer und stellte den Motor ab. Er zog den Zündschlüssel ab, die Scheinwerfer erloschen. Löste seinen Gurt. Jede Bewegung erfolgte langsam und mit Bedacht.

„Was ist mit Tibor?"

„Lass ihn im Wagen." Ohne nach hinten zu blicken, öffnete Máté die Fahrertür. Er stützte sich am Lenkrad ab, zog sich mit der anderen Hand am Türrahmen hoch und stieg aus. Seine Bewegungen wirkten mühsam.

Christopher schob sich unter Tibor hervor. Er bettete ihn auf die Rückbank und folgte Máté im Schein einer Taschenlampe zur Tür. Máté humpelte und drückte den rechten Ellenbogen gegen seine Seite.

„Ist alles in Ordnung?"

Keine Antwort.

Máté betrat den Raum und schaltete eine der Lampen ein. Er blieb mit gesenktem Kopf stehen.

Christopher trat besorgt näher. Und griff reflexartig zu, als Máté plötzlich in sich zusammensackte. Er hievte ihn auf eines der Feldbetten und kniete sich neben ihn hin. Máté keuchte, das Gesicht schmerzverzerrt. Schweißperlen bildeten sich auf seiner Stirn. Seine Jacke glänzte auf der rechten Seite feucht. Auf dem dunklen Stoff war das Blut kaum zu sehen.

„Du bist verletzt!"

„Der Laptop", brachte Máté zwischen zusammengebissenen Zähnen hervor. „In der schwarzen Reisetasche."

„Erst will ich mir das ansehen." Als er Máté am Arm berührte, wurde er grob zurückgestoßen. Er landete hart auf dem Boden. Der Schmerz fuhr in seinen verletzten Finger wie ein feuriger Peitschenschlag. Er presste die Lippen aufeinander, um nicht aufzuschreien. Er wollte sich gerade aufrichten, als er die Pistole in Mátés Hand sah. Ihr Lauf zielte an ihm vorbei. Noch.

„Bring mir den Laptop."

Christopher setzte sich langsam auf. „Du bist verletzt."

„Dafür ist keine Zeit."

Die Antwort war so absurd, dass er fast gelacht hätte. „Meinst du nicht, heute Nacht sind genug Menschen gestorben? Wer soll die Beweise abliefern, wenn du tot bist?" Er zögerte. „Wofür wäre Tibor gestorben?"

Heißer Zorn blitzte in Mátés Blick auf. Nach scheinbar endlosen Sekunden senkte er die Waffe. „Sieh in der blauen Reisetasche nach. Und bring mir den Laptop!"

Er fand einen Erste-Hilfe-Kasten und reichte ihn Máté, der jede seiner Bewegungen aufmerksam verfolgte. Danach holte er den Laptop. Mittlerweile hatte sich das heiße Pochen von seinem verletzten Finger bis zum Handballen ausgebreitet. Jede Bewegung mit der linken Hand schmerzte. Er legte den Laptop auf die Getränkekiste, die als provisorischer Tisch diente, und nahm sich eine der verbliebenen Wasserflaschen. Seine Hände waren blut- und dreckverschmiert. Er wollte sie reinigen, bevor er Mátés Wunde versorgte. Falls er dazu in der Lage war. Der Erste-Hilfe-Kurs, den er vor seiner Führerscheinprüfung absolvieren musste, lag Jahre zurück. Von der Versorgung von Schusswunden war damals keine Rede gewesen. Er klemmte sich die Flasche zwischen die Oberschenkel und öffnete den Verschluss mit der rechten Hand. Irgendwie gelang es ihm, ausreichend Flüssigkeit über seine Finger laufen zu lassen, um sie einigermaßen zu säubern. Was ihm fehlte, war eine Möglichkeit, sie abzutrocknen. Seine blutbefleckte Kleidung sah aus, als käme er von einem Schlachtfest. Es gab kaum eine saubere Stelle. Notgedrungen rieb er die Hände hinten an der Hose ab. Er kniete sich neben Máté und half ihm aus der Jacke.

Im Erste-Hilfe-Kasten lag ein Paar Latexhandschuhe. Er streifte einen über die rechte Hand. Innerlich wappnete er sich für die bevorstehende Aufgabe. In Mátés angeblich schusssicherer Weste klafften zwei Löcher. Eines auf der Vorderseite, dicht am Rand, wo sie ein Klettverschluss zusammenhielt. Das andere auf der Rückseite.

Schalldämpfer. Kugeln, die Panzerung wie Butter durchschlugen ...

Vorsichtig öffnete er den Klettverschluss. Das dunkle T-Shirt darunter war von Blut durchtränkt. Er hob den Stoff behutsam an. Máté atmete zischend ein. Christopher warf einen raschen Blick auf die Wunden und sah weg. Übelkeit kroch von seinem Magen hinauf.

„Gib mir eine Spritze und eine der Ampullen."

Er nahm beides aus dem Erste-Hilfe-Kasten. Mit beunruhigender Routine öffnete Máté die Verpackung der Spritze. Er zog etwas von der durchsichtigen Flüssigkeit aus der Ampulle auf und injizierte sie sich in die rechte Seite.

„Ist das ein Schmerzmittel?"

Máté nickte.

„Reicht das?" Die Spritze war kaum zu einem Drittel gefüllt gewesen.

„Wenn ich zu viel nehme, werde ich langsam." Máté steckte die Spritze zurück in die Verpackung. „Langsam kann uns das Leben kosten."

Die Worte erinnerten ihn daran, dass es längst nicht vorbei war. Die anderen waren ihnen noch immer auf der Spur, lauerten auf eine Gelegenheit, sie umzubringen. Wie sollten sie denen auf Dauer entkommen? Was würde mit ihm geschehen, falls

Máté alle Beweise besaß, die seine Auftraggeber brauchten?

Diese Überlegungen beschäftigten ihn, während er die Wunden so gut versorgte, wie er es mit einer verletzten Hand und Mátés Hilfe fertigbrachte. Hinterher zog er den Klettverschluss der Weste fest zu, um zusätzlichen Druck auf die Verbände auszuüben.

Máté dankte ihm mit einem Nicken. Tiefe Ringe lagen unter seinen Augen. Seine Wangen wirkten eingefallen. Er schaltete den Laptop ein und deutete wortlos auf eine Ecke des Raumes.

Christopher folgte der Anweisung und setzte sich hin. Seine Gedanken kreisten um eine Frage: Was konnte er tun, um sich zu schützen? Er brauchte ein Druckmittel, eine Versicherung, die ihre Verfolger davon abhielt, ihn umzubringen. Und alle Menschen, die ihm etwas bedeuteten. Máté war im Augenblick sein einziger Schutz. Doch Máté würde bald nicht mehr da sein.

Er beobachtete angespannt, wie Máté die Speicherkarte mit zitternden Fingern aus der Jackentasche holte. Er steckte sie in einen passenden Adapter am Laptop und fixierte den Bildschirm. Drückte einige Tasten, wartete, drückte eine weitere Taste. Schließlich glitt ein Ausdruck grimmiger Zufriedenheit über sein Gesicht. Was immer auf der winzigen Karte gespeichert war, es mussten die fehlenden Informationen sein.

Da war seine Versicherung! Wenige Meter entfernt und doch unerreichbar.

Máté zog die Speicherkarte wieder aus dem Laptop und steckte sie zurück in die Jackentasche. Er holte sein Smartphone hervor, blickte auf das Display und fluchte. Unter sichtbaren Schmerzen stand er auf, das Smartphone in der einen und die Pistole in der anderen Hand.

„Rein da." Der Lauf der Waffe zeigte auf den winzigen Lagerraum. „Ich muss telefonieren. Hier unten habe ich keinen Empfang."

Diesmal schluckte Christopher seinen Protest hinunter. Er bezwang seine Angst vor der Enge und der Dunkelheit, vor der entsetzlichen Vorstellung, zurückgelassen zu werden, und fügte sich. Die Tür wurde geschlossen.

Dunkelheit fiel über ihn wie eine erstickende Decke.

In den ersten Sekunden verdrängte Panik alle anderen Empfindungen. Er stand stocksteif in der Schwärze, rang um Fassung. Draußen hörte er Schritte. Das Zuschlagen einer Tür. Das Starten eines Motors.

Ruhig bleiben. Gleichmäßig atmen. Es war nicht vollkommen dunkel im Raum. Ein schwacher Lichtschein schaffte es durch das Schlüsselloch. Diffuse Helligkeit drang durch die Lüftungsschlitze über dem Boden. Er sammelte sich. Ihm blieb kaum Zeit. Wenn er etwas unternehmen wollte, musste es jetzt sein, während Máté telefonierte.

Er tastete nach der Wand hinter sich, lehnte sich gegen das feuchte Mauerwerk und stemmte probeweise einen Fuß gegen die Tür. Die Entfernung reichte aus, um Schwung zu holen. Er visierte eine Stelle unterhalb des Türschlosses an und trat mit aller Kraft zu. Die Tür knirschte in den Angeln. Er ignorierte den Schmerz in Fuß und Knie und trat abermals zu. Ein lichtdurchfluteter Spalt zeichnete sich zwischen Tür und Rahmen ab. Angefeuert von dem Erfolgserlebnis, holte er zum nächsten Tritt aus, legte all seine Kraft hinein.

Die Tür flog auf. Sie prallte gegen die Wand und federte zurück. Er fing sie mit der Hand ab, entdeckte den Laptop auf der Getränkekiste und hastete zur anderen Tür. Mit klopfendem Herzen lauschte er. Keine Schritte, die sich schnell näherten, keine Anzeichen, dass Máté den Lärm gehört hatte. Der Laptop war eingeschaltet. Ein körniges Foto füllte den Bildschirm aus. Es zeigte eine blonde Frau in den Dreißigern, ins Gespräch vertieft mit einem dunkelhaarigen, älteren Mann. Das Foto war von Weitem durch eine Fensterscheibe aufgenommen worden. Darunter standen zwei Namen: Ilonka Bokros, Maximilian Schätzer. Er verkleinerte die Aufnahme. Ein Dokument erschien an ihrer Stelle. In Polnisch. Er überflog es, las den Namen Pawel Jankowski. Euphorie und Triumph kribbelten in seinen Adern. Die nächste Datei. Die Röntgenaufnahme einer Lunge. Von dunklen Schatten übersät. In einer Ecke ein Name: Pawel Jankowski.

Es war alles da!

Er klappte den Laptop zu, klemmte ihn sich unter den Arm und lief zur Tür. Lauschte. Hörte keine Geräusche außer seinem hektischen Atmen. Er öffnete die Tür einen Spalt, sah niemanden und wollte loslaufen. In letzter Sekunde kam ihm ein Gedanke. Er schloss rasch die Tür zum Lagerraum. Sie saß leicht schief in den Angeln, doch die Illusion, dass er sich noch in seinem Gefängnis befand, würde für einige Momente gewahrt bleiben.

In der Ferne sprang ein Motor an. Máté kam zurück! Christopher unterdrückte die aufflammende Panik und öffnete die Tür weit, um Licht in die Tiefgarage zu lassen. Schräg zu seiner Rechten zeichnete sich ein Stützpfeiler ab. Er merkte sich die Position und schloss die Tür hinter sich. In der absoluten Schwärze hastete er los, die rechte Hand ausgestreckt, um nicht gegen ein Hindernis zu laufen. Das Dröhnen des Motors näherte sich, hallte vielfach von den Wänden wider. Scheinwerfer durchschnitten die Dunkelheit, schwenkten herum. Noch weit entfernt. Er erreichte den Pfeiler und ging dahinter in Deckung. Den Laptop fest gegen die Brust gepresst, harrte er angsterfüllt aus. Er musste warten, bis Máté im Raum war, doch ohne Taschenlampe oder eine andere Lichtquelle würde er den Weg in die Freiheit kaum finden. Das Display des Laptops gab nicht genug Helligkeit ab, um sich zu orientieren. Obwohl sich alles in ihm dagegen sträubte, schielte er vorsichtig um den Pfeiler herum. Im Scheinwerferlicht des näher kommenden Fahrzeugs konnte er den Weg sehen, den er gleich nehmen würde.

Er machte sich bereit.

Der Wagen rollte an ihm vorbei. Hielt an. Die Scheinwerfer erloschen. Máté stieg aus. Humpelte im Licht seiner Taschenlampe zur Tür und öffnete sie. Betrat den Raum.

Christopher kam aus der Deckung und startete durch. Seine Füße flogen über den Beton. Seine Lunge pumpte Sauerstoff in seine Adern, und sein Herz hämmerte das Blut durch seinen Körper. Hinter sich hörte er einen Knall, glaubte für eine Schrecksekunde, gleich von einer Kugel in den Rücken getroffen zu werden. Doch nichts geschah, und er rannte weiter. Bald musste er links abbiegen. Wenn er die Abzweigung verpasste, war er verloren!

Mit einem wütend wirkenden Heulen erwachte hinter ihm der Motor des Wagens zum Leben. Reifen quietschten.

Ein schwacher Lichtschein zu seiner Linken wies ihm den Weg aus der Dunkelheit. Er hetzte der Helligkeit entgegen, hörte den Wagen näher kommen und rannte die Rampe hinauf.

In der Sekunde, als er die Oberfläche erreichte, schoss der Wagen an ihm vorbei. Er stolperte erschrocken zur Seite und flüchtete im fahlen Licht der Dämmerung über den von Gras und Unkraut überwucherten Schotterboden. Es gab kein Versteck. Die niedrigen Mauern boten keinerlei Schutz, und die nächsten Gebäude lagen weit in der Ferne. Máté überholte ihn, riss das Steuer herum und schnitt ihm den Weg ab. Christopher strauchelte, fing sich und rannte in die Richtung zurück, aus der er gekommen war. Máté folgte ihm im Rückwärtsgang, überholte ihn abermals und schwenkte so dicht vor ihm ein, dass er fast gegen den Wagen lief. Er wich zurück und blieb schwer atmend stehen. Von der Gewissheit erfüllt, keinen Ausweg mehr zu haben.

Den Laptop, seinen einzigen Schutz vor dem sicheren Tod, hielt er fest umklammert.

Máté stieg mit finsterer Miene aus. Er stützte sich an der Fahrertür ab und hob seine Pistole. Diesmal zielte der Lauf auf Christophers Kopf. „Gib mir den Laptop."

Er rührte sich nicht.

„Ich möchte nicht auf dich schießen, aber ich werde es tun, wenn du mir den Laptop nicht sofort gibst!"

„Sag mir endlich, worum es geht."

„Wirtschaftsinteressen und politische Machtspiele. Die Beweise in deinen Händen könnten einige einflussreiche Leute für lange Zeit ins Gefängnis bringen."

„Gut."

„Dort nützen sie meinen Auftraggebern nichts."

„Also wollt ihr sie erpressen, damit sie nach eurer Pfeife tanzen?"

„Ich will bloß den verdammten Laptop haben!"

„Was geschieht mit mir? Wenn du deinen Auftrag erfüllt hast und nach Hause gehst? Was werden die anderen mit mir machen? Was werden deine Leute mit mir machen?"

„Niemand wird dir etwas antun. Oder deiner Familie."

„Woher willst du das wissen?"

„Eure Sicherheit ist Teil des Geschäfts."

Er lachte auf. „Warum? Weil ihr auf einmal die Guten seid?"

„Weil dein Tod zu viele Fragen aufwerfen würde. Wir können es uns nicht leisten, noch mehr Aufmerksamkeit zu erregen." Máté trat humpelnd näher, die Pistole weiter auf ihn gerichtet.

Christopher widerstand einem fast übermächtigen Fluchtimpuls. Jede Bewegung konnte tödliche Folgen haben.

„Du bist ein kluger Junge. Du hast bestimmt jemandem von deinen Nachforschungen erzählt. Was sollte deinen Freund, den Privatdetektiv, davon abhalten, eigene Ermittlungen anzustellen? Auch ohne die letzten Beweise wäre es lediglich eine Frage der Zeit, bis er die Wahrheit herausfindet. Das Risiko ist zu groß. Dein Schweigen nützt uns mehr." Máté blieb stehen und streckte die Hand aus. „Gib mir den Laptop." Die Waffe in seiner anderen Hand zitterte. Lange würde er sich nicht mehr auf den Beinen halten.

„Warum sollten eure Gegner mich verschonen?"

„Weil wir sie dazu zwingen werden. Ihnen bleibt keine andere Wahl, als unsere Bedingungen zu akzeptieren."

Nein. Er umklammerte den Laptop. Auf diese Weise durfte es nicht enden! Peter und Nadine Konstantin, Pawel Jankowski, Rafal Kotecki, niemand würde erfahren, was ihnen tatsächlich zugestoßen war.

„Die Vergangenheit bleibt vergangen." Máté schien seine Gedanken zu lesen. „Keiner der Schuldigen wird für die Morde zur Rechenschaft gezogen werden. Für die Toten wird es keine Gerechtigkeit geben."

„Ich ..."

Plötzlich erfüllte ein rhythmisches Dröhnen und Wummern die Luft. Máté hob den Blick zum Himmel. Seine Augen weiteten sich. Christopher fuhr herum. Ein Hubschrauber schoss im Sinkflug auf sie zu.

„Dort!" Máté deutete auf ein dunkles Fahrzeug, das mit hohem Tempo die Straße entlangraste. Gleich würde es sie erreichen. „Steig ein. Du musst fahren."

Christopher erwachte aus der Starre. Er übergab Máté den Laptop, setzte sich hinters Steuer und schnallte sich an. Der tote Tibor lag noch immer auf der Rückbank.

Es schmerzte, als er die drei brauchbaren Finger der linken Hand ums Lenkrad schloss. Sobald Máté auf dem Beifahrersitz saß, gab er Gas. Der Wagen holperte über den unebenen Boden. Máté stieß einen Schmerzenslaut aus und stützte sich mit verkrampfter Miene am Armaturenbrett ab. Auf seine Verletzung konnte Christopher keine Rücksicht nehmen. Der andere Fahrer würde ihnen den Weg abschneiden, wenn er zu langsam fuhr. Er erreichte die Straße und lenkte abrupt nach rechts. Die Hinterreifen des Wagens rutschten über die Fahrbahn. Er kämpfte mit dem Lenkrad, brachte das Fahrzeug zurück in die Spur und erhöhte die Geschwindigkeit. Sein Herz hämmerte. Schweißperlen bildeten sich in seinem Nacken. Vor ihnen beschrieb die Straße eine Rechtskurve. Kurz davor führte ein asphaltierter Weg nach links.

„Wohin?" Seine Stimme überschlug sich fast vor Aufregung.

„Links!"

Knatternd sauste der Hubschrauber über sie hinweg. So tief, dass er das Wagendach beinah zu streifen schien.

Er zog instinktiv den Kopf ein, folgte Mátés Anweisung. Einige Hundert Meter weiter mündete der Weg in eine belebte Straße.

„Links oder rechts?"

„Rechts." Máté klappte den Laptop auf. „Links werden sie auf uns warten."

Hinter ihnen bog das dunkle Fahrzeug auf den Weg ein.

Christopher erreichte die Straße und bremste, um nicht in möglichen Querverkehr zu rasen. Von links näherte sich in hohem Tempo ein dunkler Wagen. Der nächste Verfolger? Er gab Gas, kurbelte am Lenkrad und schlitterte auf die zweispurige Straße. Der Motor heulte auf, als er die Geschwindigkeit weiter erhöhte. Der Hubschrauber flog nun parallel zu ihnen, ein bedrohlicher Beobachter, der kurz aus dem Sichtfeld verschwand, als sie unter einer Autobahnbrücke hindurchfuhren.

„Wie haben die uns gefunden?"

„Polizeifunk, Verkehrskameras, Überwachungskameras ..." Mátés Finger sausten über die Tastatur des Laptops. Er fluchte leise.

„Was ist los?"

„Das WLAN-Signal ist zu schwach. Ich kann keine Daten verschicken." Er holte sein Smartphone hervor und wählte eine der gespeicherten Nummern. Das Telefon zwischen Schulter und Ohr eingeklemmt, tippte er hastig weiter. Unaufhaltsam kamen ihre Verfolger näher.

Christopher überholte mit einem haarsträubenden Schlenker einen Lieferwagen. Zu beiden Seiten der Straße standen Ein- und Mehrfamilienhäuser. Wenn er die Kontrolle über den Wagen verlor, würde es eine Katastrophe geben.

Máté begann hektisch in seiner Muttersprache zu sprechen. Seine Finger schwebten über der Tastatur. Plötzlich warf er das Smartphone aufs Armaturenbrett. Er tippte etwas in den Laptop ein, strich über das Cursorfeld und drückte eine Taste. Reglos starrte er auf das Display. Schließlich griff er nach dem Smartphone, sprach einige Worte und wartete ab.

Vor ihnen gabelte sich die Straße. Christopher fuhr nach links in Richtung Cranz und Jork. In dieser Gegend war er nie zuvor gewesen. Wo sollten sie sich vor ihren Verfolgern verstecken? Entkommen würden sie nicht, dessen war er sich sicher. Der Hubschrauber flog schräg links von ihnen, die Nase gegen den Wind gesenkt. Ein Raubvogel, der auf eine Gelegenheit lauerte, seine Beute zu erlegen.

Er überholte den nächsten Wagen. Die dunklen Fahrzeuge folgten ihnen wie an einer unsichtbaren Schnur gezogen.

Die Lücken zwischen den Wohnhäusern wurden größer. In der Ferne standen gar keine Gebäude mehr.

Keine möglichen Zeugen.

Máté stieß einen triumphierenden Laut aus und legte auf. Ein Ausdruck tiefer Erleichterung glitt über sein blasses, verschwitztes Gesicht. „Die Daten sind angekommen."

Euphorie durchflutete Christopher. Vielleicht war doch nicht alles verloren! Er blickte in den Rückspiegel, hoffte, betete, ihre Verfolger würden die Jagd aufgeben.

Die dunklen Fahrzeuge blieben hinter ihnen. Der Hubschrauberpilot machte keine Anstalten, abzudrehen.

„Warum lassen sie uns nicht in Ruhe?"

„Weil jetzt die Verhandlungen geführt werden."

„Was?"

Máté lächelte grimmig. „Wir können immer noch sterben." Er klappte den Laptop zu, überprüfte das Magazin seiner Pistole und schob es zurück in die Waffe.

„Was soll ich tun?"

„Fahr weiter. Wir müssen Zeit gewinnen."

Sie ließen das letzte Wohnhaus hinter sich. Zu beiden Seiten der Straße lagen Bäume, Wiesen und Felder.

Die dunklen Fahrzeuge schlossen auf. Der Hubschrauber zog plötzlich nach links weg. Der Pilot flog einen weiten Bogen, brachte den Hubschrauber über der Straße in Position und schwebte dort, geduldig wartend, während die Beute auf ihn zugetrieben wurde.

Christopher schaute sich hektisch um, auf der verzweifelten Suche nach einem Ausweg. Links und rechts der Fahrbahn verliefen tiefe Gräben. Es war unmöglich, einfach auf eines der Felder zu fahren.

„Links!" Máté deutete auf einen Feldweg, der dicht vor ihnen von der Straße abzweigte.

Er stieg auf die Bremse, wurde von der Fliehkraft nach vorn gedrückt und riss das Steuer herum. Scharfer Schmerz schoss in seine verletzte Hand. Einen verhängnisvollen Moment lang lockerte sich sein Griff. Sofort verlor er die Kontrolle über das Fahrzeug. Das Heck brach aus, der Wagen schleuderte über die Fahrbahn. Máté griff geistesgegenwärtig ins Lenkrad, verhinderte so, dass sie im Graben landeten.

Mit wild klopfendem Herzen brachte Christopher den Wagen zurück in seine Gewalt und auf den Feldweg. Der Hubschrauber dröhnte über sie hinweg. Der Pilot vollführte eine elegante Drehung und landete. Versperrte ihnen den Fluchtweg.

Er brachte den Wagen schlingernd zum Stehen.

Die Seitentür des Hubschraubers wurde geöffnet. Ein schwarz gekleideter Mann saß auf der Rückbank. In den Händen hielt er einen länglichen Gegenstand, den er auf sie richtete. Ein Gewehr!

Entsetzt legte er den Rückwärtsgang ein und fuhr an. Blickte automatisch in den Rückspiegel. Die dunklen Fahrzeuge bogen in den Feldweg ein. Er trat auf die Bremse.

Sie saßen in der Falle! Diese Leute würden sie töten!

Voller Panik öffnete er seinen Gurt. Er musste hier raus, sich irgendwo verstecken! Ehe er die Fahrertür öffnen konnte, ergriff Máté seinen Arm.

„Bleib sitzen. Wenn du aussteigst, wird er dich erschießen."

„Was sollen wir tun?"

„Warten."

„Was?" Angsterfüllt blickte er zum Hubschrauber und zu den dunklen Fahrzeugen hinter ihnen.

Nichts passierte. Warum passierte nichts?

Der Scharfschütze saß reglos auf der Sitzbank, das Gewehr im Anschlag, während sich die Rotoren des Hubschraubers träge drehten.

Christopher konnte den Blick nicht von der Waffe wenden.

Würde er den Schuss hören? Ein Aufblitzen im Lauf sehen?

„Werde ich es spüren?", fragte er leise.

„Nein." Máté klang erschöpft.

Christopher starrte in den Lauf des Gewehres.

Ich werde nie erfahren, ob Romy tatsächlich die eine gewesen wäre.

Er kämpfte gegen die Tränen an.

Plötzlich senkte der Scharfschütze die Waffe. Die Rotoren des Hubschraubers drehten sich schneller.

Wirbelten Staub und Pflanzenteile auf. Der Pilot hob ab, beschrieb knatternd eine Kurve und flog davon.

Er blickte dem Hubschrauber fassungslos nach. Fuhr im Sitz herum. Erfüllt von Hoffnung und Angst zugleich.

Einer der dunklen Wagen rollte ein Stück auf sie zu. Der Fahrer wendete umständlich auf dem schmalen Weg und fuhr an dem zweiten Wagen vorbei zurück auf die Straße. Der andere folgte kurz darauf.

Sie zogen ab!

Ein schrilles Klingeln zerriss die Stille.

Er schrak zusammen, sofort in höchstem Alarmzustand.

Es war das Smartphone.

Máté nahm den Anruf entgegen. Er hörte zu, gab eine knappe Antwort und legte auf. „Das Geschäft ist abgeschlossen." Mit diesen Worten schien das Gewicht der Welt von ihm abzufallen. „Solange sie die Bedingungen meiner Auftraggeber erfüllen, wird niemand von den Beweisen erfahren."

Christopher war plötzlich speiübel. Er stieß die Fahrertür auf. Flüchtete aus dem Wagen. Stolperte einige Meter über den Feldweg und sank auf die Knie. Er würgte. Bittere Flüssigkeit brannte in seiner Kehle. Zitternd und keuchend beugte er sich vornüber, presste die Stirn auf den staubigen Boden und schloss die Augen. Sein Herz pochte wie wild. Das Blut rauschte in seinen Ohren. Jeder Knochen, jeder Muskel in seinem Körper schmerzte. Weil er lebte. Er lebte!

Allmählich gewann er die Kontrolle über seinen Körper zurück. Er richtete sich auf, strich sich Sand und Steinchen von der Stirn. Vor ihm erstreckten sich weite Felder. Der Wind wirbelte Staub auf.

Eine Autotür wurde geöffnet. Er wandte den Kopf.

Máté humpelte langsam um den Wagen herum. Dabei stützte er sich mit einer Hand am Fahrzeug ab. Jeder Schritt bereitete ihm sichtlich Schmerzen. Neben der Fahrertür hielt er inne und stand leicht schwankend da. Frisches Blut bedeckte seine Hände.

Christopher kam auf die Beine. Blieb unschlüssig stehen. Hier trennten sich ihre Wege. Er würde Máté wahrscheinlich nie wiedersehen, und er konnte beim besten Willen nicht sagen, was er dabei empfand.

Der Mann, der ihn brutal überfallen, betäubt, entführt und durch die Hölle geschleift hatte, musterte ihn mit einem Blick, in dem neben Erschöpfung und Schmerz auch Bedauern und sogar Respekt lag. „Ich muss mich um Tibor kümmern. Sobald ich weit genug entfernt bin, sage ich der Polizei, wo sie dich abholen kann."

Christopher nickte. Wie weit würde Máté in seinem Zustand kommen? Würde er diesen Tag überleben?

„Du wirst die Nachforschungen einstellen und sämtliche Beweise vernichten. Was immer du herausgefunden hast oder meinst, herausgefunden zu haben, wirst du für dich behalten. Dafür garantieren wir deinen Schutz und den deiner Familie und Freunde."

„Und wenn ich weiter ermittle?"

„Werden wir es erfahren." Máté lächelte schmal. „Du hättest auf mich hören sollen." Er stieg in den Wagen und fuhr auf dem Feldweg davon.

Eine Weile stand Christopher reglos da.

Vögel zwitscherten in den Bäumen. Fahrzeuge rauschten auf der Hauptstraße vorbei. Die Morgensonne erhellte einen wolkenlosen Himmel. Die Ruhe war ein Schock für seine überreizten Nerven. Sein Körper vibrierte, bereit für den nächsten Adrenalinschub, die nächste Flucht. Obwohl ein kühler Wind wehte, war ihm nicht kalt in seinem T-Shirt. Er wanderte rastlos den Feldweg auf und ab. Ohne Empfinden für Zeit und Raum. Taub und blind für seine Umgebung.

Die Sirene hörte er erst, als der Streifenwagen in den Feldweg einbog. Das Fahrzeug schien ebenso fehl am Platz zu sein wie die uniformierten Polizisten, die ihm entstiegen.

„Sind Sie verletzt?", fragte einer der Beamten. „Brauchen Sie einen Krankenwagen?"

Er verstand nicht. Bis er dem Blick seines Gegenübers folgte und an sich hinabsah. „Das ist nicht mein Blut."

Der zweite Beamte holte eine Decke aus dem Kofferraum. „Wir bringen Sie ins Krankenhaus, Herr Diecks." Er legte Christopher die Decke um die Schultern und führte ihn zum Streifenwagen.

Ein zweites Fahrzeug bog auf den Feldweg ein. Ohne Polizeimarkierungen, aber mit einem rot blitzenden Licht auf dem Dach. Eine Zivilstreife. Zwei Personen stiegen aus. Den Fahrer kannte er nicht. Den dunkelhaarigen Beifahrer umso besser. Felix von Evert trug den linken Arm in einer Schlinge. Er sah erschöpft aus, doch seinen Augen strahlten.

Christopher verlor beinahe die Fassung. „Ich dachte, Sie wären tot!", brachte er heiser hervor. „Ich hab Sie auf dem Rasen liegen gesehen und ..." Er stockte, von der Erleichterung überwältigt.

Felix von Evert hob den verletzten Arm leicht an. „Nachdem mich die Kugel getroffen hatte, bin ich liegen geblieben. Nicht mein bester Moment, aber die hätten mich wie eine Tontaube abgeschossen."

„Ich bin so froh, dass es Ihnen gut geht!" Er widerstand dem Verlangen, den Kommissar zu umarmen. „Was ist mit Ihrem Kollegen?"

„Liegt mit einem Schulterdurchschuss im Krankenhaus. Los, verschwinden wir von hier." Felix von Evert nickte den uniformierten Beamten zu. „Ich übernehme das."

Sie gingen zum Wagen der Zivilstreife und setzten sich auf die Rückbank. Christopher sank in den bequemen Sitz. Das dunkle Leder fühlte sich kühl unter seinen Fingerspitzen an. Es wurde eine schweigsame Fahrt. In seinem Kopf kreisten zwei Namen umeinander: Ilonka Bokros und Maximilian Schätzer. Schließlich wurden sie von einem dritten Namen verdrängt. Von einem wunderschönen Gesicht.

„Ich möchte jemanden anrufen."

Felix von Evert holte sein Smartphone hervor.

„Ich kenne die Telefonnummer nicht."

Der Kommissar hob verwundert die Augenbrauen. Nachdem er den Namen erfahren hatte, gab er ihrem Fahrer schmunzelnd eine Anweisung. Wenig später erfuhren sie die Telefonnummer von der Zentrale.

Felix von Evert gab sie ins Smartphone ein und reichte es ihm. „Das ist eine absolute Ausnahme und kein Freibrief für zukünftige Anfragen, verstanden?"

„Verstanden." Christopher berührte die Taste mit dem grünen Telefonhörer. Mit klopfendem Herzen lauschte er dem Freizeichen. Es war früh am Morgen, doch er wollte nicht warten.

Es klingelte einige Male, bevor sich eine verschlafene Stimme meldete. „Hallo?"

Die Frage verschlug ihm die Sprache. Er wollte hundert Dinge auf einmal sagen und bekam keinen Ton heraus.

„Hallo?", wiederholte Romy. „Wer ist da?"

„Hier ist Topher."

„Oh. Topher? Ist alles in Ordnung?"

„Nicht wirklich."

„Dein Freund Jacobi hat gestern Abend angerufen und nach dir gesucht. Er klang sehr besorgt."

„Cobi hat ...?" Wie war er an die Telefonnummer gekommen?

„Was ist passiert?" Romys sanfter Tonfall brachte ihn endgültig aus der Fassung.

„Ich ... es ist ..." Seine Stimme zitterte. „Ich kann das jetzt nicht." Er hielt inne, sammelte sich. „Darf ich dich morgen anrufen?" Vielleicht gelang es ihm dann, in Worte zu fassen, was ihm zugestoßen war.

„Natürlich. Wann immer du möchtest."

„Tut mir leid, dass ich dich geweckt habe."

„Du brauchst dich nicht zu entschuldigen. Lass mich wissen, falls ich etwas für dich tun kann."

„Das ist lieb von dir. Ich melde mich morgen."

Er legte auf und hielt das Smartphone nachdenklich in der Hand. Ihm war leichter zumute. Dank Romy.

„Den Ermittlungsbericht an Martin Kleemeyer zu schicken, war eine hervorragende Idee", brach Felix von Evert das Schweigen. „Du hast uns alle nötigen Angaben geliefert, um herauszufinden, was dir zugestoßen ist."

„Das hat Martin mir beigebracht. Wichtige Informationen immer zu teilen und alles aufzuschreiben. Man weiß nie, wozu es gut sein kann."

„Ohne deinen Bericht und Marie Ritters Aussage wäre ich nie auf die Idee gekommen, das Pflegeheim zu überwachen. Leider habe ich von meinen Vorgesetzten nicht die Unterstützung bekommen, die wir gebraucht hätten. Sonst wären die Dinge vielleicht anders gelaufen."

„Und Ihr Kollege läge nicht im Krankenhaus."

„Möglich. Ruf deinen Stiefvater an. Der Mann wird sonst verrückt vor Sorge."

Diese Telefonnummer kannte er auswendig. Er überlegte noch, was er sagen sollte, als am anderen Ende der Leitung abgenommen wurde.

„Kirchhoff." Es war der Tonfall eines Mannes, der mit dem Schlimmsten rechnete.

„Hallo Henry."

„Gott sei Dank! Wo bist du? Was haben diese Leute mit dir gemacht?"

„Mir geht es gut. Kommissar von Evert ist bei mir."

„Jag mir nie wieder einen solchen Schreck ein! Wärst du mein Sohn, ich würde dir die Ohren lang ziehen!"

„Kannst du jederzeit machen, Paps."

Henry rang hörbar um Fassung. „Wo bist du, Junge?"

„Wir sind auf dem Weg ins Krankenhaus."

„Sag mir, welches. Wir kommen sofort hin."

„Ich brauche saubere Kleidung."

„Bringen wir mit. Jasmin!" Henrys Stimme entfernte sich vom Telefon. „Topher ist am Telefon, es geht ihm gut!"

Er hörte einen Jubelschrei im Hintergrund. Obwohl ihm zum Heulen zumute war, musste er lächeln.

EPILOG

Eine Woche später

„Bisher gibt es keine brauchbaren Spuren, weder von deinen Entführern noch von den Leuten, die versucht haben, euch zu töten." Felix von Evert schob sich einige mit Ketchup und Mayonnaise überzogene Pommes frites in den Mund. „Alle wie vom Erdboden verschluckt", fügte er kauend hinzu.

Diese Nachricht war keine Überraschung. Christopher aß schweigend Pommes, während ihm die Sonne Gesicht und Arme wärmte. Sie saßen auf einem flachen, grasbewachsenen Hügel unter künstlichen Palmen, deren Plastikblätter keinen Schatten spendeten. Auf der gegenüberliegenden Seite der Elbe lagen zwei Schiffe in den Docks von Blohm+Voss. Sägen heulten. Hammerschläge erfüllten die Luft. Funken stoben.

Dieser Park war einer seiner Lieblingsplätze. Es wäre schön, eines Tages mit Romy hierherzukommen.

„Was ist mit den Leuten, die bei meiner Entführung erschossen wurden? Konnten sie identifiziert werden?"

„Nein. Kurz nachdem deine Entführer mit dir geflüchtet sind, ist ein Lieferwagen aufgetaucht. Zeugen haben beobachtet, wie zwei maskierte Personen die Toten eingesammelt und weggeschafft haben. Niemand konnte sich an ein Kennzeichen erinnern." Der Kommissar machte eine nachdenkliche Pause. „Die waren hervorragend organisiert. Wer immer sie waren."

Christopher dachte an den Zettel in seiner Hosentasche. Er hoffte auf den richtigen Zeitpunkt und zweifelte, ob es klug wäre.

„Das Versteck in der Tiefgarage war komplett leer geräumt. Keinerlei brauchbare Fingerabdrücke oder DNS-Spuren. Dafür stank es bestialisch nach Chemikalien."

Waren das Mátés Leute gewesen? Oder die anderen?

„Ich durfte mich schon mit einigen sonderbaren Fällen beschäftigen, aber dieser ..." Felix von Evert bewegte vorsichtig den linken Arm in der Schlinge. Er war noch krankgeschrieben. Genau wie Christopher, der sich zusätzlich zum verletzten Finger das linke Handgelenk verstaucht hatte. Wahrscheinlich beim Pflegeheim, als er zwischen den Bäumen hingefallen war.

„Wie geht es Ihrem Kollegen?"

„Er erholt sich. Es wird Wochen dauern, bevor er wieder arbeiten kann. Wie geht es dir?"

„Besser. Allmählich kapiert mein Kopf, was passiert ist." Er schlief viel. Zehn bis zwölf Stunden jede Nacht. Manchmal erwachte er verschwitzt aus einem Albtraum, aber die meiste Zeit ließen ihn die Bilder in Frieden. Tagsüber lag er oft auf dem Sofa, hörte Musik und döste. Er fühlte sich nicht niedergeschlagen. Die Ruhe tat ihm gut. Sie half ihm, seine Gedanken zu ordnen. Er fragte sich, was aus Máté geworden war. Ob er es zurück nach Hause geschafft hatte.

Was er nicht vergessen konnte, vielleicht nie vergessen würde, waren Tibors letzte Minuten. Sein rasselndes, gequältes Atmen, die Krämpfe. Diesen entsetzlichen Moment der Stille. Die Erinnerung verfolgte ihn mehr als der Scharfschütze im Hubschrauber. Der Mann mit dem Gewehr wurde mit jedem Tag abstrakter, unwirklicher.

„Hast du mit dem Psychologen gesprochen?"

„Vor ein paar Tagen. In einer Woche haben wir den nächsten Termin."

„Gut. Es ist wichtig, darüber zu sprechen."

Das Gespräch mit dem Psychologen war anstrengend und erleichternd zugleich gewesen. Henry und Jasmin wollte er nicht erzählen, wie nah er dem Tode gekommen war. Jacobi kannte die groben Details und hatte höchste Verschwiegenheit geschworen. Romy wusste von allen am meisten. Sie verstand ihn auf erstaunliche Weise. Seine Hilflosigkeit, die Angst, das Gefühl hoffnungsloser Unterlegenheit, den unbändigen Willen, zu überleben und alles dafür tun zu wollen. Jede ihrer behutsamen Fragen traf ihn im Innersten.

Ob ihr bewusst war, wie viel sie dadurch über sich selbst preisgab? Oder wollte sie ihm etwas mitteilen, das er bereits ahnte?

„Fast hättest du den Fall gelöst. Du warst uns allen einen Schritt voraus."

„Ich bin lediglich den Hinweisen gefolgt. Außerdem hatte ich Unterstützung."

„Christopher Diecks, Privatdetektiv." Felix von Evert schmunzelte.

„Mein erster eigener Fall." Er zupfte einen Grashalm aus. „Ich weiß nicht, ob ich einen zweiten von dem Kaliber verkraften kann."

„Such dir beim nächsten Mal was Kleineres."

„Gute Idee."

„Ich wüsste zu gern, was deine Entführer in der Taschenuhr gefunden haben."

„Ich auch."

Felix von Evert sah ihn scharf von der Seite an. Unangenehmes Schweigen breitete sich aus. Christopher starrte angestrengt auf den Grashalm in seiner Hand.

„Du hast einen Deal mit deinen Entführern gemacht, stimmt's?"

Verblüffung und Schreck verschlugen ihm die Sprache.

„Deine Zeugenaussage war lückenhaft", erklärte der Kommissar. „Für einen Außenstehenden nicht auffällig, aber durchaus verwunderlich, wenn man weiß, wie gründlich du zuvor ermittelt hast. Und wie gut dein Auge für Details ist."

„Ich ... ich hab nicht ..." Sein Mund war trocken. Sein Herzschlag raste. In Deutschland kam man für Falschaussagen ins Gefängnis. War es beim Verschweigen wichtiger Informationen ähnlich? Diese Frage hatte er sich in den vergangenen Tagen oft gestellt und gehofft, sich nicht eingehender mit dem Thema befassen zu müssen.

Felix von Evert schob seine restlichen Pommes frites in der Mitte der Pappschale zusammen. Er spießte einen auf, aß ihn jedoch nicht. „Vorgestern hat mich jemand angerufen. Eine Frau. Sehr höflich, mit osteuropäischem Akzent. Sie hat mir geraten, die Ermittlungen im Sande verlaufen zu lassen und mich mit Kriminalfällen zu beschäftigen, die ich lösen kann. Die weniger gefährlich für meine Gesundheit sind. Eine Schussverletzung sei keine angenehme Sache, und meine Familie würde sich bestimmt Sorgen um mich machen. Weißt du, wo ich war, als der Anruf kam?"

Er schüttelte den Kopf.

„Im Garten. Ich habe mit dem Sohn meiner Freundin eine Sandburg gebaut."

Beklommenheit breitete sich in Christopher aus. „Was werden Sie tun?"

„Nichts. Genau wie du. Falls du reden möchtest, kannst du mich jederzeit anrufen. Aber ich bin kein Auskunftsbüro für Autokennzeichen oder Adressen. Dafür musst du dir jemand anderen suchen."

„Alles klar, Herr Kommissar."

Felix von Evert schnaufte amüsiert.

„Kriminaloberkommissar."

„Natürlich."

Sie gaben sich lächelnd die Hand. Es fühlte sich an wie die Besiegelung eines Paktes. Sie hüteten ein Geheimnis.

Von dem Felix von Evert nur die Hälfte kannte.

Als der Kommissar außer Sicht war, holte er den Zettel aus der Hosentasche und entfaltete ihn. Drei Gesichter blickten ihm entgegen. Eine Frau und zwei Männer. Aus dem Internet zusammengesammelte Fotos. Er war für die Recherche extra in ein Internetcafé gegangen, um keine Spuren auf seinem Laptop zu hinterlassen. Er musste es wissen, selbst wenn er die Informationen niemals teilen konnte.

Er betrachtete die Bilder mit einer Mischung aus Triumph, Zorn und Frustration. Ilonka Bokros hatte sich in den vergangenen Jahren verändert. Waren ihre Gesichtszüge auf dem alten Foto weich und weiblich gewesen, spiegelten sie nun verbissene Härte und

Unbarmherzigkeit wider. Ilonka war heute Politikerin. Sie lebte in Veszprém, einer Stadt im Westen Ungarns. Bis vor wenigen Tagen hatte sie der rechtskonservativen Partei von Ministerpräsident Viktor Orbán angehört. Am vergangenen Freitag war sie überraschend zur liberalen Opposition gewechselt. Welchen Hintergrund ihr politischer Gesinnungswandel hatte, ob er mit dem Handel zwischen Mátés Leuten und den anderen in Verbindung stand, konnte er nur ahnen. Ihn interessierte die Vergangenheit. Ilonka Bokros hatte früher für eine ungarische Firma gearbeitet, die auf den Im- und Export von Metallen und Metallschrott spezialisiert war. Ein interessanter Zufall. Auf der Suche nach Details und möglichen Geschäftspartnern war er schnell auf den vertrauten Namen einer Spedition gestoßen: *Vásárhelyi-Trans Magyar*. Die Firma, deren Lkw die Autobahnpolizei damals wegen eines platten Reifens angehalten hatte. Ob Ilonka Bokros Kontakt zu dem verschwundenen Geschäftsführer der Spedition gepflegt hatte, ließ sich leider nicht nachvollziehen.

Bei dem Mann, dessen pausbäckiges Gesicht er als Nächstes studierte, lag die Sache anders. Maximilian Schätzer war der ehemalige Geschäftsführer von *Transloginet*, der Spedition, für die Nicole Konstantin vor ihrem Tod die Bücher geführt hatte.

Das Foto von Ilonka Bokros und Maximilian Schätzer zeigte die Verbindung zwischen den Firmen. Schätzer musste mit seiner Spedition einige der illegalen Transporte für Ilonka Bokros durchgeführt haben. Wann ihre kriminellen Geschäfte anfingen und ob sie über Monate oder gar Jahre stattfanden, blieb ungeklärt. Ebenso, wie Nicole Konstantin den Transporten auf die Spur gekommen war. Vielleicht durch Unregelmäßigkeiten bei der Buchhaltung. Vielleicht hatte der Journalist Rafal Kotecki sie überredet, die ein- und ausgehenden Zahlungen zu prüfen. Wenn Nicole Konstantin bei den heimlichen Nachforschungen von Maximilian Schätzer beobachtet worden war ...

Schätzer und *Transloginet.*

Wie konnte er dieses wichtige Detail übersehen? Jacobi hatte die Informationen über *Transloginet* geliefert, und er hatte es versäumt, die Spur zu verfolgen. Weil er mit drei Jobs und seinem Privatleben überlastet gewesen war. Darüber ärgerte er sich.

Das dritte Foto zeigte einen schlanken Mann mit ergrauten Schläfen, der freundlich in die Kamera blickte. Leonhard Schätzer, der ältere Bruder von Maximilian Schätzer und Vorstandsvorsitzender der *Schätzer Medical Group*, einem der weltweit führenden Anbieter medizinischer Produkte und Dienstleistungen. Schätzer gehörten über zweitausend Kliniken und fünfundzwanzig Produktionsstätten. Ein milliardenschweres Unternehmen. Mit allen Ressourcen ausgestattet, die es brauchte, um Beweise und Menschen spurlos verschwinden zu lassen.

Maximilian Schätzer war ein erfolgloser Unternehmer, der nach *Transloginet* eine zweite Spedition in die Insolvenz getrieben hatte. Sein Bruder Leonhard war ein zielstrebiger, rücksichtsloser, stinkreicher Mann. Der Drahtzieher im Hintergrund, dessen war sich Christopher absolut sicher.

Der Mann, der aus der Ferne den Befehl erteilt hatte, ihn zu ermorden. Endlich besaß der Schrecken ein Gesicht, und er durfte nichts unternehmen! Das Wohl zu vieler geliebter Menschen hing von seinem Schweigen ab.

Es gab zumindest einen Trost, der ihn mit einer gewissen Genugtuung erfüllte. Am vergangenen Mittwoch hatte Leonhard Schätzer in einer Pressekonferenz verkünden lassen, sein Amt als Vorstandsvorsitzender der *Schätzer Medical Group* zum Jahresende niederzulegen. Er würde sich aus gesundheitlichen Gründen von allen geschäftlichen Tätigkeiten zurückziehen. Im selben Atemzug teilte sein Sprecher mit, dass man die Verhandlungen über den Verkauf von zehn ungarischen Kliniken und zwei Produktionsstätten an einen Schweizer Investor abgebrochen habe. Der Zuschlag ging stattdessen an ein ungarisches Konsortium, das sich zuvor erfolglos um den Kauf bemüht hatte. Ein Paukenschlag, der in den Medien für Erstaunen und Spekulationen sorgte. Welcher Konzern verzichtete freiwillig auf das höchste Angebot und begnügte sich mit einem schwächeren Mitbewerber?

Wirtschaftsinteressen und politische Machtspiele, wie Máté es gesagt hatte. Bekam er seinen Gehaltsscheck am Ende von dem ungarischen Konsortium?

Eine von vielen unbeantworteten Fragen.

Leonhard Schätzer hatte versucht, die Verbrechen seines kleinen Bruders zu vertuschen, und bitter dafür bezahlt. Die Vermutung lag nahe, dass er auch in den

Tod von Nicole Konstantin und Rafal Kotecki verwickelt war.

Der Mistkerl kam viel zu billig davon!

Genau wie Ilonka Bokros und Maximilian Schätzer.

Christopher dachte an Peter Konstantin. An Marie Ritter, die nie erfahren würde, was ihrem Cousin und seiner Frau tatsächlich zugestoßen war.

Obwohl er kein Ermittlungsergebnis präsentieren konnte, hatte Marie darauf bestanden, ihn für seine Arbeit zu bezahlen. Der Umschlag mit den vierhundert Euro lag in einer Küchenschublade. Er wollte das Geld nicht, doch er brauchte es. Es würde eine Weile dauern, bevor er wieder arbeiten konnte. Falscher Stolz bezahlte keine Miete. Außerdem hatte er das Geld verdient. Der Fall war gelöst. Er hielt die fehlenden Beweise wortwörtlich in der Hand.

Er knüllte den Zettel zusammen und zog ein Handy aus der Hosentasche. Es war eine Leihgabe von Jacobi, bis er sich ein neues Smartphone leisten konnte.

Die Uhr im Display zeigte 17:40 Uhr. Zeit, sich auf den Weg zu machen. Vorher überflog er noch einmal die Nachricht, die ihm Elias vorhin geschickt hatte.

Ich muss am Donnerstag mit wichtigen Kunden zum Abendessen gehen. Können wir den Termin verschieben?

Den Termin.

Das klang nach Pflichtveranstaltung, nicht nach Spaß. Er wollte mit seinem Bruder ein Bier trinken und keine Geschäftsbesprechungen abhalten. Ein einziges blödes Wort genügte, um ihn wütend zu machen.

Seine Antwort fiel entsprechend knapp aus.

Kein Problem, lass uns am Wochenende telefonieren.

Was sollte er sonst schreiben?

Ich wurde entführt und beinahe erschossen. Ich fände es schön, wenn wir diesen lächerlichen Mist zwischen uns endlich bereinigen und richtige Brüder werden könnten.

Das wäre eine ehrliche Antwort gewesen.

Er nahm die Pappschale mit den restlichen Pommes frites und warf sie in einen Mülleimer. Er wollte den Zettel hinterherwerfen und hielt inne. Bekam plötzlich Angst, beobachtet zu werden.

Auf einer Bank in der Nähe saß eng umschlungen ein Pärchen. Beide rauchten. Er ging zu ihnen und bat um Feuer. Der Mann reichte ihm ein Feuerzeug und verfolgte verblüfft, wie Christopher den Zettel anzündete.

„Abschiedsbrief von meiner Ex", erklärte er.

Das Pärchen lächelte verunsichert. Er reichte das Feuerzeug zurück und schüttelte die letzte Ecke aus, bevor ihm die Flammen die Finger versengten. Den Schnipsel ließ er achtlos fallen.

Er würde die Dinge akzeptieren, die er nicht ändern konnte. Es blieb ihm keine andere Wahl.

Seine Schritte brachten ihn zurück in die Silbersackstraße. Angespannte Erwartung breitete sich in ihm aus. Er wählte diese Strecke bewusst. Bog wenig später in den Weg ein, in den Máté ihn vor einer gefühlten Ewigkeit gezerrt hatte. Kam an der Stelle vorbei, an der er gelegen hatte. Die Erinnerungen zogen ihm den Brustkorb zusammen. Trotzdem zwang er sich, stehen zu bleiben. Konfrontierte sich mit den beängstigenden Bildern. Allmählich wurde er ruhiger. Schließlich ging er weiter. Unter die Anspannung mischte sich das feine Kribbeln der Vorfreude. Am Ende des Weges bog er rechts ab in die Lincolnstraße.

Romy erwartete ihn bereits. Sie trug eine schwarze Hose, dazu ein langärmliges dunkelblaues Oberteil. Sie sah wunderschön aus, und ihr Lächeln verwandelte seine Knie in Pudding. Er widerstand dem Drang, sie zu umarmen. Kleine Schritte. Einen nach dem anderen.

„Ich war nicht sicher, ob du kommst." Romy hob ihre Sporttasche auf. Hinter ihr hing im Fenster noch das Banner:

1 Jahr Kampfsportschule Brenner

„Keine Feigheit vor dem Feind."

In ihren dunklen Augen blitzte es amüsiert auf. Sie öffnete die Eingangstür und bedeutete ihm, voranzugehen.

Mark Brenner stand hinter dem Tresen und unterhielt sich mit dem jungen Mann, der entweder Cem, Cam oder Can hieß.

Bei seinem Eintreten sahen beide auf. Das Gespräch verstummte. Die Situation als unangenehm zu bezeichnen, wäre eine Untertreibung gewesen.

Er räusperte sich. „Hi."

Mark wollte etwas erwidern, als Romy eintrat. Seine Miene hellte sich auf. „Hey, alles klar?"

„Natürlich." Sie ging dicht an Christopher vorbei und strich über seine rechte Hand. Die Berührung ihrer Fingerspitzen war wie ein elektrischer Schlag. „Ich ziehe mich um. Ihr zwei könnt inzwischen alles besprechen."

Sobald Romy um eine Ecke verschwunden war, stützte sich Mark auf den Tresen auf und musterte ihn von Kopf bis Fuß. „Hätte nicht gedacht, dass du tatsächlich auftauchst."

Was sollte er dazu sagen? Am besten nichts. Er wollte etwas von Mark, und das war erniedrigend genug.

„Erinnerst du dich an Can?"

„Ja. Hi."

Der jüngere Mann nickte ihm zu.

„Er wird dich unterrichten, sobald deine Hand in Ordnung ist."

Das hatte er nicht erwartet. Es musste ihm anzusehen sein.

Mark hob halb erstaunt, halb spöttisch die Augenbrauen.

„Oder willst du von mir unterrichtet werden?"

„Kommt drauf an." Er bedachte sein Gegenüber mit einem herausfordernden Blick. „Wer ist der bessere Lehrer?"

Can deutete wortlos auf Mark und feixte sich eins.

Mark Brenner seufzte schicksalsergeben. „Meinetwegen. Aber wenn du mir auf den Sack gehst, schieb ich dich zu Can ab, kapiert?"

Er verkniff sich eine patzige Antwort, in der die Wörter arrogant, überheblich und Arschloch vorkamen.

Wenn ihm jemand beibringen konnte, sich erfolgreich gegen Angreifer zu verteidigen, war es Mark Brenner. „Kapiert."

„Zusehen kannst du trotzdem bei Can. Den Flur hinunter, rechts um die Ecke, erste Tür links. Die Stunde fängt in zehn Minuten an."

Christopher marschierte los. Hinter sich hörte er leises Lachen und einen geflüsterten Austausch von Worten. Er biss die Zähne zusammen, drehte sich nicht um. Ruhe bewahren!

Als er um die Ecke kam, stieß er fast mit Romy zusammen, die dort wartete. Ihr Grinsen sagte alles.

Er hob abwehrend die Hand. „Ich bin mir sicher, Mark ist ein total freundlicher, sympathischer Typ, den ich bloß richtig kennenlernen muss." Es waren ihre Worte. Allerdings hatten sie bei Romy weniger sarkastisch geklungen.

Sie nahm seine Hand und stellte sich leicht auf die Zehenspitzen. Für einen atemlosen Moment glaubte er, sie würde ihn küssen.

„Keine Sorge", hauchte sie ihm ins Ohr. „Wenn Mark dich ärgert, bekommt er es mit mir zu tun."

ENDE